It has been three years since the dungeon had been made.
I've decided to quit job and enjoy laid-back lifestyle
since I've ranked at number one in the world all of a sudden.

AREA 12 INVESTIGATIVE REPORT

VOLUME : 02

TOP SECRET

This confidential document is under the control of JDA

PROJECT : D Genesis

WRITTEN BY : Kono Tsuranori

ILLUSTRATION BY : ttl

三好 梓
芳村の元後輩で
現・敏腕代理人
芳村圭吾
三好に「ブラックの星」
と呼ばれる元社畜の
脱サラリーマン。
ドゥルトウィン
性格：鷹揚

アイスレム
性格：まじめ
カヴァス
4匹のなかで表情が多い。
自分が一番の子分だと
思っている。
グレイシック
性格：のんびり屋

11/5
11/10
10/31
11/18

9/30
11/16
Ahmed

代々木ダンジョン：10層

アンデッドフロア

JDA

Japan Dungeon Association

D GENESIS

ダンジョンが出来て3年

WRITTEN BY Kono Tsuranori
ILLUSTRATION BY ttl

02

It has been three years since the dungeon had been made. I've decided to quit job and enjoy laid-back lifestyle since I've ranked at number one in the world all of a sudden.

CONTENTS

"Petite, et dabitur vobis;"

——— *Matthew vii:7*

序章

プロローグ

It has been three years since the dungeon had been made.
I've decided to quit job and enjoy laid-back lifestyle
since I've ranked at number one in the world all of a sudden.

PROLOGUE

二〇一八年　某月某日

SECTION :

フランス　メゾン＝アルフォール

パリ郊外、南東にあるメゾン＝アルフォールでは、以前は高級集合住宅だった、五階建ての建物の最上階で、デヴィッド＝ジャン・ピエール＝ガルシアが、マルヌ川を見下ろしていた。

「ムンバイのアーメッドの娘が、日本で魔法をかけられたというのは本当か？」

報告に来ていた若い男が、彼の背に向かって平坦な声で答えた。

「彼が美しい娘を連れて、インドへ帰国したのは事実です」

「それが、あの車いすの女性だと？」

アーメッドの藁《わら》にも縋《すが》ろうとする行動から、アーシャは、アルトゥム・フォラミニスを訪れたことがあった。

アーメッドはインド有数の大富豪だ。教団の未来を考えれば、その願いをかなえることには大きな意味があった。しかし、その状態を一目見たデヴィッドが、これは無理だと判断した。しかし、できませんとは言えなかった。なにしろ教団が販売しているのは奇跡なのだ。

彼は、なんだかんだとそれらしい理由を並べ立てて、彼女の治療を先延ばしにしたのだ。

「その途中、知り合いに会った際に、そのような話が出たようです。いずれ社交界に出すような話だったそうですから、そのときにはっきりするでしょう」

デヴィッドは、そのことが教団に与える影響について思いを巡らせた。

§

一般には、ほとんど知られていない、アルトゥム・フォラミニス・サクリ・エッセ（深穴教団）は、それを知る者からは、ヴォラーゴーでもハデスでもアビスでもタータラスでもない地の底——ダンジョンを信奉するキリスト教系のカルトだと認識されていた。

その名の由来は、教団の聖女、マリアンヌ＝テレーズ＝マルタンが、ダンジョンで癒やしの力を得たことに基づくとされていたが、数多《あまた》ある他のカルトとは、ある一点で一線を画していた。

つまり、マリアンヌは本物だったのだ。

デヴィッドは、二年前、アンドラ公国のエンカンプで、彼女に出会った。

そのとき彼女は、みすぼらしい服を着て、エンカンプの街の共同墓地にある、サンマルク＆サンタマリア教会の小さなベンチで、ひざまずいた地元の老人たちに囲まれていた。

「あれは、何かの集会なのかね？」

奇妙な集団を不思議に思ったデヴィッドは、職員のような男に尋ねた。

男は、ちらりとそちらに顔を向けると、「あれは、マ・サンタを求める人々だ」と小さな声で答えた。

「マ・サンタ（聖なる手）？」

そう聞き返したデヴィッドに向かって、小さく頭《かぶり》を振った男は、触れてはいけないものから逃げるように、彼に背を向けて去っていった。

好奇心を大いに刺激されたデヴィッドは、別のベンチへと腰かけて、遠目にその集団の様子をうかがっていた。

しばらくすると、門の方にあわただしい動きがあり、ぐったりとしている年老いた女を、夫だろうか、狼狽《ろうばい》した男が担《かつ》いで、ベンチ脇へと走り寄った。

料理の時、誤って油でも被《かぶ》ったのだろうか、女の顔は赤くただれていて、上半身に酷《ひど》いやけどを負っていることを感じさせた。

さっさと病院に連れて行かなければ命に関わるはずだ。デヴィッドは、なぜこんなところに連れて来るのかと、蒙昧《もうまい》な老人たちに怒りを感じたが、次の瞬間には、彼の中から、驚き以外のすべての感情が消し飛んでいた。

ベンチに腰かけていた少女は、何かの呪《まじな》いのつもりなのか、静かに微笑《ほほえ》んだまま、女の顔に手をかざしただけだった。

たったそれだけで、今まさに死にかけていた女のただれた顔は、まるで逆転再生される映像を見るかのように、正常な状態へと変化していった。

女を連れて来た男は、彼女の足の甲にキスをするように頭を下げた。

思わず腰を浮かせたデヴィッドは、顎が外れるほど大きな口を開けてしばらく固まっていたが、やがて世界に時間が戻ってくると、全身から力が抜け落ちたかのように、どさりとベンチに落ちていった。

自分は今、人生の極めて重大な岐路に立っている。彼は強くそう感じた。

そう、彼は今、天啓にうたれたのだ。

治療の奇跡そのものは、ダンジョン産のポーションを使えば可能だろう。もっとも彼女が高価なポーションをわざわざ無償で使う理由はないし、実際そうしているとは思えなかった。

ともあれ、デヴィッドにとって、それが本物の奇跡だろうと手品だろうと、そんなことはどうでもよかった。重要なことは、それが本物に見える、その一点だった。

神は、人が生み出した最高の商品の一つだ。なにしろ神の愛は、無償の愛だ。つまり、仕入れは常にタダなのだ。原価率が0％の商材を、皆が競って買い求める。

それを販売するためのシステムとして作り出された宗教も言わずもがなだ。教義や儀礼は、それを販売するための演出であり、施設や組織は、言ってみれば専用の商店のようなものだ。

そうして、信仰を抱いた人々は、大枚をはたいて、心の平安などというものをお買い上げになるのだ。そんなものは、好きな女の胸に抱かれて眠るだけで手に入るのだが、金がかかるという点では、どちらも同じようなものかもしれないと、デヴィッドは考えていた。もっとも、後者には、肉体的な満足感というおまけがついていて、さらにお得なのだが。

その日のうちに、デヴィッドは、マリアンヌの後をつけて自宅を突き止めると、彼女の父親に商談を持ちかけた。控えめに言ってもクズだった彼女の父親は、わずかの金で、自分の娘を喜んで詐欺師へと売り飛ばしたのだった。

奇跡を体現していた娘は、聞けば聞くほど完璧だった。

（注1）プレノンのマリアンヌは、フランス共和国の擬人化されたイメージだし、おまけに彼女のドゥジエム・プレノンは、テレーズで、名字がマルタンだったのだ。
フランスで最も多い名字だとは言え、それは嫌でも、フランス第二の守護聖人であるリジューのテレーズを彷彿《ほうふつ》とさせた。そして、彼女は弱者や病人の守護聖人なのだ。

もはや安っぽいフィクションもかくやと言わんばかりに出来すぎた話だったが、ともあれ彼女の奇跡を軸に、教団を立ち上げたデヴィッドは、それを武器に、政治家や富豪たちを抱え込んでいった。

国家や大企業を運営するものは、人々が思うよりもずっと、神秘主義やオカルトに傾倒する傾向が強い。ラスプーチンやフリーメイソンを始めとする歴史がそれを証明していた。だからこそ、自分たちにも熟した果実をもぎ取るチャンスが与えられるのだと、彼は信じていた。

小さな奇跡を体現する娘は、ポーションなどを駆使して、それを過大に見せる彼の演出によって、偉大な聖女へと様変わりした。そうしてそれは、世界の富裕層を骨抜きにするのに、大いに役立っていた。彼女の美しさと共に。

§

「もしそれが、本当にアーメッドの娘なのだとしたら、ランク8以上のポーションが使われたということか？」

デヴィッドは、報告者の方を振り返ってそう尋ねた。

ランク8以上のポーションは現在発見されていないはずだ。もしもそんなものが存在しているのだとしたら、何をおいても手に入れなければならなかった。

「可能性はありますが……それよりも、わざわざアーメッドが日本に娘を連れて行ったのは、スキルの取引のためだという噂《うわさ》があります」

「スキルだと？」

マリアンヌの能力は、彼女からの聞き取りの結果、スキルの力だと思われていたが、それが何のスキルなのかは分からなかった。なぜなら彼女はDカードを紛失していたからだ。また、どうやってそれを手に入れたのかも、はっきりとは分からなかった。なにしろマリアンヌにはその時の記憶がなかったのだ。もっともそういうふりをしている可能性はあったのだが。

「先日、日本でスキルオーブのオークションが行われました」

「あれは、詐欺ではなかったのか？」

「信じがたいことですが、情報を総合すると、現実に取引が行われたようです」

（注1）　プレノン
『prénom』フランス語で1番目の名前の意味。

「なんと……」

　デヴィッドは、その話を聞いたとき、自分と同じ天才的な詐欺師の仕掛けだと感じていた。しかもその先で、どうオチをつけるのか、デヴィッドが考えてもまるで分からない、まさに御業と呼べる領域にある仕掛けだと。それがまさか、本物だったとは。

「それで？」

「そこで取引されたオーブに、〈超回復〉というものがありました」

「効果ははっきりしているのか？」

「疲れにくくなって、小さな怪我《けが》であれば、すぐ治るそうです」

「出品者は？」

「不明です」

「ドロップするモンスターは？」

「不明です」

　あまりにも胡散《うさん》臭い情報と、価格に比してあまりに低いその効果の説明が、逆に何かを隠しているような印象を与えていた。

　教団にも癒やせない傷に、奇跡を与える者たちの存在――

　彼は報告者に背を向けると、もう一度窓からマルヌ川を見下ろして、小さな声で呟《つぶや》いた。

「癒やしの奇跡は、アルトゥム・フォラミニスのものでなければならない」

第03章

異界言語理解

It has been three years since the dungeon had been made.
I've decided to quit job and enjoy laid-back lifestyle
since I've ranked at number one in the world all of a sudden.

CHAPTER 03

二〇一八年　十一月二十一日（水）

SECTION：

代々木八幡

その日は、日本列島の上に高気圧がデンと居座っていて、十一月にしては冷え込んだ朝を迎えていた。

「先輩。キャンピングカーが納車されるそうです」

「ついに来たか。それで結局、外装問題はどう解決したんだ？」

「チタンの板をビルダーに張りつけてもらいました。完成後は、車検に通らないそうです」

「それは仕方がないだろう。どうせ公道は走らないから問題ない」

「そう伝えたら、変な顔をされて、戦争でもするんですか？　って聞かれましたよ」

三好《みよし》がそのときの様子を思い出したかのように笑った。

「どこからかは分かりませんが、最終的には、うちの前庭まで自走で納車して貰えるそうです」

「ん？　公道走れるんだ？」

「今のところは。フロントを始めとして、だめそうな部分の板は後付けで、納車後に取り付けてくれるそうです。だからそれ以降は無理だと思います」

車検はともかく前が見えないんじゃ、運転もクソもないもんな。拠点として使うだけだから、別に困りはしないのだが。

「当面はこれで凌《しの》ぐとして、やっぱりちゃんとしたダンジョンハウスが欲しいよな。キャンピングカーのビルダーでもいいんだけど、どっかが作ってくれないかな」

「キャンピングカーじゃ、過酷なダンジョンでは、長持ちしそうにないですもんね。完全な密封や循環系が必要なら宇宙開発系の企業でしょうか」

「そこまでシビアな要求はしないけれど、ダンジョン内で普通のテント暮らしとか、俺たちには無理そうだしなぁ……」

「現代の便利さに浸りきった、軟弱な我々には無理ですね」

「待て。軟弱だからじゃないぞ？　二人だからだ。見張りが二人組なら寝られないだろ？」

俺がそう主張すると、三好はふふふんと鼻で笑って「まあそういうことにしておきます」と言った。いや事実だから。

「だけど、そう考えると、軍の人って凄《すご》いですよね」

まったくその通りだ。

通常自衛隊が、国内の深いダンジョンにアタックするときは、エクスペディションスタイルが採用される。それは他国の組織でも同様だ。より安全な探索ということもあるだろうが、それよりもコントロールできない状況を作り出さないためだろう。

対してサイモンたちは、純然たるアドベンチャラースタイルでアタックしているらしい。

何しろ休暇だからな、と笑っていたそうだが、いろいろと軍のハイテクアイテムがあるんだろうと想像はできるが、それでも基本は見張り&探索者用寝具だろう。

「それで、武器や防具はどうします？　二層以降は、さすがにないと拙《まず》くないですか？」

「カジュアルな服だけじゃ目立つもんなぁ……親切な探索者がいちいち意見してくるのも、数が増えると面倒だし」

すれ違う度に、危ないですよ、って声をかけられるのは勘弁してほしい。

善意で忠告する側は一回だけの話だが、される側は忠告者の数だけ同じ事を言われるのだ。

「どうせ高価な防具でも完全には守りきれないんだから、〈超回復〉とＶＩＴ（バイタリティ）を信じて、動きやすさを重視しようぜ。御劔《みつるぎ》さんたちが最初に使ってた、初心者装備でいいんじゃないか、安いし」

「私たちって、ランクもＧなんですから、そのへんが妥当ですよね」

「あ、相手の飛び道具を避けるのに盾は欲しいよ」

「チタンのフライパンじゃだめですか」

「さすがにちょっとなぁ」

確かにあれは、スペックだけ見ればなかなかの高コストパフォーマンスだが、持ち手の保護はまるでないし、第一見た目が怪しすぎる。

「さすがにそういったものは、ダンジョン施設のショップじゃないと買えませんね」

三好がすばやくＰＣを操作して、よさそうな盾を絞り込んだ。

「おお、これは丈夫そうですよ！」

どれどれと、覗《のぞ》き込むと、そこにはブンカーシールドが表示されていた。

「お前な……どこのどいつが、百八十キロもある盾を担《かつ》いで歩けるんだよ」

「先輩」

確かに持てるかもしれない。だがな——

「逆の意味で、目茶苦茶目立つだろうが！」

「もう、わがままですね。んじゃ、これは？」

そこには、ＵＳ（アメリカ）のＳＷＡＴで使われている、プロテック・タクティカルのパーソナル・バリスティック・シールドと、ＬＢＡ社のミニシールドが表示されていた。

「パーソナル・バリスティック・シールドは十キロ弱、ミニシールドはアラミド繊維で作られていて、三キロちょっとですね。保護範囲は狭いですけど」

「とりあえず、とっさの攻撃を防ぎたいだけだから、そのミニシールドでいいよ。予備で二個くらいあれば」

「了解です」

三好がさくさくポチッていく。

「あとは武器ですけど……ここは格好よく聖剣シリーズとか使ってみますか？」

三好がゴージャスな装飾の付いたロトの剣《つるぎ》を表示しながら笑っている。

「なんだそれ」

「あるんですよ、ゲーム会社が武器メーカーとタイアップして作ったようなのが」

「どう聞いてもコレクターズアイテムだろ、それ。それに剣なんて使えないよ」

握ったこともない剣で攻撃するなんて、ちょっと無理だろう。力任せに叩《たた》くだけならバットでも同じようなものだ。

「近づくのがイヤなら、やっぱり飛び道具ですかね？」

「飛び道具か」

しかしスリングショットにしろ弓にしろ、なにかの反動で与える力にステータスは乗せづらい。火器ならそれはなおさらで、攻撃力に関しては、まったくステータスを乗せる余地がない。

誰にも引けないような弓があるならともかく、そんなものは売られていないだろう。それ以前に矢が当たらない気がするが。ＤＥＸ（器用さ）でどうにかなるものだろうか？

魔法主体というのもひとつの手だが、ＭＰ（マジックポイント）というパラメータがある以上、完全に依存するのはかなり不安だ。魔法無効のモンスターは、難易度が上がれば定番だしな。

「十四層のムーンクラン周辺は、渓谷っぽい場所ですし……なら、鉄球でも投げますか？」

直接投擲《とうてき》か！

「兵庫にＦ辺精工さんって金属球の専門加工会社さんがあるんですよ」

「さすが日本、なんでもあるな」

「直径一ミリ以下～百ミリくらいまでの球を、いろんな素材で作ってくれるんです。八センチで二キロ、六センチで八百五十グラムくらいですね」

「じゃ、八センチと六センチを百個ずつ頼んでみるか？　いろいろ試してみようぜ」

「二キロの鉄球を全力で投げたら、普通の人は肩を壊すと思いますけど」

「そこはステータスの力でゴリ押そう。あと、投げるんなら、やっぱり斧《おの》だろ」

「トマホークってやつですか?」

「そうそう。ちょっと重めのヤツがいいな。ブローニングのショックン・オーサム・トマホークを百本くらい」

「なんだか軍隊の発注みたいになってきましたね」

「オーノー」

「言うと思いました」

冷たい目で俺を非難しながら、三好は注文を確定させた。

「在庫はあるみたいですから、大体明日届くと思います」

「了解。後はルートか」

持っているオーブを確かめておきたいモンスターが途中にいるなら、それも狩っておきたい。

「夢のスキルといえば、テレポートとリザレクションですか?」

「後、肉体強化系も地味に便利っぽいぞ」

「犯罪に利用されなさそうで、高額で売れそうなのは、医療に応用が利くタイプですけど」

「回復系か……」

ヒールにキュアにディスカース。あ、最後のは違うか。

「ダンジョンから連絡ができるツールとかもあると便利だよな」

「量子テレポーテーションを利用した通信手段を研究しているところがあるそうですよ」

「次元?が違っても有効なのかね?」

「一応、量子エンタングルメントをダンジョンで確認する実験は準備されているそうです」

「へー。早く実用化するといいな」

一応そう言ってはみたけれど、凄そうという以外、細かいことは、さっぱり分からん。

「その前にダンジョン素材でなんとかなりそうな気もするんですけど」

「そのココロは？」

三好が代々木ダンジョンの階層マップを表示して、九層をタップした。

「これです」

そこに表示されたのは、コロニアルワームと呼ばれるモンスターだ。

「聞かないな」

「あまりにも鬱陶《うっとう》しいので放置されているモンスターです」

次の層に下りる階段までのルートから外れた場所にいるモンスターを狩りに行くには、何かの動機付けが必要だ。そういうものがなかったり、支払うものに対して得るものがあまりに少なかったりするモンスターは、基本的に放置される傾向にある。一層のスライムとかね。

こいつも放置されているモンスターの代表格らしい。

「で、それが？」

「コロニアルワームは、小さな群体と、大きな本体から構成されているんです」

最初に接敵した自衛隊の部隊は、本体を巣だと思ったそうだ。

「群体側のワームは、積極的にいろいろなものを襲って食べるというか、呑《の》み込むんですが、太さが変わったりしないんです」

「ツチノコみたいにならないってことか」

「はい。そして、自衛隊が本隊を倒したとき、刃物で本隊の体を割いたそうなんですが、光になって消える前に、群体が呑み込んだと思われる物体がこぼれ出たそうなんです」

ダンジョンのモンスターは倒すと消えてなくなってしまう。だから完全に満足な調査は行えないだろうが、奇《く》しくも本体を攻撃したとき、それが死ぬ前に中身が出たってことか……

「ダンジョン産でないものは、そのままそこに残されていたそうですよ」

「まるで宝箱だな」

「だから、群体の部分と、本体の部分が、内部で繋《つな》がってるんじゃないかと思うんです」

「なんというファンタジー。胃袋みたいなものを共有しているってことか」

「そうです。そしたら、その胃袋と群体側の器官で、同じ空間を共有できたりしませんかね?」

「あり得る。ありえるが……アイテムは捕まえたモンスターを解剖して取り出すってわけにはいかないからなぁ」

「そうですね。それに……」

三好が再生した動画は、極めてグロく、有り体に言えばものすごくビビッた。

群体が通路の壁を覆うように這《は》って移動してくるありさまは、映画スクワームのラスト付近の家の中の映像のようだった。

「げぇ……」

「そりゃ、誰もここに向かいませんよね」

「まったくだ。強力な範囲魔法でも手に入れないと、近づく気にもならないぞ」

「ほんとですよ。まだ食べられたくはありません」

洒落《しゃれ》にならん。

「単なる魔法スキルなら、結構候補がいるんですけどねぇ」

十一層のレッサーサラマンドラ、十七層のカマイタチ、十三層～十四層のグレートデスマーナあたりを次々と指さしていく。

「デスマーナってなんだ？」

「言ってみればモグラですね。ロシアデスマンっていう大きなモグラと似ているそうですよ。太い尻尾と尖《とが》った鼻が特徴です」

それは尻尾を入れなくても一メートルはある、鼠《ネズミ》のようなモグラのようなモンスターだった。

「こんなのがうろうろしてるのか？　トマホークくらいじゃ、まったく通用しない気がするんだけど」

「物理的に刃渡りがある武器もあったほうがいいかもしれませんね」

刃渡りか。やっぱ剣がいるってことか？

「そういえば、私、バスを出し入れしてて思ったんですけど」

「うん？」

「ものを出す時って、ある程度出す位置や向きを決められるじゃないですか」

「そうだな」

「あれって、ものすごく重く尖ったものを相手の上に出したりできませんかね？　素早く動くものにはダメでしょうけど」

「質量兵器か……それは一考の余地があるな」

「魔法だって、出した後も位置が維持できるなら、水の玉を相手の頭にあわせて出し続けるとかしたら、窒息しませんか？」

「モンスターって酸素呼吸してるのか？」

「分かりません。例のパッセージ説ですけど、深いダンジョンがもしも本当に通路で、向こうの世界と繋がっているなら、気圧の違いや空気を構成する気体のバランスの違いが大問題になりそうなものなんですけど、三年経《た》った今でも、そんなことは起こってないですから」

「フロア単位で空間が違うからじゃないか？」

ダンジョンの中と外では電波が届かない。各フロア同士も同様だ。

そもそも現実に地下を占有していることはあり得ないサイズなのだ。別空間だとしか思えない。

「たとえそうでも、実際は、まるで繋がってるみたいに、シームレスに通り抜けられるじゃないですか」

「なら、空気も移動できるかもってことか。もしそうなら、向こうとこっちで気圧も空気の成分もほぼ同じってことか？　だから生物も酸素呼吸だってか？」

「もちろん、空間自体は断絶していて、テレポートみたいな機能で繋がっているのかもしれませんけど……大体おかしいと思いませんか？　先輩」

「なにが？」

「モンスターが徘徊《はいかい》する異界との接点？　そんな場所に多くの人が侵入してるんですよ？　未知の病原体とかいないんですかね？　検疫とかありませんよね？　防疫とかどうなってるんです？」

　確かに。同じ地球ですら、他国とのやりとりに検疫は実施されている。なのにダンジョンでは俺の知る限りそんなことは行われていなかった。一応、公開されるまでの間に、危険な細菌や生物はモンスター以外発見されなかったということだが……

「異世界の細菌は酸素で死滅する、なんてことも考えられますけど」

「そういう話は、俺たちがここで考えていても結論は出ないだろ。まあ、質量兵器のアイデアはよかった。一トンくらいの杭《くい》でも用意するか？」

　あんまり重いと、〈保管庫〉では持ちきれない。

「尖らせるなら百キロくらいのものも使い勝手がいいかもしれません。ダンジョンの高さが無制限にあるなら、市販品で一番面白いのは五センチくらいの太さがある鉄筋でしょうね」

　もっとも使用する空間の方に、それを運用する高さがないことがほとんどですけどね、と三好が苦笑しながら言った。

　鉄筋か……そういえば、あのとき落ちた鉄筋が、この変な運命の始まりだったな。あれは一体、何に当たったんだろう。

「加速度が付けられたら便利なんだけどな」

「あ、それ、できそうな気がします。後で練習してみましょう。しかしさすがにトン級の鋳造ってことになると特注ですよね。３Ｄで設計図作って見積もりとってみますけど、今回は間に合いませんね」

加速度って付けられそうなのか?!

なら俺も、ピンポン球とかで練習してみるか。できるなら、ＳＴＲ（強さ）よりＩＮＴ（知力）やＤＥＸをあげた方がいいのかな？　その辺も後で検討してみよう。

「ああ、よろしくな」

そこで呼び鈴が鳴らされた。

「あ、来たんじゃないですか?」

画面を確認して門を開けると、表のスペースに車が入ってくる気配がした。

§

納車されたキャンピングカーは、かなり大きかった。

「いや、三好、凝りすぎだろ……」

室内に入って、内部を見た俺は、思わずそう呟《つぶや》いた。

ベースはドリーバーデン25ftらしいが、窓が全部潰されていて光が漏れないようになっていた。

ダイネットと奥のベッドには大きなモニターがぶら下がっていて、周囲の監視カメラの映像が表示されていた。

「ダンジョン内では、騒音もよくないって聞きましたから、電源は全部燃料電池ですよ。超高コストです！」

なんだか三好が嬉《うれ》しそうだ。新しい技術は使っていて楽しいもんな。

「PEFC(注2)とDMFC(注3)の併用です。念のためにたくさん積んでおきましたけど、ファンの音がうるさそうだったので、いろいろと工夫がしてあります」

確かに大した音は聞こえない。

どうせ食事は全部〈保管庫〉の中だ、本格的な料理の必要はほぼないからか、キッチン部分はとても簡略化されていた。

三好はいろいろと説明してくれていたが、俺はといえば、アメリカンな内装なのになんでドリーバーデンなんだろうと下らないことを考えていた。オールドアメリカンとイギリス風は似たようなものだと言われればそうなのかもしれない。

いずれにしてもこれでおおまかな準備は終了だ。明日注文したものが届けば、そのままダンジョンに潜ることになるだろう。

初めての冒険らしい冒険に、俺はちょっとワクワクしていた。

（注2）PEFC

固体高分子形燃料電池（Polymer Electrolyte Fuel Cell）
小型軽量で高効率・高出力密度だが高価になりがち。

（注3）DMFC

直接メタノール燃料電池（Direct Methanol Fuel Cell）
比較的安い。PEFCよりも小型・軽量化が可能。性能がちょっと劣ります。

SECTION：

代々木ダンジョン

「それじゃ、三好、準備はいいか？」

「大丈夫ですよ。先輩こそ、ちゃんとご飯は持ってるんでしょうね？」

「大丈夫だ。たっぷり仕入れた。じゃ、行くか」

「はい」


初心者装備とは言え、初めてのまともな装備だ。なんとなく身が引き締まる思いがする。

俺たちは、それなりにやる気に満ちながら、代々木の地下へと下りていった。

手ぶらだと目立つので、とりあえずＬＢＡのミニシールドを装備して、ブローニングのトマホークを腰に下げておいた。


いつもとは違う人の流れに乗って、二層への階段を目指す。

最大の目的地は、十四層のムーンクランだが、各階のモンスターの経験値測定も重要な作業だ。

各階の過疎地域や環境は、三好と一緒に綿密に予想した。

メットにセットしたアクションカメラや深度センサーも常時作動しているらしい。

深度センサーは自動でダンジョンの３Ｄマップを作成するものだそうだ。ＪＤＡ（日本ダンジョン協会）が提供しているダンジョンビューのオリジナル版らしい。どうせ行ったことのある場所をマッピングするんだからそのついでだということだ。

　バッテリーは三好が山ほど買い込んでいた。情報には計り知れない価値がありますからね、とのことだ。それは正論とは言え、〈保管庫〉や〈収納庫〉がなければ、ほとんど不可能な、言ってみれば戯言《たわごと》だ。その点、俺たちにその心配はなかった。

「初心者さんですか？」

「あ、はい」

　三人組のパーティの男が、俺たちに話しかけてきた。装備を見てそう思ったのだろう。

　異世界ものやＶＲＭＭＯものなら、ここで強盗を疑うところだが、代々木でその手の事件はほとんど発生していない。日本人の気質もあるだろうが、ダンジョン利用者は完全に個人情報をＪＤＡに把握されているから、匿名犯罪は起こしにくいのだ。

　ここで初心者を襲って何かを得たところで、現代日本じゃほとんど割に合わない。リターンに比べて、リスクが大きすぎるのだ。

　吉田と名乗ったその男は、二層へ向かう道中で、いろいろと初心者の狩り場などについて教えてくれた。

「あと、その防具だと五層より先には下りない方がいいですよ」

　五層から現れ始める、ボア系と呼ばれるモンスター群の突進が、初心者装備では受け止めきれないそうだ。

　五層はアマチュアのファン層とプロ層を分けているフロアだ。

代々木では四層までのモンスターは、いわゆる「通常アイテム」と呼ばれる、モンスターを倒すと高確率で得られるアイテムをドロップしない。つまり、代々木ダンジョンで生計を立てるものは、必ず五層以降へ下りる必要があった。

逆に言うと、プロ層とアマチュア層は、その縛りで分離されているため、探索への姿勢の違いで起きるいざこざも抑制されているわけだ。

「分かりました。ありがとうございます」

二層へ下りる螺旋《らせん》階段で、お礼を言って別れると、俺たちは、初めて二層へと下りたった。

「知ってはいましたけど、なんだか不思議な光景ですよね……」

ダンジョンに、空があったっていいじゃないか。

つい昔の芸術家の台詞《せりふ》が頭をよぎる。もっとも、顔と違って、どんなものにも空はないが。あ、中身をなくせば空《から》は作れるか。

そこにはダンジョンの中とは思えない空と、草原や丘や森があった。この傾向は九層まで続くらしい。

振り返ると、俺たちが出てきた階段の入り口は、少し急な壁を持つ丘の中腹に口を開けていた。中を覗いても緩やかなカーブを描く上り階段の先は見えない。普通なら丘の天辺《てっぺん》を突き抜けているだろうが、丘の上に天に昇っていく螺旋階段は存在しなかった。

「確かに不思議だ」

気を取り直して前を向いた。

二層に棲息《せいそく》しているのは、ゴブリン・コボルトなどの定番人型系モンスターに、ウルフなどの獣系が主体だ。

「とりあえず、二層のゴブリンとコボルトか」

ふたりで作ったマップを確認しながら、俺たちは過疎エリアに向かって歩きだした。

二層の過疎エリアは、単に三層へと下りる階段に向かうルートとは逆方向だというだけだ。一層ほどではないが、二層も下層に下りる階段が比較的近距離にあるため、逆方向は過疎率が高い。

当然奥地へ行けば行くほど過疎っている。

人のいない場所まで移動すると、俺は、全ステータスを本来の値に戻して、走ってみた。

「う、うぉっ！」

「ちょっ！　先輩！　どこ行くんですか！　待って下さいよ！」

体が羽根のように軽く、凄い速度で移動できるが、知覚自体は、まるで時間を引き延ばしたようで、体の制御は容易だった。

「凄いな、ステータス」

代々木ダンジョンの既知のエリアに罠《わな》は確認されていない。というか、世界中のダンジョンで罠が見つかった例はない。理由は分からないが、そのあたりがフィクションと少し違うところだ。

もっとも、罠があるほうが謎だと思う。一体誰が仕掛けているって言うんだよ。

普通の屋敷を調べていたら、絵の裏にボタンがあって、押すと別の部屋で壁が開いて銃弾が見つかる、なんて、リアルだったら作ったやつは頭がおかしいとしか思えない。

そういうわけで、環境セクションの構造にもよるが、結構な速さで移動してもそれほど問題にはならなかった。角を曲がったときモンスターとぶつかって恋に落ちるかもしれない確率が多少高くなる程度だ。

もっとも、三好がついて来るのは無理だろう。

「先輩。そんなに高速で移動するなら、私を担いでいってくださいよ」

いや、緊急でもないのにそんなのは嫌だから。まあ、普通に歩こうか。


数分進んだところで、まっすぐな通路の奥に、小さな人影のようなものを見つけて立ち止まった。

「第一ゴブリン発見？」

「ですね。まずは経験値の確認をしましょう」

「了解」

俺は〈メイキング〉を展開すると、鉄球を取り出した。

アイテムボックスから出すと同時に加速させるワザだが、俺にはできなかった。

三好は自在に使いこなしていたから、〈収納庫〉ならできて〈保管庫〉にはできないのかもしれない。取り出す際に内部で加速させているんだとしたら、〈保管庫〉は時間の経過がゼロだから、加速させることなどできるはずがないのだ。

もちろん俺と三好の才能の差だという可能性はある。もしそうなら、ちょっと泣けるが。

というわけで、俺は六センチの鉄球を取り出すと、ただそれを投げつけた。

指からボールが離れた瞬間、パンという音とともに、ゴブリンらしきものの頭がなくなっていた。

「は？」

「おおー」

俺は一瞬唖然《あぜん》としたが、これが、全ステータスオール100のパワーなのだろう。考えてみれば三十一層をクリアした男たちよりも高いステータスなのだ。おそらく、ではあるが。

ゴブリンの経験値は0・03だった。スライムよりちょっとだけ多い。

次に遭遇したゴブリンには、ウォーターランスと名付けられた〈水魔法〉を使ってみた。鉄球には限りがあるし、森エリアでは回収が面倒だったからだ。

魔法のスキルオーブにはローマ数字の付いたものと、無印のものがある。数字の付いたものはナンバーズと呼ばれていて、その番号に対応した魔法が最初から使える反面、他の魔法を覚えない。

無印は経験や訓練などよって、ナンバーズと同等の魔法やオリジナルの魔法を身につけることができるが、修得の難易度が高いということだ。

スライムから出たオーブは無印だった。

俺たちはすでに知られているナンバーズの魔法を参考に、クリエイトウォーターとウォーターランスっぽい魔法を身につけていた。

この〈水魔法〉は、初期状態で、一本の槍《やり》を作るのにMPを1消費した。

効果は鉄球ほどではなかったが、一撃でゴブリンを葬り去ることに変わりはなかった。

「こりゃ楽でいいや」

以降、俺はウォーターランスを使いまくった。〈火魔法〉と違って、森にダメージを与える可能性がないのがいい。

ラノベの世界なら使い続けていれば効果が強化されたりするのが定番だが、ゲームの世界では使い続けたところで、大抵効果は変わらない。現実がどちら寄りなのかという興味もあったのだ。

ステータスはフルセットしてあるので、現在の最大MPは190だ。〈メイキング〉で確認したところによるとMPは一時間でINTと同じ値が回復するようだった。もっともこれが普通なのか、〈超回復〉の力なのかはわからない。細かいことは三好が考えるだろう。

俺はひたすら数値を記録した。案の定二匹目のゴブリンのSP（経験値）は、0・015だった。

ゴブリンたちは事前の調査の通り、まとまって棲息していた。しかも過疎エリアだけに、間引かれる頻度も低いらしく、二時間も経つころには百匹が近づいてきていた。

途中、ウルフを何匹か倒している。こちらもウォーターランスで瞬殺だった。さすがはINT100だ。

最初のウルフの経験値は0・03。ゴブリンと同じだ。すでにゴブリンの経験値は、0・003になっていたので、件《くだん》の匹数による経験値減少問題は種類別に計算されるということだろう。

そうして、九十一匹目のゴブリンを倒したとき、それは起こった。

「え？」

「どうしたんですか?」

▶ スキルオーブ:DEX×HP+1	1/	5,000,000
▶ スキルオーブ:早産	1/	10,000,000
▶ スキルオーブ:早熟	1/	800,000,000
▶ スキルオーブ:促成	1/	1,200,000,000
▶ スキルオーブ:早世	1/	2,000,000,000

ダンジョンに潜る前に、モンスターを倒した数の下二桁は、ぴったり00にセットしておいたはずだ。因《ちな》みにウルフは九匹を倒していた。

「一種類百匹目じゃなくて、モンスターを倒した数百匹目で発動するのか……」

このことは非常に重要だ。

なんといってもムーンクランシャーマンを百匹倒さなくてよいというだけで、朗報なのは間違いない。

「それって、うまく調整すれば、ボスのオーブも取り放題じゃないですか！」

目が¥マークになった三好が、白鳥の湖を踊っている。それはそうかもしれないが、まずはボスを倒せないとだめだろ。

それはともかく、このオーブ、なにかこうヤバそうなのが並んでいる。ていうか〈早世〉ってなんだよ！　年寄りが使ったらどうなるんだよ?!

俺はオーブを読み上げて、三好に伝えた。

「〈促成〉と〈早世〉は未登録スキルですね」

どうやら、三好はスタンドアローンのスキルデータベースを持ち込んでいるようだ。

ゴブリンは大抵の人が倒すモンスターだ。カード所有者が一億人くらいいるわけだから、ひとりが十二匹倒せば、確率的には〈促成〉がひとつ手に入りそうなものだけど……

「Dカードを手に入れるためだけに倒した人が相当数いて、後はすぐにゴブリンを卒業しちゃうんじゃないですか。売れる素材がないですから」

「だよなぁ」

俺だって、ゴブリンを永遠に狩り続けるのは嫌だもんな。経験値はほとんどスライムと変わらない上に、ドロップアイテムも聞いたことがない。

「ゴブリンは、ドロップアイテムじゃなくて、巣に集めてあるアイテムを狙うのが主流らしいですよ」

「え、なにそれ？」

今までも巣らしいところは結構あったが、そんなもの、探したことがなかった。

「ドロップアイテムと違って、探さないと見つかりませんからね。ＧＴＢって呼ばれてるらしいですよ」

「Goblin's Treasure Boxかよ。全く知らなかった。早く言えよ」

「探すのに時間がかかる割に、それほど大したものは入っていないそうですから。最高でランク１のポーションだそうです。さっさと進んだほうがいいかなと思いまして」

「それでもちょっとした宝探しだな」

「アマチュアにとっては、そうですね」

デートで宝箱探しってのもいいかもな。

「ゴブリンを倒して歩くデートはお勧めしませんよ。普通の女性なら引かれます」

「なぜ分かった！」

「先輩は、女の子のことを考えると、鼻の穴が膨らむんですよ」

「マジで⁉」

どうでしょう？　と三好には躱《かわ》されたが、もしも本当だったら、ヤバいな。

〈DEX×HP+1〉はいわゆるハズレスキルだが、以前三好と話した感じでは、将来的に重要になりそうなものだ。しかもドロップ確率が五百万分の一。世界中で結構な数がドロップしているだろう。

「〈早産〉は、子供を早く産むスキルですね。あまりの名称に最初は豚に使われたそうです」

人間以外でもモンスターを倒しさえすれば、カードが現れるそうだ。もっとも、野生の状態ではカードは紛失してしまうだろう。なお、名前がないからか、名前もランキングも表示されないらしい。名前の付いたペットに使うとどうなるのかは気になるところだが、そんなペットがランキング上位に来たとしても、人かペットかは、おそらく見ても分からないだろう。

カードを取得した動物は、当然のようにオーブを使えるようになるそうだ。どうやってオーブを使用するのかは分からないが、豚の場合は食べさせたらしい。

使用されたことはオーブの使用効果で目に見えるし、カードがあればカードにも記載される。動物の場合もそれで取得を確認できるようだった。

ともあれ、〈早産〉を使われた豚は、妊娠後、わずか十二日で出産した。そして、このスキルの凄みは、その子供が全て正常な子豚だったことだ。

つまりこのスキルは、妊娠期間を約十分の一にするスキルだったのだ。

ただし親の方はそれなりに衰弱するらしい。通常と比べて、時間あたり十倍のエネルギーを使うからだと予想されている。

現在では、動物を使ったスキルの遺伝を調べるための実験に、活用されているらしかった。

「〈早熟〉は、今までにふたつしか見つかっていないそうです。どうやらダンジョンでの成長速度が非常に速くなるらしいですけど……」

「名前だけ見たら、すぐに頭打ちになりそうだよな」

十で神童、十五で才子、二十過ぎればただの人ってやつだ。

「しかし、人間には使い辛いオーブばっかりだな、これ」

結局安心して使えそうなのは、〈DEX×HP+1〉しかないありさまだ。

「まあ、とりあえずはレアリティで押さえておくか。しかし〈早世〉はなぁ……暗殺アイテムかっての」

〈早世〉――取得確率は二十億分の一――は、どう見ても寿命を縮めるスキルだとしか思えない。

〈早産〉を参考にするなら十分の一か？

しかしそれだとデメリットしかないわけで、暗殺に使うにしても時間がかかりすぎるだろう。

たぶん何かそれに見合うメリットが――天才になるとか？――あるのかもしれないが、試す方法がなかった。もちろん自分で使うなんてもってのほかだ。

「ここは〈促成〉にしておくか」

そうして俺は、〈促成〉を手に入れた。

§

ゴブリンはまだまだ尽きないし、MPも一時間で１００は回復するから、もう二時間程狩り続けてみた。充分データを取ったらしい三好も、ちまちまとウォーターランスで敵を倒している。加速鉄球なら一撃だが、いかんせん鉄球を消費するからな。

「鉄球と違って、いまいち快感が……」

なんて言う様は、ちょっと危ない人になっているぞ。

そうして、あらかじめ見つけておいたコボルトを、丁度百匹目になるタイミングで倒した。

► スキルオーブ：AGI×HP+1	1/	20,000,000
► スキルオーブ：AGI+1	1/	50,000,000
► スキルオーブ：生命探知	1/	1,200,000,000
► スキルオーブ：交換錬金	1/	16,000,000,000

「〈交換錬金〉以外は知られていますね」

残りのスキルは既知のようだ。〈生命探知〉はここでは激レアだが、主にウルフ系列の上位種が割とドロップするらしい。

「コボルトは、コバルトの語源にもなっていますから、錬金っていうのも分からないでもないですけど……交換ってなんでしょうね？」

「何か対価を要求されそうだよな……実に寓話っぽく」

百六十億分の一は確かにレアだが……

「しかし、コボルトやゴブリンのオーブは、どれも悪意に溢《あふ》れてるな」

「悪戯《いたずら》好きな妖精の性《さが》ですかね？」

危険すぎて売ることもできそうにないし、試すのも嫌だ。〈鑑定〉を手に入れてから、もう一度来るより他はないだろう。

俺たちは大人しく、〈生命探知〉を手に入れた。

「とりあえず、取得できるオーブも分かったし、先へ進むか？」

「そうですね。ウルフはもっと下層でも出ますし、代々木の二〜四層は少しずつ相手が強くなったり出現頻度が変わるだけで、種類はほぼ同じですから、とりあえず五層を目指しましょう」

「よし、いくか」

「先輩、その前に誰もいないこのへんでご飯にしましょうよー。お腹減《なか》りましたー」

「まあそうか。じゃ、出すか？　あれ」

「ふっふっふー、移動拠点車ドリーちゃんのデビューですよ！」

三好は少し広い場所で、拠点車を取り出した。

俺たちはそれに乗り込むと、デパ地下総菜とお弁当を取り出して、お昼ご飯にしたのだった。

§

ご飯を食べて少し休んだ俺たちは、一気に五層を目指した。

浅い階層ならいつでも来られるし、いますぐ真剣に調べることもないだろう。

敵は、人目のないところではウォーターランス、そうでもなさそうなところでは鉄球でさくっと片付けつつ最短距離を走破した。

そうして五層に降り立った俺たちは、思った以上に注目を浴びる自分たちに、今更ながらに気が付いた。

五層からは、ボア系やオークなども登場し始める。そのため、初心者装備丸出しのエクスプローラーは、さすがにここにはいなかったのだ。

「うう。先輩、意外と目立ちますね、私たち」

「装備を隠すマントでも持ってくればよかったな」

五層から八層は森系だ。

二層から四層にも森はあるが、こちらはより深い森になっている。あちこちには洞窟も点在していて、人型系モンスターの拠点になっていたりするようだ。

「オークやフォレストウルフ、それにワイルドボアが新登場ですね。夜にはナイトウルフやチャーチグリムも出るみたいですよ」

三好がタブレットを見ながら説明してくれた。

深層を目指すチームは、八層で夜を過ごすことが多いらしい。

十層がアンデッドフロアで、かつ、十一層への階段が遠い。十一層は溶岩フロアで環境が悪く、それ以降へ進もうとすると、普通の探索者にとって、一日では遠すぎるのだ。

そして、ひとつ前の九層では、オーガやコロニアルワームが出るため、思わぬ襲撃を受けかねない。消去法で八層の出口付近が選ばれるわけだ。

また、この三年の間に、エクスペディションスタイルのチームが持ち込んだ機材が、その場所に集められ、臨時の拠点ぽいものが作られているという理由もあった。

いずれにしても、そろそろ日没だ。この層からは戻るのも進むのも難しい時間帯だった。

階段の付近では、いくつかのチームが夜を過ごす準備を始めていた。

この階層で夜を待つグループの目的は、チャーチグリムと呼ばれる、五〜九層に夜の間だけ出現する黒い体に赤い目をした犬型の魔物だ。

初めはヘルハウンドと混同されていたこの魔物は、かなりの高確率でポーションそっくりな同化薬と呼ばれている赤い液体をドロップする。

触れても単に「ポーション」としか表示されない、この液体は、使用したところで、怪我《けが》が治るわけでもなく、効果不明のために、当初は偽ヒールポーションと揶揄《やゆ》されていた。

その効果が分かったのは偶然だった。

代々ダンの十層は、広大な墓地のあるアンデッド層だ。非常に面倒で、十一層への階段も当初はなかなか見つからなかった。そんな時、とあるチームのメンバーがゾンビに囓《かじ》られた腕を治療するために、慌てて偽ヒールポーションを使ってしまったのだ。

もちろん腕の傷は治らない。間違いに気が付いたメンバーは、急いで本物のヒールポーションを使用して事なきを得たが、問題なのはその後だった。

ゾンビやスケルトンといった低級のアンデッドたちは、彼をまるで仲間であるかのように無視したのだ。

以来、このヘルハウンドそっくりのモンスターは、十層の墓守という意味でチャーチグリムと呼ばれるようになる。

これのおかげで、十層は、今までのような地獄のフロアから、単なる通路と化した。無傷で通り抜けられるようになったのだ。

もっとも夜になると、同化薬の効果が薄れるため、今でも夜の十層は、高レベルの探索者たちにも忌避される面倒な層のままだった。

十一層以降へ赴く探索者は、まず夜の五～九層でチャーチグリムを狩って、同化薬を手に入れるのがセオリーだ。当然五層の入り口が一番安全で、八層の出口が一番この狩りに向いている。そのため、大抵はこのどちらかで狩られているようだった。

俺たちは、階段付近で野営の準備をしている探索者の目から逃れるように、そっとその場を離れて、過疎地方向へと移動した。

しばらく行くと、小川に突き当たった。

川幅は四メートルほどで、さほど深くもない。俺は三好を抱えてひょいとその川を跳び越した。

「先輩。二層でも思いましたけど、ステータスの上昇効果ってハンパじゃないですね」

「まあな。あの重い三好が、げふっ……」

後ろからレバーに右フックを叩き込んだ三好が「雉《キジ》も鳴かずば打たれまいに」と呟いた。おま、それ、たぶん字が違う。

俺がうずくまった先に、丁度よさそうな開けた場所があったので、三好は、辺りに人がいないことを確認してから、拠点車を取り出した。


「はー、疲れましたね」

室内に入って監視装置の電源を入れた三好は、モニターに映し出される周囲の様子を確認すると、そそくさとシャワールームへと入っていった。

ドリーの外周はすべてチタン板で覆われているので、内からは外が見えない。それをあちこちに設置された監視カメラで補っていた。

俺は取り出したお茶を飲みながら、見るともなくモニターを眺めていると、がちゃりと音がして三好がシャワールームから出てきた。

「先輩、シャワーをどうぞ。あ、あと私にもなにか食べ物を出しておいてくださいね！」

「うーっす」

俺はテーブルの上にいくつかの弁当と菓子、それに飲み物を並べると、シャワールームの方へ歩いて……行こうとして足を止めた。

「悲鳴？」

三好はコンソールの前に飛び込むと、集音マイクの感度を上げた。監視カメラの映像に小さな閃《せん》光《こう》が煌《きら》めくのと同時に、また同じような声が聞こえた。

「確かに、遠吠えと悲鳴です。先輩、どうします？」

「義を見てせざるは勇無きなりってな」

三好は、はぁ、とため息をつくと、できるだけこっから誘導しますとイヤープラグを投げて寄越《よこ》した。

「それ、突っ込んどいてください」

「ＯＫ」

俺はそう答えると、三好が誘導する方向に向かって駆けだした。

川を渡って少し行くと、唐突に濃い霧が現れた。そこから先は別の世界だと言わんばかりの不自然さだ。

「三好、霧が見えるか？」

「見えますけど、これは霧って言うより闇ですね。黒いですよ。中はちょっと……ドローン飛ばします」

あの車、ドローンまで積んでいたのか。

意を決して、霧の中へと踏み込むと、時折咆《ほ》える獣の声や、誰かが上げる威嚇の叫びや、そしてたびたび上がる女性の悲鳴が、徐々に大きくなっていった。

§

「なんだよ！　こいつら、チャーチグリムじゃないのか?!」

二・五メートルくらいのポールアームを持った男が、それを大きく横に振って相手を下がらせている。

その狼《オオカミ》然とした魔物は、大きな体軀《たいく》をしていたが、少し下がった闇の中では、黒い体が闇に溶けて、赤い目と口だけが、その存在を主張していた。

「分からん！　基本チャーチグリムは、単体で現れるはずだが……くそっ」

そう答えた大柄な男は、連係して襲ってくる黒い魔物に、両手で持った剣を叩きつけた。

「ヘル、ハウンドなら連係してくるって聞いたけど……」

男たちの後ろで、重傷を負って気絶したらしい小柄な男を止血しながら、悲鳴を上げていた女が少し落ち着きを取り戻して言った。

「あいつらが出るのは八層からだろ⁈　だがこいつらが本当にヘルハウンドなら……バーゲストがいるのか⁈」

「そ、そういえば、いつの間にか出ていたこの黒い霧……」

闘っていた男たちは顔を見合わせた。

「おい、三代《みしろ》。翔太《しょうた》を置いていけ」

「は？　一体なにを……」

三代と呼ばれた女は、唖然としてそう言った。

「本当にバーゲストなら、ヘルハウンドは九頭だ。俺たちじゃ、倒すどころか逃げられるかどうかも怪しい」

「だから、な……」

ヘルハウンドたちは、人間たちの葛藤を楽しむかのように、攻撃を控えて遠巻きにしていた。赤く割れた口は、まるで闇が笑っているかのように見えた。

「ば、馬鹿なことを！　弟を見捨てて逃げろって言うの⁈」

「一緒にくたばりたいなら、勝手にしろ！」

そう言うと男たちはそのまま駆けだした。

「あ、待って！　待ってよ‼」

女は思わず膝立ちして叫んだが、男たちは振り返らなかった。

後ろからは、複数の低い唸《うな》りが聞こえてくる。

女は悔しげに唇を噛《か》みしめると、右手でトリガーレスタイプのリリーサーを握りしめ、コンパウンドボウに矢をつがえた。そうして、振り返りざま襲ってくるヘルハウンドの目を狙ってリリースした。

ヘルハウンドが上げたキャインという声が、わずかな満足感を女に与えたが、同時に襲ってきている残り三頭のヘルハウンドの顎《あぎと》は、後数秒でこの体に届くだろう。

女は諦めたように目を閉じた。

次の瞬間、ぐしゃりという音が響いたが、痛みはいつまでも襲ってこなかった。

女がおそるおそる開けた瞳には、すぐそこに立っている、ド初心者装備の男の背中が映し出されていた。

「立って歩けるか?」

男は振り返りもせずにそう尋ねた。

§

まったくトラブルっていうのはどうしてこう、次から次へとやって来るんだ。

俺のLUC（運）は結構高いはずなんだけどな。ちょっとは仕事をしろと言ってやりたい。

「立って歩けるか?」

そう聞いた俺に、女は、腕に酷い怪我を負って気絶している男を見た。

「さっさと起こせ。そうしたら、あっちの方向に小川がある。それを渡りきるまで走れ」

そう言って俺は、俺が来た方向を指し示した。

バーゲストは流れる水を越えられない。ここまで地球の文化におもねったデザインなんだ、きっとそうに違いない。

「あなたは？」

「まあ、こいつらをどうにかしなきゃな」

「手伝いは――」

「邪魔だ」

女は一瞬鼻白んだが、まわりに散らばっている頭のないヘルハウンドの死体を見てすぐに頷《うなず》いた。なかなか判断の早い賢い女性らしい。とは言え、何でこいつらの死体は消えないんだ？

女が、取り出した何かを、素早く倒れている男に嗅《か》がせると、男は呻《うめ》きながら意識をとりもどしたようだった。

女が男に何かを話している。男は頷くと、呻きながらもなんとか立ち上がった。どうやら足は無事のようだ。

「行け」

俺は、小川の方向を指し示すと、二人はその方向へ向って、体を引きずるように走り始めた。

四頭のヘルハウンドが、その後を追おうとしたが、その牙が彼女たちに届くことはなく、全てがウォーターランスの餌食になった。

このレベルの敵にも通用することに安心しながら、俺は冷静に数値を三好に伝えていた。

「先輩、余裕ありそうですね」

「まあ、魔法が通用したからな」

「上から見ると、その先にでっかい何かがいますよ」

「たぶん、バーゲストだ。鎖を引きずるような音が聞こえる」

ヘルハウンドの気配がなくなると、正面から聞こえていた鎖を引きずるような音が大きくなり、すぐそこにある暗闇から、不気味な唸り声が轟《とどろ》いた。

それと同時に九つの魔法陣が現れ、九頭のヘルハウンドが召喚された。

「お？　これはもしかして、ラッキーか？」

「はい？」

再召喚されたヘルハウンドを見た俺には、きっと三好が宿っていたに違いない。

こいつらを召喚しているモンスターは、過去の例から考えてもバーゲストの一種に違いないが、何度も召喚したりするところを見ると、特別な個体である可能性が高い。

〈生命探知〉を取得してから、倒したモンスターの数が六十九なのは間違いないから、さっきの奴らを助けるために倒した七を加えて七十六。

つまり後二十三匹雑魚を倒した後、その特別なやつを倒せば――

「これはちょっと頑張っちゃいましょうかね」

両手にトマホークを握りしめると、九頭のヘルハウンドに向かって、次々とウォーターランスを発射した。

それは、ヘルハウンドが俺に噛みつける位置に来る前に、それらの頭を消し飛ばし続けた。あと、十四頭！

次の九匹が同じ運命を辿《たど》ると、バーゲストは、唸りを上げて突進してきた。闇に浮かぶ赤い目の位置が高い。体高は三メートル近くありそうだ。

「てか、おい！　あと五頭なんだよ‼　召喚しろよ！」

どっかにナイトウルフやオークでも歩いていないかと思ったが、この濃い霧はどうやらこいつのテリトリーらしく、近くには一匹のモンスターも感じられなかった。

俺のそばを、凶悪な力を秘めた爪が通り過ぎていく。

スローモーションに見えるからまだいいが、それでもかなりのスリルがあった。

俺は右手に持ったトマホークで、右の後ろ足を力いっぱい切り裂いた。大きく悲鳴を上げたバーゲストは、足を引きずりながら距離をとると、再びお供の召喚を行った。

「よっしゃ！」

百匹目のカウントが、倒した順番であることを祈りながら、襲ってくる五頭を始末すると、残りの攻撃を軽いステップで交わしながら、バーゲストの真正面に躍り出た俺は、頭に向かって、八センチ鉄球を連続して投げつけた。

三個目の鉄球が下顎から頭を貫通したように見えたとき、バーゲストの巨体が大きな音を立てて倒れた。

「あ、あれ？」

だが、オーブ選択ウィンドウが開かない。

「も、もしかして、攻撃した順番だったのかー⁈」

思わずがっくりと膝を落とした俺に、四頭のヘルハウンドが近づく。

くそっ、もう何でもいいやと投げやりになった時、倒れたバーゲストから唸り声が上がるのを聞いた。

「まだ生きてたんかい！」

ヘルハウンドを躱しながら、速攻でウォーターランスを何本か打ち込むと、四本目で目の前にいつものリストが浮かび上がった。

それを見た俺は、一瞬残りの四頭のことを忘れて息を呑んだ。

▶ スキルオーブ：異界言語理解	1/	1,000
▶ スキルオーブ：闇魔法(Ⅵ)	1/	2,000,000

選ぶ間もなく襲ってきた四頭を慌ててウォーターランスで倒した瞬間、瞬時に霧が晴れて今まで倒したモンスターの体がいつものように消失した。

どうやらボス戦っぽい戦いは、完全終了時にドロップアイテムの処理が行われるらしい。

「先輩？　霧が晴れましたけど、大丈夫ですか？」

「三好、バーゲストのオーブなんだがな――」

それを説明しようとしたした俺の目の前に、虹色の綺麗《きれい》な珠《オーブ》が現れた。

「は？」

〈メイキング〉の取得リストは閉じていない。つまりこれは純然たるドロップだということだ。

驚いてそれに触れると、そこには確かに〈異界言語理解〉と書かれたオーブが浮かんでいた。ごめんよ、俺のＬＵＣ。君はちゃんと仕事をしている。

「先輩？　今のなんです？」

「なんだ、カメラも生きてるのか。バーゲストはどうやらオーブをドロップしたぞ」

「ええ？　なんです、なんです？」

「聞いて驚け、〈異界言語理解〉、だ」

「はぁ？」

さすがの三好も驚いたか。

リストによれば、〈異界言語理解〉のドロップ率は、なんと千分の一だ。通常のモンスターではない特殊なボス系モンスターに、比較的高確率で仕込まれている可能性が高い。

まるで、それを設定した誰かが、人類に碑文を読んでくれと言わんばかりじゃないか。いずれはある程度の数がドロップするに違いない。

「今のうちに高額で売り飛ばすか、〈闇魔法〉を手に入れるか、か」

「先輩。じゃあオーブリストにもあるんですか？　〈異界言語理解〉」

「ご名答。確率千分の一だってよ」

「他に何があるか知りませんけど、それを取得してください。絶対です」

「どうして？　すでに一個は確保したぞ？」

「先輩。世界にそのスキル持ちが二人しかいないと、必ず水掛け論になりますよ」

なるほど。三好の言うことはもっともだ。

バーゲストの能力から考えて、〈闇魔法（Ⅵ）〉は霧の空間かヘルハウンドの召喚だろう。どちらも普通のバーゲストが使う魔法だから、レアじゃないバーゲストが持っている可能性は高い。

「それを取らなかったら、締めますよ？」

「え、なにそれ、フラグ？」

俺は笑いながら、〈異界言語理解〉を選択した。そうして、手を滑らせることもなく、無事に二個目の〈異界言語理解〉を手に入れたのだ。

そうして、俺の周りには、いくつかのアイテムがドロップしていた。

どこで倒しても、必ず自分のまわりにアイテムが現れるのは、オーブと同じことのようだ。

触れればその名称が分かることも、オーブと同じだった。

：

- ▶ ヒールポーション(5) ×2
- ▶ キュアポーション(7)
- ▶ 牙：ヘルハウンド ×8
- ▶ 皮：ヘルハウンド ×3
- ▶ 舌：ヘルハウンド
- ▶ 魔結晶：ヘルハウンド ×8
- ▶ 皮：ハウンドオブヘカテ
- ▶ 角：ハウンドオブヘカテ ×3
- ▶ 魔結晶：ハウンドオブヘカテ

「これが素材アイテムか。初めて見た。けど、異界のモンスターが『ヘカテ』とはね……」

何とも言えない気分で、俺は、それらを〈保管庫〉に収納した。

§

「あ、大丈夫でしたか⁉」

小川の向こうから、コンパウンドボウを構えていた女性が声をかけてきた。

「え？　ああ、まあなんとか」

俺は曖昧に笑うと、小川で手を洗った。

「それで、彼の容体は？」

川を跳び越して近づいてみると、脂汗を浮かべながら横になっていた男の腕は、ずいぶん酷い状態のようだった。

「一応止血だけはしたんですが……」

そう言って彼女は心配そうに、男を見ていた。彼氏なのかね？

しかし困ったな。五層の入り口付近にいる連中の所まで送って別れるつもりだったんだが……かといって、このまま拠点車に連れて行くのもためらわれる。

一応、三好が用意した普通の救急セットもあるにはあるが、どうやら右の前腕をごっそりヘルハウンドに持っていかれているようだ。

医者ならすぐにも肘の先で腕を落として治療しかねない大怪我だ。普通の救急セットで間に合うとはとても思えなかった。

「……仕方ない」

「え？」

三好、すまん。

「使いますか、これ？」

俺はバックパックからを装って、さっき手に入れたポーションを取り出した。それに触れた女は、思わず声を上げて驚いた。

「え？　ええ⁉　ヒールポーション⁉　しかもランク5‼」

しまった、ポーションのランクなんかチェックしていない。ランク5って凄いのか？

「ランク5！」と三好が叫ぶ声がイヤープラグ型のデバイスから聞こえてくる。

「こ、これ……でも……」

彼女はポーションと、男を交互に見ながら、葛藤していた。

「早く使わないと拙いんじゃないですか？」

俺がそう言うと彼女は覚悟を決めたような顔をした。

「ありがとうございます。必ずお支払いします」

そう言って、男に駆け寄ると、ポーションを少しずつ飲ませている。

あー、やっぱり飲むものなんだ。患部にかけてもいいのかな？　なんて考えていると、大きなあくびがひとつ出た。〈超回復〉を持っていても、緊張や集中をしていないと眠気は襲ってくるようだ。そうでなきゃ不眠症になるからだろう。

彼女たちの様子を見ていると、相も変わらずダンジョンアイテムの効果は劇的だった。

アーシャの〈超回復〉の時ほどではないにしろ、筋肉はおろか、骨まで欠けていた前腕の内側が、みるみる盛り上がって元に戻っていく様は、まさに圧巻と言える。

ポーションをすべて飲み終わる頃には、男は完全に回復していた。

「え？　あれ？　姉ちゃん？」

朦朧《もうろう》としていた男は、意識がはっきりすると、不思議そうに自分の腕を眺めて言った。

なんだ、姉弟《きょうだい》だったのか。

「翔太！」

女は涙を浮かべて弟に抱きついた。仲いいな。

「一体何が……俺の腕……ついてる」

「あの人が……」

そう言って彼女はあったことを弟に説明していた。

「ランク5?!」

黙って姉の話を聞いていた弟が、驚いたような声を上げると、俺の方を厳しい眼差《まなざ》しで射貫《いぬ》いてきた。え？　ここは感謝される場面じゃないの？

「俺は助けてくれなんて言ってねぇし。別に大した怪我もしてなかったし」

「し、翔太?」

は？　いきなりなにを言い出すんだ、こいつ？

「大体ポーションを使ったなんて証拠はないし」

「ちょっと、あなた！　何を言い出すの！」

うんまあ、そうかも。厳密に言えばあるのかも知れないけれど、俺は知らん。

「ご、ごめんなさい。うちの弟、錯乱しちゃってて」

「謝ることなんかないよ！　姉ちゃんは騙《だま》されてるんだ！」

はい？

「そのヒヒジジイは、無駄に高ランクのポーションを持ち出して、姉ちゃんを借金漬けにして自由

にしようと目論《もくろ》んでるんだよ！」

「翔太！」

おお！　それは初耳、お釈迦《しゃか》様もビックリだぜ。ああ、もう面倒くせぇな。

イヤープラグからは、「一応録画してありますけど」と言いながら、三好が肩をふるわせて笑いをこらえている雰囲気が、ありありと伝わってくる。

「あの、もういいですから。そっちへ行くとすぐに四層への上り階段です。何組かのチームが野営してますから、そこで朝まで過ごして帰られるといいですよ」

「え？」

「いや、ですから……」

「ほっとけよ！　いいって言ってんだからさ！　行こうぜ、姉ちゃん。……そういや、坂井と当麻は？」

ああ、あの逃げ出したやつらか。

「逃げたみたいですから、同じ場所にいるんじゃないですか？」

「なら、すぐに行こうぜ！」

お前たち姉弟を餌にして逃げたヤツらだけどな。それを知っている姉の方は、とても複雑な顔をしていた。

「これ、私の連絡先です。必ずお支払いしますので……失礼ですがお名前を」

「別に名乗るほどのことでは。文字通り、犬にでも噛まれたと思って忘れますよ」

「そんな……」

泣きそうな顔を向けてきた彼女は、基本的に善人なんだろう。

別に優しくすることだってできただろうが、ヒヒジジイ扱いされたら多少は腹も立つ。彼女のせいではないってことは、よく分かっているけれども。

「なにやってんだよ、姉ちゃん！　早く行こうぜ！」

「大丈夫。きついことを言って申し訳ない。ほら、行ってください。きっとまたどこかで会えますよ」

「すみません。できれば連絡をくださいね」

そう言って、彼女は弟の後を追いかけていった。

「三代《みしろ》絵里《えり》、ね」

俺は貰《もら》った連絡先を〈保管庫〉にしまうと、拠点車へ戻るために、彼女たちとは反対の方向へと歩いていった。

§

「先輩、めっちゃ面白かったです！」

ドリーに戻ると、三好が目をキラキラさせて出迎えてくれた。

モニター越しに見れば、結構なアクションムービーだろうが、俺はもうシャワーを浴びて、メシ食って寝たいよ……

「先輩、ところでランク5のヒールポーションの値段って知ってます？」

「あー、よく知らん」

でしょうね、と三好が面白そうに笑って、冷たい水を渡してくれた。

「ヒールポーションのランク1はＪＰＹだと百万～二百万くらいです」

「へー」

安くはないが、プロの探索者にとって、特にべらぼうに高価というわけではなさそうだ。

ごくりと水を一口飲む。よく冷えていて、体に染み渡る感じがする。思ったよりも疲れているのかな。

三好の説明によると、ポーションのランクと効能は以下のような感じらしい。

ランク1は、単純骨折が修復される程度らしい。いわゆるテニスエルボーや野球肘くらいまではきれいに治る。腱の断裂も修復するらしい。

ランク2になると、複雑骨折や眼球の損傷、割かれたお腹などをきれいに修復する。

ランク3は、広範囲にわたる火傷《やけど》や、きれいに切断された体がくっつく。

ランク4は、ぐしゃぐしゃに潰された手足が元に戻る。

ランク5は、半分欠損していても元に戻る。

ランク6は、八割欠損していても元に戻る。

ランク7は、失われていても、しばらくの間なら元に戻る。

ランク8～10は未発見。


そうすると、アーシャの場合は8以上のランクが必要だったわけで、見つかってないんじゃ買えるはずがないよな。

「それぞれにランクの価格は、ランク1の相場を基準にして、後は大体ドロップの希少性によって計算されています。具体的には、大体、ひとつ前のランクの価格×そのランクです」

「つまり、ランク1が百万なら、ランク2は百万×2で二百万。ランク3なら、二百万×3で六百万ってことか？」

「そうです。もっとも高ランク品は数が少ないので実際の取引価格はバラバラですけどね」

つまりは、ランク1の価格×当該ランクの階乗かよ……

「それってランク1が百万だとしたら、5は……」

「一億二千万ですね」

「おう……」

そりゃ、あの姉弟が驚くのも無理はない。

「大体ランク5なんて、一般にはなかなか出回りませ――」

俺は静かに今回手に入れたアイテムをテーブルの上に取り出した。

- ヒールポーション(5)
- キュアポーション(7)
- 牙：ヘルハウンド ×8
- 皮：ヘルハウンド ×3
- 舌：ヘルハウンド
- 魔結晶：ヘルハウンド ×8
- 皮：ハウンドオブヘカテ
- 角：ハウンドオブヘカテ ×3
- 魔結晶：ハウンドオブヘカテ

「――先輩、まさかこれ？」

「今さっきの成果物」

「ドロップ率がおかしい気がするんですけど……」

そう言って三好は、ごそごそとアイテムに触れながら、内容を確認していた。

「ＬＵＣのせいかもな」

淡い黄緑色をしたポーションらしきものに触れたとき、三好は思わず顔を上げた。

「先輩！　こ、これ。このキュアポーション、ランク７ですよ?!」

俺にはその価値がいまいち実感できないが、さっきの話がそのまま適用されるなら、七の階乗は五〇四〇だ。まあ驚くと言えば、驚くか。

「なに落ち着いてるんですか。キュアポーションは病気の治療に使われるポーションですが、ランク7だと大抵の不治の病は全快するんですよ？」

「なんだって？」

「白血病はおろか、認知症を完治した報告例があります」

俺は水を噴き出しかけた。認知症って病気扱いなのか？

「神経細胞の回復なんて、どちらかというとヒールポーションの領域じゃないのか？」

第一失われた記憶ってどうなるんだよ？

ハードウェアが元に戻っただけでどうにかなるもんなのか？

「そうなんですよね。だから、その辺も先輩が言ってた『意識』の問題なのかもしれません」

「それって、認知症が神経細胞の『ケガ』だっていう認識を持てば、ランク6のヒールポーションくらいで全快しちゃうかもしれないってことか？」

「ありそうですねぇ。その実験をやれるところは少ないというか……今のところは、ないと思いますけど」

なにしろ高ランクポーションは、それを欲する人の列で埋まっている。どうなるか分からない実験に使えるような状況ではないらしい。

「ランク4までのキュアポーションは比較的安価に流通しています。4でも難病のうちいくつかは完治するようですよ」

全体の出現バランスはヒールポーションとそれほど違いはないが、必要になるのは主に一般人で、エクスプローラーに大きな需要のあるヒールポーションとは需要構造が異なっているため、少し安いそうだ。

「安価？」

「ランク4で、最低千九百二十万ですね」

「それのどこが安価なんだよ？」

俺は呆《あき》れながらそう尋ねた。

ヒールポーションと同じ計算式なら、ランク1が八十万くらいだ。

「実際に難治の治療に使われている金額。つまり保険から支払われている金額に比べたらはるかに安価な場合が多いんです。厚生労働省が保険支出の圧縮に、分配組織の設立を検討しているくらいです」

ものすごく治療に金がかかる病気を、さっさとポーションで治して支出を圧縮するってことか。そういや、白血病のキムリアなんかアメリカなら成功報酬とは言え四十七万五千ドル。日本だと、治っても治らなくても三千三百万ちょっとだもんな。二千万なら安いってことか……

健康保険の高額療養費制度を利用すれば、患者が払うのは自己負担限度額だけ。限度額適用認定証を利用すれば、一時支払いも不要だ。win-winの関係と言えばその通りだが……

「それ、薬を開発している企業にとっちゃ、ガンなんじゃないの？」

「流通量が少ないですから、今のところ問題視されていませんが、流通量が増えたりしたら死活問題かもしれません。そんな組織は作らせない可能性もありますね」

ポーションを大量に流通させたりしたら、命を狙われかねないってことか。

「現在完治が極めて難しい、または、不治と呼ばれる病気は、ランク５以上から効き始めるんですが、ドロップするモンスターの難易度が跳ね上がるため、めったに流通しません」

なるほどね。だから無視を決め込んでいられるわけか。

「もっとも、このクラスの病になると、たとえ苦労して薬を開発したとしても、患者が少なすぎて利益が出ませんから、人類に貢献するという意味では素晴らしいものがありますけど、出資者はいないでしょうね」

「つまりランク５より先は、仮に流通したとしても、それほど薬の開発に影響を与えないってことか？」

「おそらく。で、現在のランク７キュアポーションの価値ですが——ざっと四十億三千二百万ですね」

流通しないので、確率から計算しただけの価格ですが、と付け足された。とは言え——

「誰が買うんだよ、そんな薬」

「遺産配分を決めないまま、急性で認知症になっちゃった大富豪とかですかね」

「なるほど……って、じゃあランク７のヒールポーションも？」

「五十億ちょっとくらいです」

「マジデスカ」

「エクスプローラーは財産ですからね。死んでしまえば与えたスキルオーブもパー。各国のトップエクスプローラーは絶対に死なせてはいけない国有財産とみなされていると思いますよ」

それでも危険なダンジョン内に送り込まなければいけないんだもんなぁ。沈むのが前提の軍艦に、保険をかけておかなければならないのは辛《つら》いだろう。

「取り換えのきかない機材を保護するのに、五十億くらい安いって？」

「メンテナンス込みなら、戦闘機一機分以下ですからね」

「ゆがんでる気がする」

「実際、取得はそれくらい大変でコストもかかるみたいですよ。本来こんなにほいほいドロップするようなものでは……」

エクスペディションスタイルで、なんども潜ってゲットするわけだしなぁ。たしかにそうなのかもしれない。

「じゃあ俺が――」

「先輩が社会正義に目覚めるのは勝手ですが、一人で頑張ったところで、中間業者がぼろ儲《もう》けするだけです。決して価格は下がりませんよ。供給が全然足りないんですから」

「――だよな」

アイテムはオーブとは違って、時間制限が緩い。

つまりはそこに中間業者が暗躍する――じゃなくて商売するチャンスが生まれるわけだ。

「言っておきますが、手に入れられない人たちに配って歩くのもお勧めしませんよ」

「なんで？」

「あいつは貰えたのに、俺は貰えない。それが我慢できない『俺』が世の中には大勢いるからですよ」

全員に配るのは無理だ。

だからそこには命の選別がある。選ばれなかったやつから恨まれるのは当然か。

「先輩も見たでしょ、さっきの男の子。ああいうのが……まあ普通とは言いませんが、たくさんいると思ってください」

「はあ。ままならないねぇ」

「消耗する美術品や宝石だと思えば腹も立ちません」

さすがは三好、割り切ってらっしゃる。

「で、牙や皮や角はともかく、舌とか魔結晶ってなんに使うんだ?」

「魔結晶は、超高エネルギーの結晶体らしいですよ」

「なんだそれ。意味分からん。石油の代わりにでもするのかよ?」

「それなり以上のモンスターからは、時々産出するアイテムで、一般にはあまり知られていませんが、化石燃料の少ない国は超注目しているそうです。付いた名前がクリーンなプルトニウム」

「そんなにか?」

ダンジョンが出現して以来、世界は日単位で変貌を遂げている。

そのうち人類は石油のようにダンジョンに依存して生きるようになるかもしれないな。というか、なりかかってるのか。

「実用化には、いろいろと壁があるそうですが……中でもこれは、今のところの最高品質のひとつでしょうね」

ヘルハウンドの魔結晶は、直径が二センチもなかったが、怪しく輝くハウンドオブヘカテのそれは、ソフトボールと同じくらいの大きさがあった。

「で、舌は?」

「わかりません。レア素材だとは思いますが――あ、ヒットしました。って、ええ?」

「どうした?」

「あの……食材だそうです」

「食うのかよ!」

タンパク質の構造だとか、遺伝子の問題だとか、言いたいことは山ほどあるが、地球上にいない生物の体を食うってどうなの? 遺伝子組み換え食品の危険性がどうとか言ってるのとは、レベルが違うんじゃないの??

「検疫とか、食の安全性とかどうなってんだ?」

「ダンジョンの防疫と同じで意味が分かりません。ただ……」

「ただ?」

「美味《おい》しいそうですよ。じゅるり」

「いや、あのな……」

確かにうまいは正義かもしれん。

ある日突然人をやめてしまう危険があるのかもしれなかったとしても。

「あとですね」

「ん？」

「ダンジョン産の食品を食べると、様々な能力が向上する傾向があるそうです」

「……なんだと？」

また、ステータス関係か？

何かに手を出すことで、能力に差ができるのなら、人は競争のために同じものに手を出さざるを得ない。相手国が核兵器を持てば、自国も持たねばならないのと同じ理屈だ。

ステータスの上昇は確かに人類を進歩させるかもしれないが……それってダンジョンへの依存はそのまま深まることになる。

「いきなりできたダンジョンが、いきなりなくなったりしない、なんて、どうして思えるんだと思う？」

「空が落ちてくる心配をするよりも、今の利益をむさぼるほうが、企業として重要で、かつ健全だからですよ」

「空が落ちてくることを防ぐ何かを作っても、落ちてくるかどうかも分からなきゃ、買い手がいないってわけか」

「そういうことです」

はぁー、とは思うが、所詮我々一般人が考えても詮ないことだな。

「ま、その辺は偉い人に任せておくしかないか。で、念願の〈異界言語理解〉を手に入れたわけだが……これってどうする？」

「どうするって、売るしかないでしょう。使いますか？」

「世界の命運を分ける鍵になるなんて、絶対にイヤだね」

「ですよね。まあ、一個は売りに出してみたい気もしますが……USとRU（ロシア）がどこまでも競《せ》り合いそうな気がしませんか？」

「それなんだけどな。高額なのは今のうちだけだぞ」

俺は、イレギュラーなレアモンスターが持っていたオーブのドロップ率のことを話した。

「確かに先輩の言うとおり、碑文を読んでくれと言わんばかりのドロップ率ですね……」

三好は首をかしげながらそう言った。

まあ、問題は「誰が」そう考えているのかってことだな。

奇妙に地球文化にマッチするダンジョン内のルール、荒唐無稽に思えるパッセージ説の肯定、依存性のある麻薬のように広がるダンジョンの影響。

実は地球人全員が生まれたときから管理されていて、この世は全部仮想空間でマトリックス的なものだと言われても、今なら納得しちゃいそうだよ。そのうちスミスに襲われるに違いない。(注4)

さしずめメイキングを得た俺は、大統領の暴走を止めるために暗殺を決意するクリストファー＝ウォーケンの役所ってか？

「いずれにしても勝手にオークションに出すのは、あまりに義理を欠く気がしますし。あ、アイテムは一応先輩が持っていてください。時間経過の影響がわかりませんから、念のため」

「分かった。じゃ、俺はシャワーを浴びて、メシ食って寝る」

「了解です。私は今日のデータを整理してから寝ます」

そこにあるのは、今回のダンジョン行《こう》で録画した動画データや、作成された３Ｄマップデータや、モンスターの経験値を始めとするパラメータ群だ。

「これって実は、世界中の研究者がよだれを垂らしまくるくらいには、価値のある情報なんですよね……」

「盗まれることを気にするんなら、ＰＣごと収納しておけよ。使うときだけ出せばいいだろ」

「なるほど！　でもずっとデッパな気も……」

「ずっと徹夜するのかよ、まったく。じゃあ、事務所にＳＥＣＯＭでも入れるか？」

「もし何かが来るとして、民間の警備会社でどうにかなるようなところが来ますかね？　一応レーザー盗聴対策なんかは施してありますけど」

そういえば、そんな話をしていたっけ。事務所の改装費用がやたらとかかってたもんな。

（注４）　クリストファー＝ウォーケンの役所
スティーブン・キング（著）『デッドゾーン（The Dead Zone）』原作の映画（１９８３年）。

未来が見えるようになっちゃった男が、大統領にしたら、核ミサイルのボタンを押して戦争を始めてしまう大統領候補を暗殺して止めようとするお話。

本来は目立たないのが一番だが……最近ちょっと、それは無理かもなぁと思い始めた。なんというか、乗り込んだトロッコにブレーキが付いてないことに、坂道を下り始めてから、初めて気付いたって感じだ。

「とにかく重要なものはワンパッケージにまとめて、いざとなったら収納して逃げろ」

「ですね。セーフルームでも作りますかねぇ。先輩が助けに来てくれる時間を稼げるような」

「俺は、どっかの国と闘うのは嫌だぞ」

「え、助けに来てくれないんですか？」

「う……いや、行きそうな気がする」

そこが先輩のダメなところで、素敵なところですよ、と三好が笑った。

二〇一八年　十一月二十三日（金）

SECTION：

代々木ダンジョン

翌日、午前の遅めの時間、俺たちは探索を切り上げて、一旦地上に戻ることにした。

探索したのは正味一日。しかも初心者層をやっと越えた第五層までしか潜っていない。

「でもまあ、目的は達成したわけですし、いいんじゃないですかね？」

「そうだな」

何もかも無視して、時には三好を抱えて走った結果、その日の十四時頃には地上に戻っていた。

「お疲れー」

「お疲れさまです。で、これから先輩は？」

「まあちょっと鳴瀬《なるせ》さんにつなぎを取ってみるよ」

「手に入れたって言っちゃだめですよ？」

「それくらい分かってる。保存の言質を取られるからな」

「ぴんぽーん。じゃ私は帰って数字君と戯《たわむ》れますかね。なんだかドロップの確率にルールがありそうなんですよ」

「へー。じゃ、俺も一旦着替えに帰るかな」

「じゃあ、行きますか」

「おー」

SECTION：

渋谷

　自宅でシャワーを浴びて着替えをすませた俺は、鳴瀬さんに電話して、彼女を渋谷《しぶや》駅のハチ公前に呼び出した。急いで出てきた彼女は、俺の話を聞いて思わず目を丸くした。

「え？　例のものが手に入る？　本当ですか?!」

「ええまあ。たぶん、ですけど」

　そうして、俺たちは、駅から東急本店に向かって、雑踏に紛れながら話し始めた。結局こういう方法が一番盗聴しづらいからだ。

　この件に関しては、しらを切る余地がほとんどない分、ＪＤＡの会議室も信用できない。瑞穂《みずほ》常務の件もあるしな。

「でもまさかこんなに早く……探索に行かれたのは昨日では？」

「まあ、そこはチームの努力と言いますか」

　渋谷駅前スクランブル交差点の信号が青になる。

　俺たちは、人の流れに逆らわず交差点を斜めに渡り、井の頭《いかしら》通りを歩き始めた。

「チームの努力って……」

　鳴瀬さんはあっけにとられた顔をしていた。

　なにしろ、世界中のダンジョン関連機関や諜報《ちょうほう》機関が全力を傾けて二カ月、発見するヒントすら得られなかったものを、たった二人で構成されたひとつのパーティが、依頼からわずか十日、それどころか探索したのはたった二日で、手に入れられるメドが立ったと報告したのだ。

　通常なら報告どころか正気を疑うレベルだ。

「それで、結局どんなモンスターがドロップするんですか？　以前仰《おっしゃ》っていたクランのシャーマン？」

「いえ、シャーマンは、まだ検証していません」

「え？　ではどうやってメドを……」

「そうですね……言ってみれば運ですかね？」

西武《せいぶ》渋谷店に掲げられた、なんだかよく分からないポップを横目に、俺も分かったような分からないような曖昧な返事をした。どんな論理も運を否定することはできはしない。未来は常に不定なのだ。だからこれは、最強の言い訳だ。もっとも、肯定することも難しいのだが。

「はあ」

「それで、仮に見つかったとして、どうすれば？　オークションに出してもいいんですか？」

　鳴瀬さんは困ったような顔をして即答しなかった。

　俺たちには、一体だれがＪＤＡにこの話を持ち込んで、それがどうして俺たちのところに回ってきたのか、詳しいことは何ひとつ分からない。分かっているのは、世界がこれを欲しがっているということだけだ。

　西武の角を左に折れると、カニの看板が俺たちを見下ろしていた。

かに道楽の看板を見ると、いつでも蟹《カニ》が食べたくなる法則は正しいと思う。三好には、また、広告に弱いと突っ込まれるだろうけどなと、内心頭を掻《か》きながら、少しふっかけてみた。

「三好は、確実に十億ドル以上の値が付きます、なんて言っていましたが……」

「私の一存では決められません。持ち帰っても？」

「構いませんが、手に入れた、ではなく、あくまでも手に入るかも、ですからね？　そこで、手に入れたらどうすればいいのかという問い合わせです」

「分かりました」

巨大な無印良品の看板が頭の上を通り過ぎ、改装されたアップルストアの前で立ち止まった俺は、斜め後ろを歩いていた鳴瀬さんを振り返った。

「後はもくろみ通り見つかるよう、神さまにでも祈っておいてください」

顔を上げれば、東京山手教会の十字架が、ヘブライ語で神の平和を謳《うた》いつつ、静かに俺たちを見下ろしていた。

SECTION :
市ヶ谷橋

「と、いうわけなんですが、どうすればよろしいでしょうか」

ＪＤＡに戻った美晴《みはる》は、斎賀《さいが》課長を捉《つか》まえると、有無を言わさず市ヶ谷《いちがや》の街へと引っ張り出した。

靖国《やすくに》通りを足早に歩いて、市ヶ谷橋を渡り始める頃、さっきの話を切り出した。

「鳴瀬が話をしてから、たったの十日。探索に出てから、わずか一日で戻ってきたかと思ったら、このありさまか。なかなか凄い話だな」

斎賀は、そう言うと、橋の欄干に体を預けた。

普通に聞いたら、ヨタの類にしか思えない。だが、相手は得体の知れないＤパワーズだ。

「で、わざわざここまで引っ張り出した訳は？」

「この件に関して、芳村《よしむら》さんは、ＪＤＡも自衛隊も信じていないようでした」

斎賀はそれを聞いて頷いた。

三好梓《あずさ》とパーティを組んでいる、ただのＧランク探索者。しかも、ＷＤＡＩＤを取得してから二カ月も経っていない、ド新人。調べた限り、彼女との接点は、少し前まで勤めていた会社の同僚だというくらいで、探索者としては、特段優秀でも無能でもないと調査書が物語っていた。

だが、紙の上にない何かがありそうな気もした。

「そうだな。出所《でどころ》が分かった段階で、いろんな所から手が伸びてくるのは確実だ」

「それで、オークションを許可していいんですか?」

「仮に許可したとして、彼らはそれをオークションにかけるかな?」

それがトラブルを招き寄せることは確実だ。

報告書を読む限り、彼女たちにそれを防ぐ力はないと思えた。

「それは分かりませんが……そもそもこれは、一体誰からの依頼なんです? 課長のお話には見つけてからどうするのかの指示がありませんでした」

少し間をおいた後、美晴は静かに後を継いだ。

「以前の話では、まるでDパワーズに専任をつけたのは、このオーブを探索させるためだったと仰らんばかりでしたし……」

欄干にもたれかかっている斎賀を振り返る。

「誰の指示にしろ、これがオークションにかけられるとなると、十億ドルは確実です。もしもロシアが何らかの理由で伏せた情報があったりしたら、百億ドルでも落札に来かねませんよ? JDA……というより日本でしょうか。庭先で取引したほうが絶対にお得です」

そして空を仰ぐと、力なく続けた。

「かといって、どうにか庭先で取引しようとしたとしても、十億ドルを超えかねない案件です。明確な指示がなければ、下っ端の我々では動きようがありません」

美晴の言うことはいちいちもっともだった。

斎賀とて、確信があって依頼したわけではなく、いろんな手段を模索して、そのうちのひとつが、何かのヒントにでも辿り着ければ儲けものだ、程度の気持ちだったのだ。

世界中の政府機関が二カ月にわたって全力で調査しても、なんの結果も出せなかった案件を、エクスプローラーになったばかりのニュービーを含むパーティが、わずか十日で形にするなんて、誰が想像するだろう。

「分かった。だが、これは俺の所でも決められん。上に持って行くしかないが……」

果たしてどこへ持って行けばいいのか。下手なところに話を通せばすべてが崩壊しかねない。

「念のために言っておきますが、Dパワーズの関与はここだけの話にしておいてください」

「分かってる。彼らにへそを曲げられたら、千載一遇のチャンスすらパーになりかねん」

「日本の自由主義が、『国家のため』の一言で踏みにじられるのを見るのはイヤですからね?」

「そうならないように黙ってるよ」

「お願いします。後はせめて期間を決めていただかないと、話の持って行きようがありません」

「そうだな、とは言え、もう金曜日も終業だ」

「たとえ日曜日だったとしても、USなら二時間で動くと思いますけど」

全くその通りだなと苦笑しながら、斎賀は言った。

「週明け、二十六日には回答する。それまでは、申し訳ないが保留しておいてくれ」

「努力します」

目の前では元江戸城の外堀が、夕日をうけて茜《あかね》に輝いていた。週末の終業時間を目前にして、とんでもなく忙しくなりそうな事態に、斎賀は大きなため息をひとつついた。

SECTION：

代々木八幡

　あまりに早く、第一回Dパワーズ探検隊が終了してしまった俺は、もう一つの約束を履行すべく電話をしていた。

「うん、そう。例の用事が二日で終わっちゃったから、明日からの土日に用がなければ付き合うけど」

「大丈夫です！　お願いします！」

「都合がいい日は？」

「連休です！　だからどっちも……だめですか？」

「いいけど。それならどちらかはGTB探しで遊ばないか？」

「GTB探し？」

「そう。ゴブリンの宝箱を探す遊びだね。もしゴブリンに抵抗がなければ、だけど」

「じゃあ、土曜日は特訓に付き合っていただいて、日曜日はGTBを探しましょう」

「了解。なら土曜日はいつもの装備で、代々木に……九時くらい？」

「はい。楽しみにしてます！　それでは明日」

　俺は彼女が接続を切ったことを確認してから、スマホをタップして通話を終了した。

「御劔《みつるぎ》さんですか？」

「ああ、以前約束していた特訓の付き合い」

「週末にデートとか、まるでリア充みたいですよ、先輩!」

三好が大仰に驚いたポーズをとった。

「デートじゃないけどな。それで、三好はどうなんだよ?」

「毎日寂しく、数字ちゃんとお話しです。なんだか悟りが開けちゃいそうですよ」

「それはそれは、お疲れさまです」

「むーっ」

「それでなんか分かったのか?」

「先輩のアイテムのドロップ率は計算しました」

「へー、それでどうだった?」

「サンプルが少なすぎて何とも言えないんですが、現象からみれば、標準ドロップが存在する魔物のアイテムドロップ率は25~50%くらいですね」

それが、高いのか低いのかは、さっぱり分からなかったらしい。なにしろちゃんとした統計はどこにもないらしく、比較対象が見つからなかったそうだ。

「あと、魔結晶ですけど、こちらは25%くらいですね。モンスターによってばらつきがある感じです。いずれにしても、これらにLUC値が、どう関与しているのかは、全然分かりません」

比較対象のサンプルがないんだもんな。それは今後の課題か。

「なにしろ三十頭くらいのヘルハウンドしか対象がないもんな」

「三十四頭でした。サンプル数がなさすぎて確証がないのはその通りです」

まあ、整理しておけば、そのうちもう少し分かるようになるだろう。

「お疲れさまです。ほんじゃ、また、『モリーユ』にでも行くか?」

「お。先輩のオゴリですよね!」

「あのな……お前、オゴリどころか、毎日『モリーユ』で三食くっても全然平気なご身分になってるだろ。朝はやってないけど」

最近ずっと会社のカードだったから、先日たまたま自分のカードでＡＴＭを使ったら、残高が二億円くらいあって思わず二度見した。

そういや個人口座に１%ずつ振り込まれるとか言ってたっけ。だから、三好の口座にも同じだけ入金されているはずだ。まだ会社をやめて二カ月経ってないってのになぁ……

「それはそれで味気ないというか。第一お店が困りますよ。色々メニューを変えないとですし」

「そういうもん?」

「それに最大の問題はですね」

「ん?」

「太りますよ、絶対」

「あー分かる。で、行くのか?」

「行きますよ。いつです?」

「そうだなぁ、日曜日とか……やってるよな?」

「大丈夫です。確かお休みは月曜日ですよ。でも日曜日ってデートじゃないんですか？」

「だからデートじゃないって。久しぶりだし、御劔さんも連れて来るよ」

「デートのディナーに、他の女が待ってるとか、最悪です……」

「だから違うっての」

「先輩は、そういうところが女性にもてない原因だと思いますよ」

三好に呆れるように言われたが、そういう関係でもないし問題ないだろ。

というわけで、三人の予約を入れておいた。

二〇一八年　十一月二十四日（土）

SECTION：代々木ダンジョン

そうしてやってきた土曜日。

待ち合わせ先の代々木ダンジョンでは、ＹＤカフェの目立たない隅の席で御劔さんが小さく手を振っていた。

正統派美人の可愛《かわい》らしい振る舞いというのは、なかなか破壊力がある。勘違いしてふやけそうな顔をなんとか引き締めて席へと向かった。

「おまたせ」

「いえ、私もさっき来たところです。なにか飲まれますか？」

御劔さんのカフェオレは、もうほとんど残っていなかった。

「いや、よかったらすぐに行こうか」

「はいっ！」

この日のため、というわけじゃないけれど、俺は〈生命探知〉のオーブを使用していた。

基本的にパッシブに近い機能のようで、ダンジョンに降りてそれを意識すると、〈生命探知〉はすぐに仕事を開始した。なんというか、近くにいる人間やモンスターの位置が漠然と分かるのだ。

「こっちだ」

そう言って、彼女を誘導すると、いつもよりもはるかに早くスライムを見つけ出した。

「今日は特訓だから、最高記録を狙ってみないか?」

「はい！　楽しそうです！」

この姿勢が、彼女の凄いところなのかもしれない。

その後は、ダッシュで入り口まで戻っては、俺の〈生命探知〉でスライムを見つける、を黙々と繰り返した。あまりのテンポに、彼女に付き合っただけの俺ですら、悟りが開けそうだった。

お昼ご飯を食べるのも忘れて叩き続けた結果、平均一時間に五十匹、六時間ちょっとで三百匹を記録した。三百といえば、今日一日で6ポイントアップだ。

付き合っただけの俺も、百五十五匹という最高記録を更新した。

ただ、一緒に入り口を出ると目立つので、ずっとダンジョンの中で待機していたため、リセットの恩恵は受けられなかったが。

「はー、さすがに疲れましたね」

「三百匹って、多分世界記録だよ」

「スライムを探す時間にほとんどロスがなかったですから。だけど、なんであんなにすぐ見つけられたんでしょう。芳村さんってやっぱり凄いんですね」

「たまたまさ」

そう言ったとき、彼女のお腹が、くくぅ～っと可愛らしい音を立て、彼女は顔を赤くして、俯《うつむ》いた。丁度十六時前くらいの時間で、ランチの時間はとっくに終わっているし、ディナーの時間には全然早かった。やっているところといえば――

「あー、そういえばお昼も食べてないや。よかったらＹＤカフェで、何か食べて帰ろうか？」

「はい！」

そうして俺たちは、ＹＤカフェでパスタセットを食べた後、明日の約束を確認して別れた。

SECTION：

代々木八幡

「ただいまー」

「おお、リア充さまがお帰りになりましたよ」

「うっせ。そうそう、三好。今日凄い経験をしたぞ」

「なんですか。ダンジョンの中でキスをしたとか、そういう話は受け付けませんよ」

「ちげーよ！〈生命探知〉のおかげもあって、超高効率プレイだったんだけどさ。おかげで俺も百五十五匹を倒したわけ」

「それで？」

「当然オーブの選択が出るだろ？　彼女に隠れてこそっとゲットしたんだけど、二回目の時、クールタイムが切れているものがなくて、取得できるオーブがなかったんだ。そしたらさ」

「な、なにかのシークレットが?!」

目を¥にした三好が食いついてくる。

「いや、選択ウィンドウ自体が出なかった。結構経ってから過ぎてたことに気が付いたんだ」

「全然うれしくも面白くもない情報をありがとうございました。しかも単にチャンスを一回、棒に振っただけという」

「いいだろ、新体験なんだから！　あと、ＹＤカフェのパスタセットは、毒にも薬にもならないフツーとしか言いようのない味だった」

「それは、ナイスな情報です」

「そうかぁ？」

「しかし表示されない、ですか。『賢いプレイヤーっていうものはいつも何かを拾って持てるように少しは考えとくもんだぜ！』（注5）って、言われるのかと思いました」

「お前、年いくつだよ」

（注5）『賢いプレイヤーっていうものは……』

1987年に発売されたゲーム『Wizardry #4: The Return of Werdna』にて持ち物がいっぱいで、重要なアイテムが拾えなかったときに言われる言葉。

その場で持ち物を捨てて、持ち替えるなんて温《ぬる》いことはできません。

二〇一八年　十一月二十五日（日）

SECTION：

代々木ダンジョン

　翌日、待ち合わせのＹＤカフェに行ってみると、いつもの目立たない隅の席で小さく手を振っている御劔さんの隣に、なんと斎藤《さいとう》さんが座っていた。

「斎藤さん、お久しぶり」

「ほんと、久しぶり。こないだのお寿司の話聞いたよ？　ああ、私も行きたかった！」

「撮影だったんだろ。なにか、忙しくなってるって聞いたぞ」

「そう。役だけは来るようになったのよ、役だけは」

　斎藤さんは両腕を上げて憤慨したようにテーブルを叩いた。が、全く音はしなかった。いわゆるパントマイムというやつだ。

「いやー、ダンジョンって凄いね」

　注文した飲み物が一通り揃《そろ》うと、斎藤さんは紅茶を一口飲んで、そう切り出した。

「最初は、仕方なくはるちゃんに付き合ってたんだけど、この子すんごいまじめじゃない？　もう黙々と狩ってるわけ。遠く離れたら危ないし意味ないし、それにつられて、私も黙々と狩るしかなかったんだけど……」

　斎藤さんが隣の御劔さんを見る。御劔さんは、照れたようにポリポリと頬を掻いていた。

「ちょうど二週間くらい経った頃かな、端役のオーディションがあってさ」

「行ってみたらなんか、思い通りに体が動くわけ。一体何⁈　って感じだった。もう驚いちゃって。あとはずーっと、はるちゃんと一緒に黙々とダンジョン通いの日々よ」

端役とは言え、結構な倍率の役所だったが、あっさりと通過して、以降はその監督のツテで噂《うわさ》が広まったのか、続々とオファーが舞い込むようになったらしい。

「そのうち、台本も一度ですんなりと頭に入ってくるようになるし、ダンジョンって、なにか頭がよくなる成分でも出てるんじゃない？」

うん、御劔さんのことを注意しながら狩っていたから、ＩＮＴがアップしたんだな、それは。

「ただ、さ――」

「ん？」

「主役がないんだよねー。やっぱ、知名度がないから」

「それはまだこれからだろ？」

「だといいんだけど……名バイプレイヤーになるのは年くってからでいいの！　若いときは主役！　主役が欲しいの！」

がたりと椅子を動かすと、俺の隣に座って、右腕をとって胸を押しつけてきた。

なに、この、ハニートラップ。

「だからぁ～芳村さん、エンジェルになってよぉ～」

「エンジェル？」

「映画なんかの出資者のことですよ」

御劔さんが、斎藤さんを引っぺがしながらそう言った。

「俺にそんなカネはないぞ。パンピーだし」

「パンピーが、ちょっと会ったことがあるだけのはるちゃんに、あんな凄い真珠を貢《みつ》ぐわけ？」

テーブルの上に肘をついて、手の甲で顎を支えた斎藤さんが、ジト目でこちらを睨《にら》んでいる。

「貢ぐって……いや、あれはほら、一応、弟子が何かを成し遂げたお祝いだし」

「桁、間違ってるでしょ、桁。Mコレクションのピアスが一体いくらすると思ってんの！　私、結構頑張ってるのに何にも貰ってないし」

いや、そういえばあんまり急いでたから、値段を見ていなかったな。

注文して、ものを確認して、カード渡して、サインしただけだ。

「分かったよ。なにか主役が決まったら、可愛い弟子に、ちゃんと貢ぐよ」

「ほんと?!　約束だからね！」

花のような笑顔を浮かべて喜ぶ斎藤さんだが、どこからどこまでが演技なのか分からないところが、なかなかおそろしい。もっとも全部本気な気もするのだが。

「しかし、相変わらず欲望に忠実なヤツだな」

そう言う俺に、斎藤さんは、ふふんと鼻を鳴らした。

「欲望に忠実なのは悪いことじゃないわよ。特にこの世界ではね。譲り合いの精神なんか発揮してたら、絶対役なんか回ってこないんだから。幸運の女神に後ろ髪はないのよ！」

そう言い切った後、突然おしとやかそうな雰囲気をまとって、科《しな》を作ってみせた。

「ただし普段のイメージは真逆で。ほほほ」

そんな斎藤さんに、俺は、呆れるというよりも感心した。

「なにかこう、ますますバイタリティに溢《あふ》れてきたね」

「涼子《りょうこ》、最近忙しすぎて、ちょっと溜《た》まってるから」

「なーにーがー溜まってるって？　いいわよねぇ遥《はるか》は。優しくして貰《もら》ってるってわけ？」

「ええっ？」

御劔さんは頬に手を当てて顔を赤くする。いや、そこで赤くなると逆効果だって。

「するって、なにをだよ」

「溜まらなくなることよ」

へへーん、当たり前でしょって顔をして斎藤さんが指摘する。

人気女優への階段に足をかけた女が、オープンな場所で、そんな下品なこと言ってちゃだめなんじゃないの、ったく。

「そうだ。一応今日の探索が終わったら、食事に誘おうと思ってたんだけど、斎藤さんも一緒にどうかな？」

「夜？　時間は大丈夫だけど、お邪魔していいわけ？」

「別に。三好も来るし」

「ああ、三好さんがいたかー」

斎藤さんは残念なものを見るように、俺と御劔さんを見比べた。

「三好がどうかした？」

「いいえ、別にー。奢《おご》ってくれるんでしょ？　もちろん行く行くー」

斎藤さんは、もう一度俺の腕をとってくっついてきた。

だから、フォーカスされたらどーすんのさ。

俺はその場でお店に連絡して、席をひとつ増やせるかどうか聞いてみた。

ラッキーなことに大丈夫のようだった。

「でも芳村さんって、結構、優良物件よね？」

「なんだよ、それ」

「だって、草食っぽくて浮気しなさそうだし、結構お金持ちっぽいし、ルックスもまあまあでしょう？　研究職侮りがたしってやつね」

なんと、値踏みされてしまいましたよ。

いや、ちゃんとお肉は食べたいよ？　機会と相手がどちらもないだけで。……言ってて泣きたくなってきたぞ。

「理系男子は磨けば光るらしいぞ。ただ、磨かれることがほとんどないだけで」

「へー。じゃあ私も誰か素材のよさそうな人を紹介して貰って、磨いてみようかな？」

キミキミ、それは若者の発想じゃないだろ……黙って聞いていれば、何だか、恐ろしいことを言い出したので、俺は残っていた珈琲《コーヒー》を一息に飲んで席を立った。

「じゃあそろそろ行こうか」

§

ダンジョンの階段を下りた俺たちは、いつもと違って、二層へと下りる階段へと向かった。

「こっちの方へ来るのは、初めてだね」

「いつもすぐに反対の方へ行っちゃうから」

なんて、物珍しそうにあたりを見回しているが、一層の風景は、どこもあんまり変わらない。

ともあれ、たとえ初めてで経験がゼロだとしても、こいつら、フォースのトップエンドとトリプルだからな。ゴブリン程度は余裕のはずだ。

「ふたりともゴブリンは初めてだろ？　人型だし、抵抗があるなら無理するなよ」

「まあ、とりあえずやってみる。で殴ればいいわけ？」

斎藤さんが、ぶんと腕を振り回しながらそう言った。素手でぶん殴るつもりなのかよ……

俺は呆れながら、バッグからふたつのコンパウンドボウを取り出した。

昔からＤＥＸベースは弓使いと相場が決まっている。本当は御劔さんと二人で二本だったのだが、斎藤さんが交じったので俺は近場でガードだな。あと、魔法。

「え？　弓？　私、使ったことないよ？」

「私は一応弓道の経験がありますけど、アーチェリーの道具は初めてです」

「まあまあ。君たちは、一層のスライムで充分実力が付いてるから。使い方さえ覚えれば、初めてでもちゃんと当たるよ」

ステータスってそういうもんだからね。

「ほんとにー？」

「ホント、ホント。じゃ、射《う》ち方を教えるから」

「はい」

和弓と違って弓は左側へつがえること。引くのは顎までで、後ろまで引かないこと。

後はリリーサーの使い方を説明して終了。高ＤＥＸを信じて、トリガーレスのクリッカー付きにしてある。

「かちっと言うところまで引いたら、狙いを付けて、もう少しテンションをかけるとリリースされるから」

あの三代さんとかいう女性が使っていたのを見て、興味を持って調べたのが役に立ったな。

「んじゃ、ちょっと試してみよう」

〈生命探知〉は、明確にゴブリンと人間を区別する。

俺は人のいない方向にいる、はぐれっぽいゴブリンの場所へと彼女たちを導いた。

「あ、いたいた。射ってもいいの？」

「どうぞ」

「ん、しょ……」

そう言って斎藤さんが弓を引いた姿は、すでにサマになっていた。

シュっという音とともにリリースされた矢は、糸を引くように飛んでいき、見事に先にいるゴブリンに吸い込まれた。射抜かれたゴブリンは、すぐに黒い光となって消えた。

「おみごと。大丈夫そうか?」

「んー、遠距離だし、死体が残るわけじゃないから実感がないけど、たぶん」

その後、御劔さんも試し射ちをして成功させた。

その状況だけでは、どちらが高DEXなのかは、分からなかった。

「よし、ふたりとも大丈夫そうだから、GTBの探索を始めよう。といっても俺もやったことないんだけどさ」

「あ、私、一応調べてきました!」

「それは助かる。とりあえず、巣と思われる場所へ行こう」

俺は〈生命探知〉を働かせて近くの巣だと思われる場所へと向かった。

「だけど芳村さん。すたすた歩いてるけど、よく知ってるね? もしかして今日のために下見でもしたの?」

うりうりーと言わんばかりの勢いで、俺の脇腹を肘で突いてくる。

「ほらほら、油断してないで。あの角を曲がったら、二十匹くらいのコミュニティがあるから。相手が五メートルくらいまで近づいてきたら、俺が倒すから心配しないで落ち着いて射て」

「分かりました」

「頼むよー」

「俺に当てるなよ。フリじゃないからな！」

「へっへっへー、分かってるって」

　不安だ……

　角を曲がって、二人が放った矢は、ほとんど音もなく、ゴブリンコミュニティを襲っていた。

　途中、数匹がこちらに走り寄ってきたけれど、俺がウォーターランスで始末した。

　初めてそれを見たとき、ふたりとも少し驚いていたようだったが、そのまま最後まで弓を射続けていた。

「はい、おつかれー」

　俺は矢を拾う振りをしながら、保管庫から新品の矢に差し替えて、二人のクイーバーへとセットした。

「結構当たるもんだねー。今度から趣味を聞かれたらアーチェリーって答えようかな」

「涼子ったら」

「ほら、何かちょっと格好よくない？　アーチェリー。ボウハンティングとかあるんでしょ？」

「ボウハンティング？　確かに欧米にはあるけれど、日本じゃ禁止らしいぞ」

「え？　猟銃と同じじゃないの？」

「銃に比べると威力が弱すぎるから、問題があるんだってさ」

　弓で獲物を仕留めるのは、なかなか難しく、仕留めきれなかった獲物が、傷ついたまま逃げてしまうのが問題なのだそうだ。

逃げられれば獲物は手に入らないから、狩猟制限に引っかかることなくもう一度狩ろうとするだろう。しかし、逃げた獲物は、どこかで死んでしまうため、結果として獲りすぎと同じことになってしまう。欧米では動物を不要に苦しめるという観点からも、問題が提起されているようだ。

「日本じゃ１００％スポーツだし、なんかちょっと格好いいってのは分かる」

「でしょ?」

そんな話をしながら、ゴブリンたちがいた岩に囲まれた場所へとやって来た。

「で、ここが巣だと思うんだけど。ＧＴＢってどうやって探すんだ?」

「あ、普通に箱に入っていたり、岩で蓋《ふた》をした空間に隠されていたりするそうですよ」

「へー」

「あ、はるちゃん!　これじゃない?」

奥でごそごそとしていた斎藤さんが、奥にある空洞をコンコンと叩くことで見つけていた。

「これどうやって開けるのかな?」

御劔さんが首をかしげる。

「そりゃ、こういうときのために男の人がいるんだから」

斎藤さんは相変わらずだが、裏表がなくて逆に好感を抱いてしまうから不思議だ。性格なんだろうなぁ。

「はいはい。微力を尽くしますよ」

現在のステータスは、マックスにこそしてはいないが、浅層の危険に対処する程度には数値を上げてある。もちろんLUCは100のままだ。きっと幸運が訪れる。

コンコンと岩自体を叩いて場所を確認すると、縁に手をかけて、一気に引き上げた。

「おおー。ひょろく見えるのに意外と力があるんだねー」

「うっせ。ひょろいは余計だ」

「あ、なにかあります」

そう言って御劔さんが取り出したのは、二本のポーション（1）だった。

ランク1のポーションは意外と小さい。鉛筆より一回り太いくらいで、長さ五センチほどの円筒状だ。尖端のポッチをぽきっと折れば、粘度のほとんどない中身がさらさらと流れ出す仕組みだ。

「うわっ。それって大当たり？」

「たしかに。結構低確率らしいぞ。なにしろ購入したら一本大体百万円だ」

「ええ?!」

「ランク1は一番下のランクだとは言え、単純骨折や腱の断裂なんかは瞬時に回復するし、顔や体のケガは、よっぽど滅茶苦茶になってない限り傷も残さずきれいに治るから、ふたりの職業なら、お守りに持っておくといいよ」

「え、貰っちゃっていいんですか？」

「初めてのトロフィーは、幸運の女神様たちに進呈しましょ。あとで持っておけるようペンダントに加工してあげる」

「ありがとうございます！」

：

残りは、日本の硬貨が何枚かと、錆《さ》びた剣が一本入っていた。

「さて、昼すぎまでに、いくつか攻略しますか」

「ふふふ。百万円かー。あと十本くらい見つからないかな」

「そんなに見つかるなら、みんなゴブリンを狩ってるよ」

「そりゃそうだね」


そうして俺たちは次の巣を目指した。

SECTION：

代々木八幡　モリーユ

「それで結局？」

「ポーションか？　その後一本しか見つからなかったよ」

「でも全部で三本ですよね？　二層でしょ？　凄くないですか？」

俺たちは『モリーユ』のカウンターに座って四人でディナーを囲んでいた。

いつものとおり、キノコのブイヨンから始まったコースは、セップやシャントレルやジロールを、所々でアクセントにした皿が、何皿か続いていた。

そうしてさりげなく出された、何の変哲もない一皿に、俺は固まった。

「え、これ。三好……さん？」

そこには卵の上に山と削られた、薄い皮状のものが、ほとんど経験したことのない、嗅ぎようによってはガスの匂いにも感じられる芳香をたてていた。

「白、に見えますよ？」

俺は思わず丁寧語で聞いてしまった。

「季節ですからね、先輩。ほら、ゲストも美しい女性ばかりですし」

「うそつけ、お前が食べたかっただけだろ！」

「さて、ここはワインも慎重に選ぶ必要が――」

「人の話を聞けよ、まったく」

その掛け合いを見て御剱さんが笑った。

「白トリュフって同じピエモンテのバローロとか聞きますけど」

「あ、それは大嘘《うそ》なので気にしないでください。きっと高いワインを売りたいだけですよ」

「おいおい、好みもあるんだから。一蹴するなよ」

「まあ、自分のお金ですからね。そこは自由でいいと思いますが……やっぱりミネラリーできりっとした白だと思いますよ？　変わったところでは、サン・ジョセフのマルサンヌとか」

「フランス語に聞こえる」

「ローヌですね。いや、ホントにあうんですって。今度試してみましょう」

「いや、もう今年の白トリュフはこれで食べおさめ。お財布的に」

「ぶー」

「んー、初めて来たけど、美味しー」

斎藤さんは、頬を押さえてご満悦だ。

ほんとこいつは、誰からも愛される女優にむいてるよ。性格が。

「この見た目のショボイ茸《キノコ》が、海老《エビ》とマッチしてて美味しいねぇ」

「ショボイ言うな。まあたしかにシャントレルは、あまり見た目がよくないけど」

「芳村さんみたい？」

「先輩はそこまでひょろくはないですかね」

「お前ら、今日のスポンサーが誰なのか覚えてるか？」

「ステキナヨシムラサマデス」

「ラブリーナセンパイデス」

「よし」

そんなやりとりを眺めながら、御劔さんは、少しだけ甘みの感じられるオイリーなアルザスの白を口にして、幸せそうに笑っていた。

後日俺は、丈夫なアクリル製の円筒にポーション（1）を差し込んで作ったペンダントトップに、三ミリのディアスキンの革紐《ひも》をあしらった、少しプリミティブなアクセサリーに見える『お守り』を三つ作って、三人に送った。弟子の無事を祈る師匠の気持ちだ。

三好には必要ない気もするけれど、一応な。


なお、コンパウンドボウは、予想通り斎藤さんに奪われた。

本人は貸して、なんて言っていたが、絶対戻ってきそうになかったので、二人に贈呈した。

ジャイアンか。

二〇一八年　十一月二十六日（月）

SECTION：
代々木八幡

『モリーユ』で、楽しい休日を過ごした俺たちは、新しい週に入って、三好のレベルアップをするべく計画を練っていた。


「十層ですか？」

「ああ。そろそろ三好も自分で身を守れた方がいいと思うけれど、すぐにステータスを上げるってのは難しいだろ？」

一緒に潜って闘っていても、一度ダンジョンに入ってしまえば、得られる経験値は陰険仕様で下がっていく。

それに、あのスペシャルっぽいハウンドオブヘカテですら、１・０２ポイントしかなかったのだ。御劔方式のいかに効率的なことか。

もっとも一層がスライム層で、しかも過疎という、代々木あってこそのテクニックだけどな。

「そうですね。御劔さんみたいにまじめにやれば、一カ月でトリプルでしたっけ？」

「〈生命探知〉を利用したら一日三百匹で、６ポイントもゲットできたぞ。三十日で１８０ポイントだからトリプルでもそこそこ上へ行けるんじゃないか？」

「無理。絶対無理です」

その方法を聞いて、毎回入り口へのダッシュを繰り返すことを想像した三好は、そのあまりの過酷さに思わず頭を振った。

大体御劔さんのあれは、トリプルまで駆け上がった身体能力向上の恩恵もあるだろうからな。

確かにいきなりは辛いか。

「そうか。まあ、そっちはおいおいやるとして――」

「やるんですか?!」

「死にたくないだろ?」

「ううう」

〈超回復〉と〈水魔法〉、それに〈物理耐性〉まである三好は、根性なしステータスの割には強いと思う。だが、相手が殺しに来たときどうなのかといえば、基本はただの女の子にすぎないのだ。

即死させられないよう、少しでもステータスは上げておいた方がよいはずだ。

「それはさておき、今回狙うのはこの二種だ」

そう言って、俺は十層のモンスターの内、バーゲストとモノアイを指し示した。

「バーゲストは先輩がこの間倒した、ハウンドオブヘカテの元ですよね」

「そう。あいつは、〈闇魔法（VI）〉を持ってた」

「VI?　そりゃ未登録スキルですね」

「たぶん、召喚だ。ヘルハウンドの」

「ええ?!　召喚魔法なんて、まだ報告されたことがないと思いますよ」

「それはいまさらだろ。それに、これなら本体が多少ひ弱でも、なんとかなりそうだろ?」

「まあ、そうかもしれませんが、サイモンさんみたいなのがいっぱいいたら無理じゃないですか?」

「それでも逃げるための時間くらいは稼げるさ」

「根拠はありませんけどね。で、モノアイは?」

俺はにやりと笑って三好を見た。

「そいつ、絶対、〈鑑定〉を持ってそうだと思わないか?」

そう。アイテムボックスと並んで、異世界転生スキルの定番、〈鑑定〉だ。

「〈鑑定〉ねぇ……」

あんまり乗り気じゃなさそうな三好に、ちょっとガソリンを注いでみた。

「それがあると、ステータスが数値で確認できるかもしれないぞ?」

「?! 先輩! 絶対、とってきてください!」

「いや、お前も行くんだろ……手に入るかは、持ってたら、だけどな」

「ええ〜、私も行くんですかぁ? 十層ってモンスターの数、多いんじゃないんですか? しかも臭そう」

以前は十一層に向かうルート上はそうでもなかったらしいが、同化薬が知られてからは、それを使ってスルーするのが十層のセオリーになっている。もしそうだとしたら、モンスターは、うじゃうじゃいるに違いない。

「一層のスライムみたいなものですか」

「まあそうだ。しかも、アンデッドは人間に寄って来るらしいから」

「それ、大丈夫なんですか？」

三好が嫌そうな顔をする。

とは言え、ゾンビが好きな女子は少ないだろう。ゾンビ映画が好きな女子はそれなりにいるかもしれないが。

「スケルトンとゾンビは、昼夜関係なく出現するらしいから、それで数を稼ぐ。タイミングをあわせて、昼はモノアイ、夜はバーゲスト狙い、だな」

「〈水魔法〉が効きますかね？」

「ＩＮＴが１００あるから、魔法が無効じゃなければ威力で押し切れるんじゃ……とは思ってるんだが」

「私は？」

「ダメなら鉄球で」

「了解です。スケルトンなんかは、そのほうが効果的っぽいですよね」

「弾切れにならなきゃな」

それを聞いて三好が不敵に笑った。

「〈収納庫〉に、充分な容量があるって分かったので、Ｆ辺精工さんから一万個単位で購入しました！　八センチなら二十トンですよ！」

ふそうのバス二台分ならへっちゃらです、なんて胸を張っている。俺なら五百個がせいぜいだが、そこはわけて貰えばいいか。

「ふっふっふ、任せてください。問題は一度に納品するのは無理って言われたところですけど」

「ダメじゃん！」

「うっ。そ、それになりには納品していただいていますから平気だと思います。まあダメだったら先に十一層のレッサーサラマンドラで〈火魔法〉を取得するといいんじゃないでしょうか。修得できるかどうかは分かりませんけど」

「確かに、なんとなくそれっぽいよな。じゃ、早速行くか。物資はこないだのやつがまるまる残ってるし」

「え、今からですか？　だめですよ。だって今日ですよ？　ＪＤＡから回答があるのって」

「あ、そうか。ちなみにＪＤＡには二個あるって伝えてないから」

「ええ？　鳴瀬さんにもですか？」

「まあそうだな」

「それを知ったら、泣いちゃいますよ？」

「いずれにしろ、〈異界言語理解〉はそのうち広がる。なにしろダンジョンがそれを意図している節があるからな。なら、毟《むし》れるときに毟るのが――」

「近江《おうみ》商人ってモンですね」

「正解」

ニシシシとふたりで黒い笑いを漏らす。いかんな、最近ちょっと近江商人に影響されすぎている気がする。

ごほんと咳払《せきばら》いをして改まった俺は、「まあ、落札させた後で、鳴瀬さんにあげればいいだろ。一個」とさりげなく発言した。

二人の所有者が、異なることを言ったとき、どちらが正しいかを判定するための、重要な一個を押しつける。これで、世界の命運は君のものだ、ってなもんだ。拮抗《きっこう》した二大政党に挟まれた少数政党っぽくうまく振る舞って、キャスティングボートを握り続けてほしいものだな。うんうん。

「それはまたなんというか、豪気と言うよりイジワルですね。ま、二回のオークションで二十四億も稼いだんですからそのくらいは我慢して貰いましょう」

いや、三好、それは別に鳴瀬さんのものになったわけじゃ、と思った瞬間、呼び鈴が鳴った。

「噂をすればってやつですかね」

三好は玄関の映像をＰＣで確認すると、門の鍵をアンロックして、どうぞ。と言った。

§

神妙な顔をして入ってきた鳴瀬さんは、開口一番頭を下げた。

「すみません！」

「いや、ちょっと待ってください。突然謝られても、何が何やら……」

頭を上げた鳴瀬さんは、非常にすまなそうな顔をしながら、言いにくそうに口を開いた。

「結論から言うと、もし、それが手に入った場合でも、それを買い取る予算はないそうです」

俺は結構驚いた。取得を放棄するかのような結論は予想していなかったのだ。

予想最低価格を睨んで、値切ってくるものだとばかり思っていたのだが、まさかの、国益を投げ出すような結論に、本当に国のトップの連中に話が行っているのかどうか疑問に感じた。

「それはまた……思い切った結論ですね。とても自衛隊や政府や公安のトップの意見だとは思えませんけど」

鳴瀬さんは言いにくそうにもじもじしていた。さらに何かがあるのだろうか。

「他になにか言われたんですか？　別に鳴瀬さんの意見じゃないんですから、はっきり言ってくださって結構ですよ」

そう言うと、彼女は諦めたような顔をして、話し始めた。

「それで――国を思う日本国民なら、無償で国家に貢献してほしい、と」

おおー、資本主義の根幹を揺るがすテンプレ発言キター！　いや、こっちは結構あるかもと思ってました！

「誰ですかそんなアホなことを言ったのは」

「直接的には、うちの瑞穂常務です」

瑞穂常務って……あの一千万円で買い取ってやるからはやくしろの爺《じい》さんか。こんなワールド級の懸案に、なんでたかがＪＤＡの常務が関わってんだ？

「なんで、あのバカが知ってるんです？」

おっと、三好、容赦ないな。まあ、俺もあいつはバカだと思うが……

「斎賀が上に上げた後、ＪＤＡ内で、ダンジョン庁や財務省の代表が集まった局長級の会議があったらしいんですが、そこに常務も出席なさったそうで」

「局長級？　官僚サイドの話なら最低でも次官級じゃないですか、この話。なんで局長級？」

「それが、常務が自分の知り合いに声を掛けて旗を振ったとか」

なんだそれ。バカだとは思っていたが、そこまで認識が足りない人だとは思わなかった。よく常務になれたな。

「で、その場でいい格好をしたら、これ幸いと他の省庁が乗っかったと」

「まあ、そういうことだと思います」

しかし、この案件を単なる局長程度が判断してよいのか我が国。しかも公安すら関係してないし、後で某田中に教えてやろう。

「お話はよく分かりました。我々としては日本に買い取ってほしかったのですが、仕方ありませんね。——三好」

「なんです？」

「もうオークションにかけちまえ」

「え？　いいんですか？」

「そんな会議を無警戒に開いたんじゃ、とっくの昔に漏れてるよ。すでに俺たちには多数の監視がくっついててもおかしくないぞ。とても世界のパワーバランスがかかった事態に対応する態度とは思えん」

「すみません」

「いや、鳴瀬さんのせいじゃないし。一応訊《き》いておきますが、その会議って、取得のメドはたったから持って帰ってこられたらどうするかって前提で開かれたんですよね？」

「そうですが、まさか……」

俺は、人さし指を唇に当てて、その先を遮った。

「あと、三好」

「なんです？」

「オークションにかけたら、落札まで身柄を躱《かわ》すぞ」

二十四時間、硬軟交ざったアプローチが来続けたらたまらない。相手は多数だろうが、こっちは二人。疲れはててイヤになることは確実で、そういう戦法が得意な国もあるからな。

「おお⁈　なんか盛り上がってきましたね！」

「お前がそういう性格で助かるよ」

とは言え、どこかに旅行に行くのは追跡されそうな気がするし、ばれても逃げ切れそうな……

「ダンジョンの中が一番安全かもなぁ……」

「なら、ついでにさっきのプランを実行に移しましょう」

〈鑑定〉奪取アンド三好強化プランだ。

「だな」

「あの……このタイミングでそんなことをしたら、オーブを採りに潜ったと思われませんか?」と、鳴瀬さんが心配そうに言った。

「だからこそ、オーブを持っていない国は、俺たちがどこに行くのかを確認するまでは、俺たちに危害を加えられないでしょう?」

いわゆるひとつの抑止力だな。

オーブを持っている国は、この限りではないけれど、彼の国は、まだ、トップエクスプローラーが来日していないから、さすがにダンジョン内では二線級しかいないと思いたい。

「鳴瀬さんも、今回のことで、ＪＤＡに居づらくなったらうちに来てもらって構いませんよ」

「え?　ぷぷぷ、プロポーズですか?!」

「……違うし」

「先輩、そこは顎クイですよ」

俺は囃《はや》す三好を無視して続けた。

「三好だって、どうせ翠《みどり》さんとの事業が立ち上がったら法人を作るつもりだろ」

「あれは、ダンジョン税というわけにはいきませんからね」

「そしたら信用のおけるスタッフが必要だ」

「それは、そうですね。よく考えてみれば翠先輩のお姉さんなんですから適任じゃないですか。高給優遇しますよ？　資本はたっぷりありますし」

「まあ、立ち上がったら、だけどな」

「私はすでに確信してますけどね」

「分かりました。一応頭には入れておきます」

そう言った鳴瀬さんの返事を合図に、俺は手をパンと叩いて三好に言った。

「よし、この際オークションの開始は、感謝祭にかぶせようぜ。Ｄパワーズから世界への贈り物、ってやつだ」

「はい？」

「ん？　サンクスギビングって言うくらいだからちょうどいいだろ？　感謝祭」

アメリカのサンクスギビングは十一月の第四木曜日だ。

そのとき、鳴瀬さんが、非常に言いにくそうな顔をして言った。

「あのー、芳村さん。今月は一日が木曜日だったので……」

な、まさか……

「先輩、第四木曜日は先週です」

「オー！　ノオオオオオオ！」

「外国人ぶってもごまかせませんよ」

感謝祭の日にちを勘違いするなんて、さすがは日本人だ、俺！

「くっ、二十八日って……モーリタニアがフランスから独立した記念！」

「アメリカ関係ないですよね、それ」

「なら、ローハイド(注6)の放送開始記念！　超アメリカっぽいだろ、ブルース・ブラザーズとか見る限り」

「はいはい、もうなんでもいいです。要するに二十八日なんですね？」

広報に一日くらいはかかるはずだからな。

「とにかく今日中に派手にバラまいときます。あと先輩」

「なんだよ」

「二十八日は水曜日ですからね？」

三好がクスクスとおかしそうに笑いながら言った。

「おう……」

おかげで、もはや感謝祭とは何の関係もなくなってしまったが、どうせ一週間遅れだったんだから、何でもいいや。

「で、広報《それ》が終わったら」

「ダンジョンに逃げ込むんですね。準備にちょっと贅沢《ぜいたく》してもいいですか？」

「好きなだけ使え」

「先輩、今の台詞はちょっとモテるかもしれませんよ」

「そんな女にモテても嬉しくないよ」

とは言え、女の子のいるお店で豪遊するのは楽しいらしい。接待に使うくらいだもんな。行ったことはないれけど。

「落札までの煩わしさはダンジョンで躱せるかもしれないが、一番ヤバイのは――」

「前日と……後は、受け渡し先に向かう道中、ですね」

俺はその台詞に頷いた。

受け渡しに向かう道中、俺たちは必ずオーブを持っている。奪うにしろ、受け渡せなくするにしろ、そこが一番確実だ。

「街中でのチェイスは、アクションドラマの白眉《はくび》だしな」

俺たちは、笑ってげんこつをぶつけ合った。

「あのー、それって、東京が争奪戦の舞台になるってことですからね。なにとぞ穏便に、穏便に、お願いしますよ」

調子に乗っていたら、横から不安そうな鳴瀬さんに突っ込まれた。

（注6）　ローハイド

『ローリンローリンローリン』なテーマで有名なアメリカのヒットドラマ（1959年）。

ブレイクする前のクリント・イーストウッドがレギュラーで出てる。

ブルース・ブラザーズには、カントリー&ウェスタンの店でブーイングを喰らって、やむを得ずこのテーマで場をつないでオオウケするシーンがある。

ブルースブラザーズは、アレサ・フランクリンやレイ・チャールズが歌ってるだけで、英語が分からなくても、なんとなく楽しい気分になる素敵映画。

二〇一八年　十一月二十七日（火）

SECTION：
代々木八幡

三好がサイトを公開して、あちこちへネタをばらまくと、世界は驚くほど素早く反応した。

一般には公開されていないはずの、Ｄパワーズの事務所の電話は永遠かと思えるほどに鳴り続け、俺たちは電話線を引っこ抜いて対応した。

俺は、自称田中に連絡を入れると、ＪＤＡで行われた会議の顚末《てんまつ》をざっと話して、日本国が権利を放棄したので件《くだん》のオーブをオークションにかけたことを報告した。もらった電話番号が初めて役に立った瞬間だ。

「な、なんてことを……」

「ま、そういうわけなんで、後はよろしくお願いします」

受話器の向こうで、あの田中が慌てている。

俺たちの渡航を有無を言わせず禁止したんだから、これくらいのお返しは許されるだろう。

「ちょ、ちょっと待ってください。どうしてそんなことになってるんですか？」

「それは先ほど述べた各省庁にお問い合わせください。そうだ、二十六日以降の各国の入国者も調べた方がいいですよ」

落札後、取引場所までは各国の駆け引きの場所になりかねませんからね、と脅しをかけて通話を終了すると、携帯の電源を切って〈保管庫〉に放り込んだ。

SECTION :

アメリカ合衆国ワシントンD.C.

そのニュースは、瞬時に世界を駆けめぐり、各国のダンジョン研究機関で物議を醸《かも》していた。

ネヴァダにあるUSダンジョン研究所所長のアーロン＝エインズワースは、ダンジョン省の要請を受けて、ワシントンD.C.へと降り立った。

ダンジョン省は、国土安全保障省の次に設置された、最新で十六番目の省だ。

緊急の創設だったため、現在は内務省本館の一部を間借りしていた。

「ダンジョンも資源ってわけだ」

車は、ジョージ・ワシントンメモリアルパークウェイから、インターステート三九五へ入る細い連絡道を抜けて、ポトマック川にかかる橋へと入った。

(注7)この橋の名前の元になった銀行監査官は、二人の女性を救った見返りに自らの命を支払った。

その結果得たものは、フランスの伯爵から奪った橋の名前だけなのだ。

我々は危うい境界の上に立っている。彼は誰よりもそのことをよく理解していた。

しかし、そこで人類の盾になるのだけはまっぴらだった。支払うものが自分の命だというのなら、なおさらだ。

12thストリートに入り、やがてスミソニアン駅に近づくと、立体交差した道路のせいで、光と闇が交互に訪れる。それはまるでハルマゲドンで闘う、天使と悪魔の軍勢のぶつかり合いのようだった。

そうして最後の光の中、そこにはふたつの博物館の高い壁に挟まれた、直線道路が現れる。

上り坂と徐々に低くなる塀の競演による錯視が、まるで、お前の行く末に逃げ道はないと言っているようだった。それを逃れてすぐに左折すれば、左手にワシントン記念塔が、右手遠くにホワイトハウスが見え始める。

ここは政治の中枢だ。だが、世界が書き換えられたそのときには、最も辺境になるだろう。

すぐ先には、第二師団の記念碑に掲げられた半旗が翻《ひるがえ》っていた。

ドイツの進軍を阻止するパリ防衛戦の象徴である炎の剣が、今、まさに我々には必要とされているのかもしれない。

少し感傷的にすぎるなと頭を振ったアーロンを乗せた車は、ＵＳ－50から、18thストリートＮＷに入り、やがて左手にピンクがかった四角い建物が見えてきた。

そう、そこが終点だ。

§

「それで、これを売りに出したのは、一体どこのどいつだ？」

ダンジョン省、初代長官のカーティス＝ピーター＝ハサウェイは、挨拶もそこそこに、そう切り出した。アーロンは、感情を交えず端的に報告した。

「ＪＤＡのライセンスコードです」

「ＪＤＡ？　オーブのオークションなど聞いたことがない。そんなことが可能になったのかね？　報告を受けてはいないようだが」

「私が知る限り、見つかって二十四時間以内に広報され、二十四時間以内にビッダーを集め、二十四時間以内に落札させて取引を成立させ、二十四時間以内に引き渡して使用させることができるなら可能です」

長官は、そんなことは分かっていると言わんばかりに、怒りを押し込めつつ、机の上をペンの尻で何度か叩いた。

「そのサイトによると、入札開始はここの時間で、十一月二十八日の零時だ。しかも、ビッドする期間は二日間だそうだが？」

「落札者が受け取りを指定した日に『偶然』手に入れれば可能です」

「それはつまり不可能だということかね？」

（注7）　**この橋の名前の元になった銀行監査官**
アーランド・ウィリアムス・ジュニア記念橋のこと。

一九八二年、エア・フロリダ90便墜落事故で、救助の順番を二人の女性に譲って水死したArland D. Williams Jr.にちなんで名前が変更された橋。

それまではロシャンボー橋だった。

アーロンはそれには答えず、ただ肩をすくめただけだった。

「質問を変えよう。我が国でも同じことができるかね？」

「できません」

アーロンは即答した。

「君の報告と所見を聞こう」

アーロンは、あらかじめ纏《まと》めておいた報告書を提出して、説明を始めた。

すでにそのサイトでは、サイモン中尉がふたつのオーブを落札し、実際に受け取った報告を受けていること。したがって、詐欺ではないこと。

明確な方法はわからないが、取引相手は「偶然」手に入ったと発言したこと。そのサイトではすでに二種類の未登録スキルが販売されたこと。

「以上をもちまして、そのサイトの関係者は、オーブを保存する技術を有しているか、オーブを発見したり取得したりする特殊な技術を有しているか――」

アーロンはそこで少し言葉を切った。言うべきかどうか迷ったからだ。だが結局付け加えた。

「そうでなければ、神に愛されているのだと愚考します」

それを聞いたカーティスは、わずかに顔をゆがめたが、結局何も言わなかった。

アーロンは、ＥＵから伝わってきた、インドの富豪が出会ったらしい魔法使いの話については、多分に社交界の尾ひれが付いていそうだったので、報告に含めなかった。

「そんな技術が本当にあるとしたら、日本に圧力をかけて、手に入れるわけにはいかんのか？」

「それは国務省かホワイトハウスへ仰ってください。ただ、私見ですが——」

「なんだね？」

「二回のオークションを経ても日本政府に動きがありません。政府は無関係である可能性が高いのではないでしょうか」

ふむ、とカーティスは考え込んだ。

「それで、どうしますか？」

「どうとは？」

「オーブ自体は、世界のバランスをとるためにも絶対に必要なものです。すでにご存じだと思いますが、現在碑文を解読できるのはロシアだけです」

「我々は、翻訳内容が嘘かどうかも分からない。真実を知るのは彼の国だけ。と、そういうことだろう？」

「その通りです」

「可能なら落札したいが、エスティメートはどうなっている？」

「エスティメートは提示されていません」

「ない？」

「はい。実際に必要としている国の予算を考えると、十億ドルが最低ラインだと思われます」

「なんだと？」

「権益を維持したいロシアと、それをなんとかしたいＥＵや我が国が競り合えば、百億ドルを超えても驚かないでしょう」

「我が国の国防予算の1・4％で世界のバランスがとれるなら安いものだということか？」

「空母二隻で世界のバランスを取り戻せるなら、実際そういうことでしょう」

壁に掛けられた時計の針が、音を立てずになめらかに進んでいく。

「話を総合すると、関係者を拉致《らち》して協力させるのが、最も簡単そうだな」

あまりの発言に、さすがのアーロンも感情を漏らした。

「そんなこと……社会が許しますか？」

「世界の利益がぶつかり合う最前線では、法も倫理もクソの役にもたたんよ。そこにあるのは力だけだ。民衆が知りさえしなければ、なべて世は事もなし、だ」

アーロンは、感情の抜け落ちた顔でその言葉を聞いていた。他にどうしようもなかったのだ。

彼の反応に、さすがにまずいと思ったのか、カーティスはおどけたように言った。

「とは言え、自由民主主義の守護者たる我々に、そんなことはできんがね」

うまくごまかしたつもりだろうが、カーティスの本音は、絶対に違うとアーロンは直感した。しかし、上司を追い詰めるような発言はしなかった。それが社会で成功するための唯一のメソッドだからだ。

「サイモン中尉といえば、あれはどうして未だにダンジョン省に所属していない？」

ＤＡＤ（Dungeon Attack Department：ダンジョン攻略局）は、最初に作られた大統領直属の組織で、ペンタゴンはもとより、司法省管轄のＤＥＡやＦＢＩからもスタッフが招集されている。

ダンジョン省は、昨年、主にダンジョンを資源として取り扱うために作られた省だったため実働部隊に乏しかったが、ＤＡＤの省を横断するような権限をそのままにダンジョン省へ移管させるわけにはいかず、当面別組織のままになっていた。

「攻略と管理の棲《す》み分けでしょう」

「彼はまだ日本にいるのかね？」

「表向きはエバンスダンジョン攻略後の休暇扱いになっていますが、独自に件のオークショニストに接触しているようで、今は代々木に潜っています」

「代々木は素晴らしい鉱山だが、資源を他国にも掘らせ放題とは、日本という国は寛大だな」

カーティスは、なにかを蔑《さげす》むような笑みを浮かべたが、すぐに顔を引き締めた。

「しかし、まさかとは思うが」

「なんです？」

「サイモン中尉たちが取得したオーブを、そのオークショニストに横流ししたりはしていないだろうな？」

アーロンは、まさか、という言葉を呑み込んだ。可能性としてはゼロではないし、ＤＡＤに所属している連中は、一癖も二癖もある連中ばかりだったからだ。

もっともＷＤＡの管理機構をごまかせるとは思えなかった。

「ご心配なら、軍の内部査察部を動かされては？」

「ペンタゴンに借りを作るのは、よくない」

カーティスはにやりと笑った。

「そろそろ我々の実働部隊も活動を始める時じゃないかね？」

その顔が、アーロンには不吉なトカゲの顔にしか見えなかった。

「入札はダンジョン省の部局にやらせよう。この件に関して、君は任を外れてよろしい」

「了解しました」

そう言うと、アーロンは目礼をして出て行った。

SECTION :

千代田区永田町二丁目三番一号　内閣総理大臣官邸

ヨルダンから、アブドラ国王が来日したその日、東京は移動性高気圧に覆われて、穏やかな小春日和となっていた。その日差しもやや傾きかかった頃、官邸の井部総理の下《もと》には、村北内閣情報官と野河《のが》防衛省統合幕僚長が訪れていた。

「〈異界言語理解〉の購入権利を我が国が放棄した⁉」

「ということに、なっているようです」

野河防衛省統合幕僚長が、陰鬱《いんうつ》な表情でそう言った。

「それはまた、寝耳に水だな。一体、いつどこでだれがそんなことをしたというんだ？」

今朝方、官邸を訪れた、外務省北米局長と防衛省防衛政策局長が、USから突然オークションにかけられることになった、件のオーブについての問い合わせがあった話は聞いたが、まさかそんなことになっているとは、想像もしていなかった。

〈異界言語理解〉についての連絡は、ロシアの発表後、アメリカから外務省を通してダンジョン庁へと伝わっていたはずだ。件のスキルオーブが、外交上の非常に重要な要素であることもはっきりしているだろう。それが、代々木から産出した？　しかも、我が国が、その購入権を放棄した？

一体なんの冗談だ？

報告を持ってきた、村北内閣情報官は、そのオーブが、東海岸の時間で、二十八日の零時にオークションにかけられることになった経緯を詳しく説明していた。

「どうして、そんな重要な会議が、あたかも秘密会議の如《ごと》くにこっそりと、しかも我々のところまで知らされずに、ＪＤＡで行われているんだ？」

「どうやら官僚出身の常務が旗を振ったようでして……」

「ＪＤＡの常務が、このオーブの重要さを分かっていなかったってことか？」

それでもそれを買い取りさえすれば、買い手は無数にいるだろう。ＪＤＡが営利企業なのかどうかは評価の分かれるところだろうが、そういう側面から考えても、購入権利を放棄するなどということは考えられない。

「田中の調査によりますと、どうやら、主計局の局次長が、予算の不足をこぼした際に、そういうことなら無償、または安価で提供させましょうとぶち上げた方がいらっしゃったようで……財務省としても、予算がかからないのであれば、ぜひそれでと安易に乗っかったようです」

「無償で提供させよう？　探索者はＪＤＡの縁者か何かなのか？」

「いえ、それが、その……国を思う日本国民なら、国家に貢献することは当たり前だと……まあ、そういった話だったようで」

「はは、今どき防衛省の隊員相手でもそんな話はしませんな。しかし、探索者の財産を不当に安く提供させる？　ＪＤＡは独裁国家か何かか？」

呆れたように、野河幕僚長が乾いた笑いを立てた。

戦時中か何かならともかく、国というのは個人を守るからこそ、税金を徴収しているのであって、個人が国を守るために存在しているわけではないのだ。

「それで？」

「Ｄパワーズからの聞き取りによりますと、探索を依頼してきたＪＤＡから、予算がないから引き取れない。国を思うなら出捐《しゅつえん》してくれと言われたので、仕方なくオークションにかけることにしたとのことです」

なんてこった。だが、仕方なくそうしたというのなら、まだ交渉の余地があるかもしれない。

「オークションの開始は、東海岸時間で二十八日の零時だ。日本時間なら――」

「二十八日の十四時です」

「可能なら、それまでにオークションを中止してもらって、オーブを買い上げる」

「落札予想価格は百億ドルを超えると言われていますが」

「補正予算で間に合わなけりゃ、決算調整資金制度を利用するさ。第二次石油ショックの時は、二兆五千億円がそこから出たんだ。一兆位なんとかなるだろ」

「それ以降、繰り入れが行われていませんから、残高はゼロですよ」

「国債整理基金から、一時的に繰り入れればいい。庭先で少し負けてくれることを祈ろう」

「しかし、議会の承認が」

「それは後で形式を満たせばいい。国対に根回しはさせるが、リミットは二十二時間だからな」

今日はこれから、アブドラ国王との首脳会談がある。そして、明後日《あさって》からはＧ20で、アルゼンチンに行かなければならないのだ。

「北村さんは、そうだな、明日の十八時四十五分に官邸に首尾を報告しに来てくれ」

「承知しました」

これが明らかになれば、また野党の連中が騒ぎだすかもしれないが……そもそも、これに失敗すれば、もっと大きな支出が待っているかもしれないのだ。

内閣情報官は防衛省統合幕僚長に何かを耳打ちしながら、足早に官邸を後にした。

SECTION :

ロシア モスクワ 中央行政区

ロシアのダンジョン攻略組織は、ダンジョン攻略局と呼ばれ、国防省でもなければ、FSB（ロシア連邦保安庁）でもなく、GUSP（大統領特殊プログラム総局）の下に作られた。そして、同総局のロシア連邦大統領附属特殊施設局がモグラと呼ばれているように、この局もイタチと呼ばれていた。だが、それにもかかわらず、局長の上は大統領で、GUSPの総局長はこの局を統括していない。

赤の広場から、グム百貨店と、スレドニエ・トルゴヴィエ・リャディという奇妙な名前（平均的なショッピングアーケードといった意味）の観光名所にはさまれた、ウーリツァ・イリンカ（通りの名前）を少し行ったところにある、大統領府の隣に、ダンジョン攻略局は置かれていた。

「つまり、Dパワーズは、まだオーブを手に入れていないということだな？」

執務室の大きな机の向こう側には、カミソリのような目をした、細身だが鍛えられた体つきをしているツーブロックの、四十前後に見える、単に『局長』とだけ呼ばれている男が座っていた。

「おそらくは」

男の質問に、大柄でがっちりとした体つきの、三十前後に見える局員のクルニコフが、直立不動でそう答えた。

「今回は、オークションの終了時の延長が従来と違う方式になっています。受け渡しは、十二月の二日と決められているようです」

「つまり永遠に延長されては困る何かがあるということか」

　このオーブの置かれた状況は非常に特殊だ。だから、従来の方式では、永遠にビッドが続き、いつになったら、落札されるのか見当がつかない可能性がある。

「おそらくは」

「すると奴らが、オーブを取得する、またはできる可能性があるのは、十二月の一日に限定されるというわけだな」

　もしも、Ｄパワーズが、本当にこのオーブを取得して、それが我が国以外に渡ったとしたら、ダンジョン開発において、我が国が持っているアドバンテージが失われることになる。

　状況のせいで、やむを得ず〈異界言語理解〉を使用させられたイグナートは、鉱山労働者出身の無学なエクスプローラーだった。そのオーブは、異界の言葉で書かれた文字を理解できるようにするものだったが、それをロシア語に直すためには、そこに書かれた概念をロシア語で描写する知識が必要だった。そのため正しく翻訳させるためには、まず、基本的な知識から教えなければならず、非常に効率が悪かった。

「妨害する人員を送り込みますか？」

　局長の顔色を見るようにそう言ったクルニコフを、彼は冷たい目で射抜きながら、「協力する人員を派遣したまえ」と静かに言った。

「その日の代々木は、いつもより危険が多いに違いない。連中が無事に戻ってこられるように、見守る人員が必要だと思わないか?」

「では、ダンジョン攻略局のチームから——」

「FSB(ロシア連邦保安庁)のV局から、一グループを派遣してもらえ」

「は?」

FSBのV局は、KGB時代はヴィンペルと呼ばれていた部隊だ。当時は原子力施設を守るための部隊だった。しかしその実態は、諜報《ちょうほう》や破壊工作が専門のエリート部隊だと言えるだろう。

KGBの非合法活動を支えた、ふたつのエリート部隊は、紆余《うよ》曲折を経て、今ではFSBの管轄下、テロ・政治的過激主義対策局の特殊任務センターで、A局、V局として存続していた。

「いや、なに、保険のようなものさ」

クルニコフには、影になっていてよく見えない局長の口元が笑ったように見えた。

「はあ……」

「いいかね、もしも、連中が無事に地上へと戻ってきたとしよう。しかし、彼らが受け取りの場所に現れるとは限らないだろう?」

「なにしろ事故というやつは、注意していても避けられないことがあるからな」

「……東京のど真ん中ですよ?」

「いかに安全な日本といえども、事故は起こるものだろう?」

「それは……」

「たまたまそれが、その日に起こったとしても、何の不思議もない」

「承知しました」

クルニコフはそう言って、手続きを取りに局長の執務室を出て行った。

「それでも、まだ足らんかもしれんな」

そう呟いた局長は、おもむろに受話器を取り上げて、ＳＶＲ（ロシア対外情報庁）に繋がる数字を入力した。

SECTION :
代々木ダンジョン

俺たちは、ダンジョンを出た後の連絡方法を鳴瀬さんに伝えると、手早く準備を済ませて、ダンジョンへと飛び込んだ。そしてそのまま、探索者もモンスターもすべてを無視&回避して、なるべく最短距離で駆け下りて行った。〈生命探知〉が大活躍だ。

重要なものはすべて、俺の〈保管庫〉と、三好の〈収納庫〉の中だし、前回用意した装備は、ほとんど消耗しなかったから、そのまたっぷりと残っている。

前回の教訓を生かして、モロ初心者な装備を隠すためのマントもきちんと忘れずに用意した。身に着けて驚いたのは、マントは意外と暖かいってことだ。風にはためかせるための小道具だと思っていたら、ちゃんと効用があったとは。

「先輩。背面カメラの映像に、時々ちらちらと人が写り込んでるんですけど、後ろ、何か付いてきてませんか？」

「ちょっと待て」

俺たちは〈生命探知〉を利用して、普通と違うルートを進んでいるが、よくよく確認してみると、それに寄り添うように進んでいる四つのグループがあるように思えた。

それぞれのグループの行動はバラバラで、まったく連携はしていないようだったが、俺たちの移動に、つかず離れず、きっちりと付いてくるんだから、結構な手練《てだ》れたちだと思われた。

「いるな。しかも四グループっぽいぞ」

「四グループってことは……代々木に集まってきていた、ＵＳ、ＣＮ、ＧＢと、後はやっぱＪＰですかね？」

「ＲＵは？」

「さすがに昨日の今日ですし、他の国と違って、私たちが行く場所には興味がないでしょう。そっちの本番は十二月頭の二日間ですよ」

それなら、今のところ彼らに危害を加えられることはなさそうだ。むしろ守ってもらえるかもな。油断は禁物だが。

「だけどサイモンたちはいないみたいだぞ」

あいつら一桁の集まりだからか、〈生命探知〉から感じるパワーみたいなものも半端ないのだ。何度か試したから間違いない。

「どのグループも、それほど凄い感じはしないな」

「きっと斥候部隊とかじゃないでしょうか。お金と人手があるところは違いますね」

三好がうらやまし気にそう言うと、何か悪いことを思いついたような顔で笑った。

「どこかの細い一本道の通路に入れば、全チームが鉢合わせして面白そうですよね」

「そんなの、ただ、偶然に会いましたって顔で、知らんぷりするだけだろ」

「牽制《けんせい》しあったりしませんかね？」

「牽制ったってなぁ……まさか殺しあうわけにもいかないし、俺たちを見失うわけにもいかないだろ」

しかし、だらだらと尾行されるのも、監視されているみたいで気持ち悪い。いや、監視されてるんだろうけどさ。

角を曲がった瞬間、俺は〈生命探知〉で追っ手をマークすると、ひょいと三好を抱えて、ステータス任せでスピードを上げた。

「ぐぇ……うう。撒《ま》くんですか？」

「まあ、完全に撒けるかどうかは分からないが、尾行を確定させようと思ってな」

後ろの連中は、俺たちの視界から外れてしばらくしても、正しく俺たちの後を付いてきていたようだったし、何か斥候特有の、足跡をみる技術とかを持っているのかもしれなかった。

「対人レーダーとかを装備してるんじゃないですか。この辺外れで、あまり人がいませんし」

「そんな小さな対人レーダーなんてあるのか？」

「十五年も前に、ＭＩＴの研究者がｗｉ－ｆｉの電波で動体だけを検出する機器を作ってましたから。対テロ用に開発されていてもおかしくはありませんよ」

「そりゃ、凄い」

SECTION：

市ヶ谷　ＪＤＡ本部

「以上が、ここしばらくのＤパワーズに関する報告です」

ＪＤＡの小会議室では、鳴瀬美晴が、斎賀課長に向かって、最近のＤパワーズの行動とサポート内容について報告していた。

「とりあえずはご苦労だった。鳴瀬が彼らに関わってから、彼らがＪＤＡにもたらした利益は手数料だけで二十四億七千万円だ。営業レディとしてはブッチ切りもブッチ切り。ヘタをすれば桁が三つ違うな」

それは別に私の力では……とも思ったが、特になにもコメントしなかった。実力でもラッキーでも結果は結果だ。大人の仕事というのは、そういうものだ。

斎賀は、手元の報告書をぱたんと閉じると、態度を崩して、世間話をするように足を組んだ。

「いま、中国の黄とイギリスのウィリアムがオーブのために来日してるだろう？」

「え、まだ帰国してなかったんですか？」

「帰国どころか、先日、イギリスからチーム・ウィリアムが、中国からチーム・ファンが丸ごと来日したぞ」

「え？」

「しばらく代々木を貸してくれとのことだ」

「各国にも、それぞれ攻略中のダンジョンがあるでしょう？」

「あるだろうな」

ただし中国のダンジョンは少ない。どういう訳か、太平洋から見て、日本の裏側にあたる地域にはダンジョンがほとんど分布していないのだ。

「じゃ、なんでそれを放り出してまで代々木に集合するんです？」

「そりゃお前、あのオークションのせいに決まってるだろ」

〈異界言語理解〉。

そのオーブのオークションが日本で行われていて、受け渡しは市ヶ谷なのだ。産出ダンジョンは代々木に決まってる。

「さらに、フランスからはヴィクトールが、ドイツからはエドガーが、サポートチームごと参加を申請してきた。アメリカも増員するそうだ」

「サイモンさんたちのサポートチームですか？」

「いや、それが、ダンジョン省の職員が何人か増員されるらしい」

「ＤｏＤ（Department of Dungeon）ですか？」

「そうだ」

サイモンが所属しているのは、ＤＡＤ（Dungeon Attack Department：ダンジョン攻略局）だ。

これは、最初に作られた大統領直属の組織で、ペンタゴンはもとより、司法省管轄のＤＥＡやＦＢＩからもスタッフが招集されて作られた部門らしい。

ＤｏＤ（ダンジョン省）は、昨年、主にダンジョンを資源として取り扱うために作られた省だ。とは言え、ＤＡＤの省を横断するような権限をそのままにＤｏＤへ移管させるわけにはいかなかったため、ＤｏＤには独立した実働部隊が存在していた。

つまりダンジョン攻略に関して、アメリカには、異なる命令系統の組織がふたつ存在することになっていた。

「ＤＡＤとＤｏＤの確執ですかね？」

「さあな。そこは我々の関知するところじゃない。ＵＳの内情に首を突っ込むつもりはないさ」

斎賀は、両腕を広げながら言った。

「まあ、そういうわけでな。代々木を巡る世界情勢とやらは、いきなり怒濤《どとう》の展開に突入したってわけなんだ」

「代々木ダンジョンの関連宿泊施設に、そんなキャパありませんよ？」

「それはすでに伝えてある。幸い新宿周辺にはホテルも多いからな。各国の大使館が適当に見繕うだろうよ」

「ロシアのドミトリーとイタリアのエットーレを除いた、トップ二十の軍人が、ひとつのダンジョンに集合ですか？」

斎賀は、キィと音を立てて背もたれに体を預けなおした。

「こんな状態になったのは、ダンジョンが世界に広がって、各国が体制を整えて以来、初めての出来事だろう」

「キリヤス＝クリエガンダンジョンはクローズドなんですよね」

　最初に見つかったダンジョンが分かっているのだから、全員が、そこに行っていないのには理由があるわけだ。

「そうだ。もっとも代々木みたいに完全にオープンなダンジョンのほうが珍しいからな。で、Dパワーズの連中、今日ダンジョンに入っただろう？」

「はい。適当にやって、オークションが終わる頃までには戻ってくるそうです」

「このタイミングでダンジョンに入るとなると、誰がどう考えても、オーブを取りに行ったと思うしかないだろう？」

「まあ、それは」

「入ダンリストを見る限り、各国の斥候チームが、彼らを追いかけてインしている」

　そこにRUがいたら、暗殺も疑うレベルだがね、と斎賀課長は笑えない冗談を飛ばした。

「あいつらが、何を考えているのかは分からないが、今回の受け渡しは十二月二日が指定されている。十二月一日の、あいつらの居場所を摑《つか》むのは、世界中の諜報機関の最優先事項だろうよ」

　代々木は広く、モンスターのバリエーションも豊富だ。しらみつぶしにした場合、相当の労力が必要になる。だが、Dパワーズがいるフロアだけに絞れるなら、その手間を、圧倒的に減らせるはずだ。

「しかも、どうやら、警備部の連中はインした後、あいつらを見失ったらしいぞ。うちに探りを入れてきた」

「え？　監視対象だったんですか？」

「ガード対象だ。うちからもお前がくっついてるだろ」

そんな意識はあまりなかっただけに美晴は驚いていた。

「私がガードとして役に立つとは思えませんが……」

それを聞いた斎賀は笑いながら「人の目があるだけで違うものさ」と言った。

「ともあれ、各拠点にスタッフがいるはずの警備部ですらこのありさまなんだ、各国の斥候連中も連中を見失っている可能性が高い。今頃現場は大あわてだろうな」

斎賀は面白そうに口元をゆがめた。

「で、連絡は取れるのか？」

美晴は、一瞬迷ったが、正直に報告することにした。

「緊急時は一応」

「ならいい」

窓の外では、徐々に短くなっていく晩秋の日が、空を赤く染め始める時間が近づいていた。

SECTION：

代々木ダンジョン　八層

　そのまま後続を振り切って辿り着いた、九層へと下りる階段の周辺は、空堀と土塁で覆われていて、たしかに拠点っぽい仕上がりになっていた。さすがに宿屋はなかったが、屋台で食べ物なんかを売っていたりするのは、ちょっとフィクションっぽくて面白かった。

　屋台の兄ちゃんの説明によると、二チーム・二日交替制で営業しているのだそうだ。八層前後まで来られるエクスプローラーはそれなりにいて、意外と金になるらしい。

　やっぱ、探索者といえばこれでしょ？　と差し出されたのは串焼き肉だ。オークなのか？　と聞いたら、実はただの豚らしい。

　八層にもオークはいるが、オーク肉のドロップ率はそれほど高くないし、そのまま上に持ち帰ったほうがはるかに利益になるそうだ。

　それでも串焼き一本が千円もするのは、やはり場所柄か。俺は三好の分もあわせて千円札二枚で支払いを済ませた。

　商業ライセンス以外の探索者同士の取引は、ＷＤＡカード同士によるダイレクト支払いか現金だ。前者はＷＤＡカードに結びついている口座からの自動引き落としだが、十万円以下の取引に限られていて、一回百円の税＋手数料が送信側から引き落とされる。

　ＡＴＭ利用料と大差ないから便利と言えば便利なのだが、取引そのものはガラス張りになるからプライバシーはないも同然だ。なおダンジョン内での取引は、入り口を出た時点で清算されるらしい。オンラインにできないもんな。

「絶対焼きすぎなんですけど、やっぱ、気分ですかね。意外と美味しい気がします」

そんな失礼なことを言いながら、はむはむと三好が豚串を頬張っていた。

もう午後も結構遅く、おやつの時間を過ぎたあたりだ。追っ手は、どうやら俺たちを見失ったようで、〈生命探知〉の範囲からは外れていた。

俺たちは、串を返して礼を言うと、そのまま九層へ下りる階段へと向かっていった。

八層の屋台の兄ちゃんには、マントの隙間から覗く初心者装備を見られたからか、その装備で下りるわけ？　と呆れた顔をされてしまった。

§

「B〇八。こちら一八。八層へ到達した。送れ」

「こちらB〇八。目標は今九層へと下りた。送れ」

「B〇八。うそだろ？　いくら何でも早すぎる。送れ」

「確かだ。初心者装備の男女一組。女の方は、間違いなく三好梓《ターゲット》だ。送れ」

串焼きを売っていた男が、屋台から離れた陰で、小さなイヤープラグ型のヘッドセットで話をし

：

ていた。

「了解。急ぎ追いかける。なお同業が多数交じっている模様。そちらも注意されたし。終わり」

男は、イヤープラグをはずして立ち上がった。

「うちの斥候チームがまるまる一フロア分も差を付けられるって……」

そうして二人が下りて行った階段の方を見て呟いた。

「一体、あいつら何者なんだ？」

SECTION：

代々木ダンジョン　九層

九層に降りたところは、ジャングルと言うよりも極相林だった。しかも日本風だ。ブナのような大きな木が、かなりの間隔を空けて空へと伸びていた。

〈生命探知〉にいくつかの魔物が引っかかる。猪《イノシシ》や熊系だろう。資料によると、フォレストウルフやオーガまで出るらしい。現在カウントの下二桁は66のはずだ。あと三十三匹はなんでもかまわない。

夜は忌み嫌われている十層で過ごすのも面白いな、などと考えながら、俺たちは十層へと下りる階段に向かって歩いていった。

途中、三好が鉄球をガンガン飛ばしながら、いろいろと確認していた。MPを使わない分、〈収納庫〉を利用した攻撃のほうが気軽に使えるようだった。球数もたんまりあるんだろう。

このフロアにはそれなりに人がいた。

コロニアルワームさえ避ければ、オーガもキングボアも獲物としては美味しいらしい。もちろんそれらを倒せるのなら、だが。

だから、魔法よりも鉄球のほうが都合がよかった。見た目はスリングっぽいからごまかしやすいのだ。

他の探索者をそっと覗いてみたところ、大体四人～六人くらいのパーティが多いようだった。

前衛が足止めをして、中衛が槍やハンマーで攻撃、後衛がコンポジットボウやクロスボウ、そして銃を用いて闘うのがセオリーのようだ。

「自衛隊は、ブンカーシールドなんかをがっちり並べて、小銃で一斉射撃だって聞きましたよ」

「八九式かな?」

「噂によると、豊和工業が一九式を持ち込んだとかいう話ですけど」

ダンジョン内で後継機実験……人型もそれなりにいるわけだし十分あり得るな。

初心者装備の俺たちは、できるだけ人目を回避しつつ、十層へと下りる階段までやって来た。

そろそろ日が暮れる時間だった。

比較的まともな拠点が、八層と九層を繋ぐ階段の八層側にあるため、探索者が夜を過ごすのは、そのあたりに集中する。つまりここには誰もいなかった。

そうして俺たちは、日が暮れることを気にもせず、十層へと下りていった。

SECTION：

市ヶ谷　JDA本部

「課長、外線三番にお電話です」

「なんだ、せっかく早く帰ろうと思ってたのに」

「ご愁傷さまです」

そのセリフを聞いて、斎賀は、社員教育を間違ったかなと一瞬考えたが、外部に向かってのけじめがちゃんとしていれば、部下との距離が近いことは悪くはないかと思いなおした。

「はい、斎賀です」

受話器の向こうから聞こえてきたのは、やや硬い調子の自衛隊関係者の声だった。

「……ああ、寺沢さん。ご無沙汰しております。はい、はい。ええ？　今からですか？」

思わず漏らしたセリフに、電話を取り次いでくれた女性職員の肩が一瞬ピクリと震えたのを見て、斎賀は声を立てずに苦笑した。こんな時間から面倒な仕事がやって来るのは、誰でも嫌なものだからだ。

「時間がない？　はい。……分かりました。では――」

そう言って斎賀は、壁の時計を見た。時計の針は十八時になろうとするところだった。

「十九時でいかがですか？　はい。ああ、分かります。はい。では後ほど」

電話を切ると、取り次いでくれた職員が気を使ったのか「今から誰かとお会いになるんでしたら、残っていましょうか?」と言った。

「いや、外で会うから大丈夫だ。ありがとう」

そう言うと、ほっとしたような顔で、「分かりました、お疲れさまでした」と頭を下げて退社の準備を始めた。

SECTION：
新宿五丁目　三番街

　富久町《とみひさちょう》から医大通りへ入ったタクシーは、芝新宿王子線へ抜ける直前に、医大通り最後の交差点を左折すると、少し行った右手にある、真っ白な壁に直線的なデザインの目立たない入り口があるビルの前に停まった。

　目の前にある、非常に控えめにライティングされた店は、あらかじめ教えられていなければ、ドアをくぐるのをためらうようなお店だった。

　その、古いカクテルの名前が冠されたバーの、少し重い扉を引いた斎賀は、カウンターの一番奥にいる寺沢を見つけて軽く手を上げると、すぐにそれを察したバーテンダーが、彼の隣の席を引いてくれた。

「落ち着いた、いい店ですね」

「早い時間は人がいなくていいんですよ」

　開店したばかりらしく、後ろの一段下がったテーブル席にも、一〇席ほどあるカウンターにも、他の客はいなかった。

　差し出されたお手拭きを使い、ジントニックをオーダーすると、斎賀はさっそく切り出した。

「それで、お話というのは？」

　もちろん例のオーブの話だろうと見当は付いていたが、寺沢個人が、防衛省ともＪＤＡとも関係ないこんな場所へ、斎賀個人を呼び出したからには、どんな話が飛び出してくるのか、予断を許さない。

「どうして、黙って見ていたんです？」

例のオーブを最初に手に入れることができたのは、この人畜無害を装っている、ダンジョン管理課の課長に違いないと、寺沢は当たりをつけていた。なにしろ、思い付きでつついてみた、わずか半月後に、件のオーブがオークションにかけられるという信じられない状況が発生しているのだ。驚天動地としか言いようがないが、それがDパワーズ絡《から》みなのだとしたら、彼が関わっていないというほうが嘘くさい。

「……なんのお話でしょうか？」

寺沢はその質問に直接答えず、テーブルの上で握りこぶしを作った。

「あなたなら、もっとうまくやれたはずだ。私には、あなたが故意にこの状況を作り出したようにしか思えませんね」

あまりに直接的な彼の言いように、斎賀は苦笑いを浮かべて、目の前に置かれたジントニックを口にした。鼻腔《びこう》をくすぐるライムの芳香が、疲れた頭を覚醒させるようだった。

「例のオーブの件ですか？　そりゃ、買いかぶりってもんですよ」

二口目はがぶりとそれを飲みながら、さらに白々しく付け加えた。

「ご存じの通り、あれは国家の間で争奪戦が繰り広げられるような代物だ。一介の課長職に何ができるわけでもないでしょう。報告することが起これば、ただ、それを上げるだけですよ」

上にね、といった様子で、斎賀が指で上を指し示す。

「だが、依頼した私のところにも連絡が来ていない以上、何か意図があったとしか思えません」

「それこそ買いかぶりですな。なにしろオーブはまだ見つかっちゃいないんだ」

斎賀が上に対して報告したのは、ただ、見つかったらどうするのか、という問い合わせにすぎなかった。もっとも、自分の直接の上司だけでなく、瑞穂常務にも連絡が行くように画策したところが、通常と違っていたのだが。

「しかし、Dパワーズは、それをオークションにかけると予告した。その前に、あなたのところに連絡があったはずだ」

「私が、上に報告したのは、見つかったらどうするのか？　買い上げるのか？　といった交渉の前段階の問い合わせだけですよ。それ以降のことは関知できませんね」

喉が渇いていた斎賀は、残っていたジントニックを一気に飲み干して、仕方がないでしょうとばかりに、寺沢の方を向いて首をかしげた。

「それで、あんなバカな結論を？」

詳細を田中から聞かされた寺沢は、思わず頭を抱えていた。

「それは私のあずかり知らないことですよ」

寺沢は、そう言った斎賀を疑わしそうに見つめた。どう考えても、この男が上げる場所とタイミングを操作して、この状況を作り出したとしか思えなかったからだ。

話が途切れたところで、バーテンダーが二杯目の注文を取りに来る。それを見て寺沢が斎賀に囁《ささや》いた。

「ここは、モルトが素晴らしいんです」

ガラス扉の向こう側に並ぶバックバーには、そうそうたるボトルの群れが林立していた。暗い照明の中でも、特徴的なものははっきりと分かる。近年の高騰を考えればいくらになるのか考えたくないようなボトルたちだが、寺沢が薦めるのなら、それなりに良心的価格なのだろう。しかし今宵《こよい》はまだ、強い酒で酔うわけにはいかなかった。

「ニートも嫌いじゃありませんが、それには早すぎるね」

斎賀は笑って、テリー＝レノックスの有名なセリフをもじりながら、水割りを注文した。

バーテンダーは好みの酒を聞いてきたが、こちらのスタンダードでと言うと、黙って頷き、フェイマスグラウスを取り出すと、鮮やかな手つきでそれを作り始めた。

「しかし、彼らはまだオーブを探しに行ってはいないし、オークションにかけますよと言っただけで、実際にかけたわけではない。そんな状況で、それがまるで見つかっているかの如く世界が動き始めるのは、少し異常な気がしませんか」

その話は、寺沢にも理解できたし、もっともだとも思っていた。だが、世界中の諜報機関が、彼らの十二月一日の行動に注目していることも事実だ。

とは言え、それをいまさら掘り下げたところで何も始まらない。今はどうにかして日本の優先権を取り戻したいところで、今日の目的もその一環なのだ。

「斎賀さん。あなたの言う通り、まだオークションは始まっていない。開始予定時刻は、日本時間なら明日の十四時です」

斎賀はカウンターに肘をついて、フェイマスの水割りを口に運びながら、寺沢の話を、振り向きもせずに静かに聞いていた。

「つまりまだ間に合うんです。今からでも、なんとかオークションの中止を――」

「寺沢さん」

それまで黙って話を聞いていた斎賀が、突然寺沢の言葉を遮った。急に雰囲気の変わった斎賀の様子に、寺沢は言葉を継がず、彼の横顔をじっと見た。

「十分な対価が用意できるのなら、今からDパワーズに頭を下げて、オークションを中止してもらう。まあ、そういうこともできるかもしれない」

斎賀は、彼女たちが、いまさらそんなお願いを聞いてくれるかどうかは怪しいものだが、取引の面倒くささを強調して、鳴瀬あたりに泣きつかせれば、意外とあっさり頷きそうな気もする、と考えていた。だが――

「それなら――」

「あんた、あれを手に入れて、どうしようっていうんだ？」

タンブラーのリムをつまんで回転させると、氷がカランと音を立てた。

「……どういう意味だ？　安全保障的にも、外交的にも、あれは切り札に――」

「切り札？」

タンッと硬質な音を立てて、タンブラーがコースターの上に置かれた。

「考えてもみろよ、仮に日本がこのオーブを手に入れたとして、いったい誰に使わせるつもりなんだ？　有識者ってヤツか？　ＪＤＡの職員？　それとも官僚？　はたまたあんたたち、自衛隊の隊員が使うのかい？」

手に入れた後のことは政治家の仕事だ。寺沢は、そう考えていたため、その質問の答えを持っていなかった。

「いいか。あれを使わされた人間は、それが誰であれ、普通の一生は送れないだろうぜ」

何しろ自分にしか読めない文章だ。もしそこに、何かとんでもない秘密が書かれていたとしたら、果たしてそれを言葉にすることができるだろうか。仮にできたとして、その言葉を、人々が信じるだろうか。人の猜疑《さいぎ》心に責め苛《さいな》まれながら、一生を過ごせる人間が果たしてどれだけいるだろう。ことにこの国では。

「しかし、誰かはその役に就かなければならない」

「そうかもな」

使命感に溢れた、その言い草を聞いて、斎賀は話の方向を変えた。

「なあ寺沢さん。あんたまさか、日本のため、なんてことを考えてるんじゃないだろうな？」

「そりゃ、少しは。まあ、こんな仕事だしな」

今回のオーブの取引に関して持ち上がったらしい、馬鹿げた言い草のことを思い出して、寺沢は少し躊躇《ためら》いながらも、そう言った。自分でそう考えることと、他人にそれを押し付けることは違うのだ。

それを聞いて斎賀は頭を振った。

「そうか。だが、このオーブを手に入れることが、本当に日本のためになるかな？」

「どういう意味だ？」

寺沢は、上半身をひねって、斎賀の方に体を向けた。

「今のところ、〈異界言語理解〉は、それが本当にオークションにかけられたとしても、世界にふたつしかないんだ。だから、食い違いが起こったら、水掛け論になるしかない」

寺沢は頷いた。

「仮にロシアと翻訳が食い違った時、それがロシアの嘘だと押し通す力が、日本にあるのか？」

「西側は、日本の翻訳を支持するはずだ。それくらいの信用はあるだろう」

寺沢は、苦笑しながらそう言った。

「その信用は、いったい何に立脚しているんだと思う？」

「戦後の日本人の努力と言いたいところだが、その根っこは、日米同盟を背景にした経済的な繁栄だろうな」

時にアメポチなどと揶揄《やゆ》されながらも、それが果たした役割は否定できない事実だ。

斎賀は軽く頷くと話を続けた。

「そうだな。だから、もし俺がロシアなら、しばらくしてから、ある日突然、北方領土問題で譲歩してみせるよ」

「それは……」

もし本当にそんなことが起こったとしたら、たとえそこに何もなくても、何かがあるように見えるかもしれない。

「日米間に、疑心暗鬼の種が蒔《ま》けそうで、なかなか素敵なアイデアだろ？」

最初は小さな疑惑でも、心の中の鬼は徐々に大きくなっていくものだ。日本の信用の根幹をいずれは腐らせるときが来るかもしれなかった。

「分断工作か……」

「寺沢さん。こいつは、とんだジョーカーだぜ。国会内の派閥や利権争いなんかに捉われている連中には扱いきれない代物なんだよ」

世界一の軍事力を持った国は、結局自国内に翻訳者を持たない限り安心はしないだろう。事あるごとに、なにかの圧力をかけてくるようになるのが目に見えるようだ。

「なら、日本が手に入れて、アメリカに譲渡するという手も……」

「そりゃ、やめといたほうがいい。うちの国だっていろいろあるだろ。売り手が国家になった瞬間に、あらゆる圧力が一斉に襲い掛かってくるはずだ。売り手が単なる個人だからこそ、国家レベルの圧力は掛けにくいのさ」

言ってみれば、ミジンコを殺すのに重機関銃を撃ちまくるようなものだ。きっとまるでかみ合わない。

斎賀はごくりと水割りを飲むと言った。

「こいつは同じような立場の国同士で牽制してもらうのが一番さ。アメリカが隠したい事柄はロシアが、ロシアが隠したい事柄はアメリカが、勝手に暴きあってくれるだろ。それくらいがちょうどいいバランスなんだよ」

「両国が手を握って、他の国を騙そうなんてことを考えるかもしれないぞ?」

「もし本当にそんなことが現実になるんだとしたら、オーブがあろうとなかろうと、世界はふたつの国に牛耳られるんだから、大した違いはないだろ」

斎賀は、寺沢の突っ込みに、暗い笑みを浮かべながら答えた。

確かにアメリカとロシアが本気で手を組んだとしたら、軍事力的に対抗できる勢力はない。

「同じカードを使って同じ机についちゃあいるが、米ロ《あっち》と他の国《こっち》じゃやってるゲームが違うんだよ」

斎賀は自分のグラスを、寺沢に向けて、そっと掲げた。

「だからさ、ババはアメリカに引いてもらおうよ」

SECTION:
代々木ダンジョン　十層

そこは一面に広がる西洋風の墓地だった。

「先輩！　臭いですよ?!」

「え、マジか？」

臭いに集中すると、確かに微《かす》かに腐臭がする。

相手はゾンビなのだから、当たり前と言えば当たり前なのだが、倒せば消えてなくなるくせに、一体どうなっているのだろう？

十一層へ下りる階段とは反対の方向へと移動して、しばらく行くと、呻き声とともに、墓のあちこちからゾンビたちが姿を見せた。

まずはとりあえず、ウォーターランスで様子見だ。周辺に探索者の反応はなく、どうせ誰も見ていない。

頭に当たったものは一撃で倒せたが、不幸にも足に当たったものは、下半身が吹き飛んでも上半身を引きずって向かってきた。

「バイオなハザードかよ！」

道幅はあまり広くなく、道ギリギリまで墓石が林立しているため、ずるずると這ってこられると、対象が見づらく非常に面倒だった。

因みに〈生命探知〉には極めて小さな反応しか現れない。言ってみればステルスだ。集中すれば分からなくはないのだが、これはなかなか厄介だ。

「三好、その先にある、丘の上を拠点にしようぜ！」

「了解」

日はもう沈みかけている。

俺たちは魔法と鉄球をばらまきながら、少し先にある丘の上に駆け上がり、周辺のモンスターを駆逐すると、素早くキャンピングカーを取り出して、中に入ってドアを閉めた。

後部ラダーは取っ払ってあるから、これで一種の要塞《ようさい》だ。タイヤをつぶされたところで、俺たちには関係ないしな。

「ふー。一〇〇の単位まで、あと三か」

三好が監視モニターを起動する。外はもう暗いが、モニターは割と鮮明だ。

「なんだそれ、赤外線か？」

「今のメインは可視光増幅です。ゾンビって熱ないですよね？　たぶん」

「さあなぁ。分かんないが、見えるならなんでもいいだろ。ていうか、十層の夜って、光源があるんだな」

見るとダンジョンのくせに星が瞬いている。ウェアウルフとかがいるとしたら、月もあるのかもしれない。それに墓地のあちこちには、時々揺らめく松明《たいまつ》のような物まであるようだ。謎だ。

「まあまあ先輩。星を眺めるのは後にして、とりあえず、ご飯にしましょうよ」

弁当とお茶を取り出すと、時折聞こえるチタンカバーを叩く音をBGMに、俺たちは晩飯を食べ始めた。今回の弁当は、三好が近所のお弁当屋さんにまとめて発注したものだ。ちょっと贅沢がこれだと聞いたときには呆れたが、食いしん坊推奨だけあって、なかなか美味《うま》かった。

しばらくすると、チタンカバーを叩く音がなくなった。

アンデッドたちが、生者の何に反応するのかは分からないが、車中に引っ込んでいると、それほどこちらへ向かってくるものはいないようだった。

§

「老王《ラオワン》。本当にここを下りるのですか？」

チーム唯一の女性である欣妍《シンイエン》が、リーダーの王伟《ワンウェイ》に確認した。

「なんだ欣妍、怖いのか？」

からかうように、最も年の若い、王秀英《ワンシウィン》が言った。リーダーの男と名字が同じなので、リーダーが老王、彼が小王《シァオワン》と呼ばれていた。

「代々木のガイドじゃ、夜の十層はトップチームでも避けるって書いてあります」

「なに、そりゃ、アマチュア連中のトップチームってことだろ？」

装備を確認していた、宇航《ユーハン》がそう言って話に割り込んだ。

「航哥儿《ハングァアー》……」

欣妍は、もうすぐ日が暮れる時間なのを確認した、自衛隊らしき斥候チームが、十層へと下りるのを避けたのを見ていた。

同じくそれを確認した、GBやUSのチームが、少し離れ場所で、代々木をよく知っているチームの行動をまねたのか、十層へと下りるのを中止したようだった。おそらく、同化薬の準備ができていなかったからだろう。

「しかし、代々木をよく知っていて、同化薬も持っているはずの自衛隊が下りようとしません」

「欣妍。代々木ガイドが正しければ、どうせ夜は同化薬の効果は薄い」

「はい」

「それに、だ。連中は下りて行ったぞ。たった二人だけで」

老王はそう言って、少し前に下りて行ったパーティのことを示唆した。

自衛隊でも躊躇《ちゅうちょ》している夜の十層に平気で下りて行ったそのパーティは、どう考えても日が沈む前に十一層へと下りる階段には到達できるはずがなかった。

「よし行くぞ！」

老王の掛け声とともに、四人はDパワーズを追いかけて、十層への階段を下りて行った。

§

「おいおい、ありゃ、ＣＮのチームか？」

老王たちが階下へ下りて行くのを遠目に見ながら、自衛隊の斥候チームが目を丸くしていた。

「自信があるのか、もの知らずなのかは分からんが、あいつら戻ってこられるのかね」

「助けに行った方がいいでしょうか？」

「やめとけ。残念だが俺たちの戦力では、木乃伊《ミイラ》取りが木乃伊になることは確実だ」

斥候部隊隊長の美作《みまさか》は、悔しそうにそう言った。

「しかし、Ｄパワーズの二人組は日本人です。しかも、現状はＶＩＰですよ。我々が助けに行くべきではないでしょうか」

「どれほどのＶＩＰだろうとも、探索者は自己責任だ。命令があれば別だが、我々は彼女たちを守れとの命は受けていない。あくまでも監視が目的だ」

そう言いながら美作は、強くこぶしを握り締めていた。

彼とて、力が及ぶのならば、すぐにでも十層へ下りていきたかった。しかし、それがかなわないことも、自分たちの力量を正確に把握している隊長には、嫌というほどよく分かっていた。

「いいか、できないことをやろうとするな。無能な働き者は最悪の結果を招くだけだ」

彼は隊員に向かって、自分に言い聞かせるようにそう言うと、ＣＮのチームが下りていった階段を、貫くようなまなざしで、いつまでも見ていた。

十層へ下りて、すぐに熱感知センサーで確認したところ、どうやら二人は階段とは逆の方向へ向かったようだった。アンデッドを処理しながら、それを追いかけて数分後、太陽はその姿を地平線の下へと沈め、気温が一気に低下した。

そして、消えかけた残照の中、三点バーストで撃たれる小銃の音が、墓の間に響いていた。

「老王。これでは弾が持ちません！」

95－1式自動歩槍《ほそう》で、集まってくるアンデッドの群れを撃ち抜きながら、欣妍が叫んだ。

宇航はすでに、装着したバヨネットで、肉弾戦に入っていた。しかし、ブルパップの悲哀で大きく距離をとることができず、三方から襲ってくるアンデッドの群れに苦戦していた。

隙間から援護していた王秀英の足に、上半身だけで体を引きずってきたゾンビが、墓の間から飛び出してきて、噛みついた。

「ぐわっ！」

「小王⁉」

その声を聞いて振り返った、欣妍が、足に食らいついているゾンビを見て、思わずその頭にゼロ距離で発砲した。

「よせ！　跳弾が！」

墓場の道は石畳だ、跳ね返った銃弾が、宇航をかすめた。

「くそ、引くぞ！」

老王が大声で叫び、九層へと続く階段方向にいるアンデッドたちに向かって、グレネードを撃ち込んだ。

§

「お？」

「どうしました？」

「今、なんか爆発音みたいなのが聞こえなかったか？」

「爆発音って、夜の十層ですよ？　アンデッド以外、何もいないと思いますけど」

「いや、悲鳴みたいなものも……」

「バンシーでも出ましたかね？」

そう言って、三好が周囲の音のボリュームを上げた。二人で耳を澄ましていると、微かに銃を撃つような音が聞こえてきた。

「やっぱ、誰かいるんじゃないか？」

「銃声みたいにも聞こえますから、どこかのチームが追いかけて来たんでしょうか？」

「夜の十層へ？　なんと無謀な」

「先輩にだけは言われたくないと思いますよ」

「助けに行くべきかな？」

「各国の斥候だったりすると、隠れて助けないと後々面倒ですよ。それに少し遠いですね。だんだん離れていっているようですから、退却してるんじゃないかと思いますけど……」

「無事だといいけどな」

俺たちが、助けに行こうかどうしようか迷っていると、次第に銃撃の音は遠ざかり、微かに遠吠えの声が聞こえてきた。

「バーゲスト、かな？」

周囲のカメラの映像に、静かに霧が立ち込め始め、鎖を引きずるような音が聞こえてきた。

「百五十メートルくらい先ですね。上には何もいませんから大丈夫ですよ」

そう言って、三好が天井を指さした。

俺が、バンクベッドへ向かおうとしたとき、三好が、ごてごてと何かがくっついているヘルメットを取り出した。

「先輩。これ、使ってみます？」

「おま、これ……暗視装置か？」

「AN／PVS-15だそうです。USSOCOM（アメリカ特殊作戦車）御用達の現行品だそうですよ」

「そういうのって買えるわけ？」

「普通にネットで売ってました」

「はー、凄い時代だな」

俺はざっとガイドに目を通してから、それを身につけると、静かに車の前方へ移動して、本来ならバンクベッドがある場所へと飛び乗った。スカイルーフのあった場所に扉が付けられていて、そこから車の上へと出られるようになっているのだ。

ルーフからそっと頭を出した俺は、慎重に辺りをうかがった。

「おお、すげー、意外とよく見えるんだな、これ」

霧は段々濃くなっていくが、ハウンドオブヘカテのまとっていた闇のような濃さのものとは違っていて、普通の霧のように見えた。

しばらく辺りを見回していると、アンデッドの群れの中に、低い唸り声と共に、それが姿を現した。まだ、お供は呼び出されていないようだ。

俺はその辺のゾンビに向けて、素早くウォーターランスを発射して、二体を倒すと、すぐに全力でバーゲストに向かってウォーターランスを放った。

ゾンビが砕けたのを見て、俺の存在に気が付いたバーゲストは、早速ヘルハウンドを召喚しようとしたが、魔法陣が地面に描かれた瞬間、俺の魔法に貫かれた。

▶ スキルオーブ：生命探知	1/	50,000,000
▶ スキルオーブ：闇魔法(Ⅱ)	1/	100,000,000
▶ スキルオーブ：闇魔法(Ⅵ)	1/	280,000,000
▶ スキルオーブ：状態異常耐性(2)	1/	500,000,000
▶ スキルオーブ：病気耐性(4)	1/	700,000,000

俺はメイキングが表示した内容を素早く書き取り、当初の予定通り〈闇魔法（Ⅵ）〉を取得すると、ルーフから車内に引っ込んだ。

「〈闇魔法〉のⅥが召喚だとすると、Ⅱは霧ですかね？」

「分からん。逆かもしれないし。もしも霧を引いたりしたら、あいつらがそれを消すのを見たことがないから、死ぬまでパッシブでそれをまとい続けるなんて可能性もある」

「それはイヤですね。じゃ、これは保留っと。〈状態異常耐性〉は、毒、麻痺、病気、睡眠、魅了の全耐性らしいですよ。アラビア数値はレベルです」

「そりゃ凄い。2とは言え将来的には欲しいかもな」

「〈病気耐性〉は、状態異常の中の病気専用の耐性でしょう。でも4は凄そうですね。インフルエンザに罹《かか》らなくなるとか?」

「それはそれで、凄いが……まあ、未知のオーブのことをあれこれ考えても仕方ない。〈鑑定〉が手に入れば分かるだろ」

そう言って俺は、三好の前に置かれていた、〈闇魔法(Ⅵ)〉を指さした。

「じゃあ、これを使うのは、〈鑑定〉を手に入れてからだな」

「霧を纏《まと》う美女になるのも悪くはありませんが、消せなかったりしたら買い物にも行けません」

「店の中が霧で美女美女ってか?」

「先輩、オッサン臭い」

「さーて、カウント稼いでくるかな」

俺はそそくさと、次のオーブカウントのための数を稼ぎにバンクベッドへと戻っていった。

ルーフの上から顔を覗かせると、次から次へとゾンビとスケルトンの波がやって来る。十層の闇の中、彼らには生者がトーチのように見えているに違いない。それらをウォーターランスでしとめ、時々出てくるアイテムを収納するだけの簡単なお仕事です。

そのとき俺は調子に乗って油断していた。

MPの回復よりも攻撃するほうが多いため、MPは徐々に減っていく。半分を切りそうなタイミングで、そろそろ打ち切るかと頭を下げた瞬間、後頭部をかすめるように何かが飛んできた。

「うぉっ！」

思わず伏せて周囲を探ると、少し離れた位置に弓を持ったスケルトンが立っていた。

「スケルトンアーチャーなんかいるのかよ！」

資料には、スケルトンとしか書かれていなかったが、この調子じゃ、メイジなんかもいるんじゃないだろうな？

俺がウォーターランスで追撃しようとした瞬間、スケルトンアーチャーの頭がはじけ飛んだ。

「うぇ？」

「先輩、油断してると危ないですよー」

って、三好かよ。一体どうやって……と、ルーフから恐る恐る顔を覗かせると、モンスターの頭が次々とはぜていくのが見えた。どうやらモニターを見ながら鉄球を撃ち出しているようだった。車の中から。

「いや、お前、それは反則だろ」

射出系魔法の発動基点は、基本的に自分の側だ。だから車の中からモニターを見ながら魔法を使うなんてことはできない。

だが〈収納庫〉利用の鉄球射出は違うようだった。そういや、バスで容量を確認したときに『あれ、出すときは、ある程度、離れていても思った通りの位置に出せるんですね。面白かったです』なんて言ってたっけ。

下二桁も84になったし、後は三好に任せることにして、周りに散らばっていたアイテムを回収した。

- ヒールポーション(1) ×2
- 魔結晶：バーゲスト
- 魔結晶：スケルトン ×12
- 牙：バーゲスト
- 骨：スケルトン ×28

結構倒したにもかかわらず、アイテムのドロップ数は意外と少なかった。って、ゾンビってなにも落とさないのかな？

そんなことを考えながら、俺は、そそくさと車の中に引っ込むとルーフのドアを閉じた。

「はー、あの矢が当たっていたら、かなりやばかったな」

俺はどさりとソファに座り込んだ。

「ヘルメット、役に立ちましたね」

もしかしたら、ＶＩＴパワーではじき返せるのかもしれないが、テストをしてみる気にはならなかった。

三好のヤツは人の話に相づちを打ちながら、監視カメラの映像を見て、次々とゾンビやスケルトンを打ち倒していた。てか、よくモニター越しに空間を把握できるもんだな。

「それ、十層で拠点があったらやりたい放題だな」

「でへへへ。褒めてもいいんですよ？」

俺は呆れたように天井を見上げると、シャワーでも浴びるかと立ち上がった。

「いつまでもシューティングゲームで遊んでないで、三好も、いい加減切りのいいところで休めよな」

「分かってますって」

ＰＣから目をそらさず返事をする三好に、ゲームに囓《かじ》りつく子供みたいだなと、肩をすくめながら、俺は、シャワールームへと向かった。

§

「おい！　あれ！」

自衛隊斥候部隊、隊長の美作は、部下の声に振り替えると、十層へ下りる階段を見た。

そこには体を引きずるようにして上がってくる、人間らしいものの姿があった。

「救助する！　二人ついて来い！　後は受け入れ準備！」

「受け入れ準備、了解です！」

美作が、階段へと駆け寄ると、そこにはボロボロの男が三人と女が一人、ほとんど意識をなくしそうになりながら、這いずって階段を上ってきていた。

すぐに、二人の隊員が、階段を駆け下り、上ってきている人間を補助して引き上げ、担架へと乗せていた。

「こりゃ、ひでぇ……」

救助に来た隊員が思わずそう呟いた。

『おい、大丈夫か！』

『部下を……頼む』

最後尾にいた、最年長らしき男に美作が言葉をかけると、男はそれだけ言って意識を失った。

「ＣＮの斥候部隊か？」

「おそらく」

「傷が酷い。とにかくポーション（１）を使って、これ以上の悪化を防ぐぞ！」

「ポーション（１）用意します！」

順に担架で運ばれている四人を見送った後、十層へと繋がる階段の暗闇を見透かしながら、美作は、夜の十層の恐ろしさを再確認していた。

§

ＣＮの斥候が壊滅し、自衛隊の斥候部隊がその脅威を再確認していた夜の十層では、三好が、単なるゲーム然とアンデッドをなぎ倒していた。

俺は、ソファに寝そべって、そろそろ寝るかな、などと緊張感のないことを考えていた。

「おい三好、そろそろ――」

やめて寝ようぜ、そう言いかけた時、それは起こった。

「先輩！」

三好の焦《あせ》ったような声に、俺はソファから飛び起きて、彼女のそばに駆け寄った。

「どうした？」

「あ、あれ」

三好が指さす先のモニターには、どう考えても、そこに在るはずのないものが映っていた。

「……洋館？」

丘の下。ついさっきまで、そこには確かに墓場が広がっていたはずだ。その場所に、中世の貴族の館のような洋館が佇《たたず》み、周辺からアンデッドの気配が消え失せていた。

「なんだ、あれ？　三好、何かしたのか？」

三好はフルフルと首を振ると、単に敵を倒していただけですよ、と言って原因の検証を始めたようだった。

「時間制か、何か特殊なモンスターを倒したか、そうでなければモンスターを倒した数だとか」

俺たち自身が別の場所に飛ばされたという可能性もあるが……

「周囲の地形は、あれが出るまでと完全に一致してますから、その可能性は低いですね」

「じゃあ、幻覚とか」

「マップ作成用の超音波センサーにも反応してます」

つまり、突然現れたあれは、物理的にそこに存在していて、実体があるわけだ。

「出現時間や月齢にもそれっぽい値はないですし、あれが登場する最後に倒したのはゾンビみたいですけど、特に特殊な個体って感じはしないですね」

録画された監視カメラの映像を巻き戻しながら三好が言った。

「数だというなら……今日私が十層で倒したゾンビの数が三百七十三体目に出現したってことくらいでしょうか」

三百七十三体目？　ていうか、そんなに倒してたのかよ！　ゾンビがそんなにいることにも驚くけどな。

「それって、なにか特別な数字なのか？　六六六とかみたいに」

「うーん……三七三は回文素数ですね」

「なにそれ？」

「前から読んでも後ろから読んでも同じ数になる素数です」

「だけど、そんな数は、たくさんあるだろ？」

一一だって一〇一だって一三一だってそうだ。

「三七三は、小さい方から数えて十三番目の回文素数ですね。先輩の言う地球の文化っぽくないですか？」

「……んじゃ、さしずめここはゴルゴタの丘？」

「確かにスケルトンはいっぱいいました」と言って、三好は笑った。

キリストが磔《はりつけ》にされたゴルゴタはアラム語由来のギリシャ語で、意味は『頭蓋骨』だ。

ゴルゴタの丘に、Ｇランクの俺。アーマライト(注8)が火を噴きそうだな。

「墓場の中の洋館とくれば、相手はヴァンパイアの一族なんてのが定番だが……」

しかしそんなモンスターはいままで見つかっていない。ウェアウルフはいるらしいが、人の姿にはならないようだ。この世界に犬神明(注9)は存在しないのだ。今はまだ。

「で、どうします？　あれがいつまであそこにあるのかもわかりませんけど」

ゾンビを一日に三百七十三体倒すと現れる（かもしれない）館、ね。

しかもお誘いを受けたかのように、周囲からモンスターが消えてしまうとか……

「十字架はおろか、銀の玉も聖水もニンニクすらもないけれど、ここまで来たら行ってみるしかないか？」

「ですよね！」

（注8）アーマライトが火を噴きそうだな。

さいとう　たかお（作）『ゴルゴ13』より。

あまりにも有名な長寿作品。語る言葉はない。「…………」だけに。

（注9）犬神明

平井和正（著）『ウルフガイ』より。

主人公で、正体は狼男。死霊狩りシリーズと双璧をなす、幻魔大戦以前の作者の代表作。これら以前の長編も趣が深い。お雪とか。

SECTION:
代々木ダンジョン　十層　洋館

俺たちは入念に準備を整えてから拠点車を出て、それを仕舞った。戻ってこられるかどうか、分からなかったからだ。

丘の周辺には、あれほどうろついていたアンデッドの姿がまったくなかった。

辺りを注意深くうかがいながら、丘を下りて館へと足を向けると、少し錆びた風合いの、複雑な花と蔦《ツタ》のようなモチーフが刻まれた、両開きの鉄の門が俺たちを出迎えた。

門柱には奇妙な文字のようなものが描かれている。

「楔《くさび》形文字(注10)……っぽいけど、違うな。象形文字、とも言えないか……」

「ソラホトに出てきそうな文字ですね」

「なにそれ？」

「現代の高校生がタイムスリップしてヒッタイト王国のタワナアンナになるお話です」

「へー。ヒッタイトあたりの文字ってことか？　あ、下にアラビア数字も書かれてら」

「滅茶苦茶な組み合わせですね」

三好が、苦笑しながら、それをスマホで撮影した。

門柱の文字の下には、小さく1000000000000066600000000000001と書かれていた。

なんだこれ？

「また素数ですね」

「え？　これ、素数なの？」

「クリフォード・ピックオーバーって人が、ベルフェゴール素数と名前を付けた、一部では有名な素数です。６６６が十三個の０で挟まれている、回文素数ですよ」

「ベルフェゴールか……」

ベルフェゴールはデモノロジーじゃ地獄の七人の王子のひとりだ。人が何かを発見するのを助けてくれるという。

「ここに何か重要なものがあるってことのアナロジー？」

「どうでしょう。全部がフレーバーテキストみたいに、ただの雰囲気なのかもしれませんけど。ただ、よくできてることだけは確かですね」

割り切れない世界に素数。何かがありそうな場所にベルフェゴール。そして６６６と十三のオンパレード。

（注10）　ソラホト
篠原千絵（作）『天は赤い河のほとり』より。

天を「そら」と読むのは単行本読者には難易度が高い。単行本の表紙を見てもルビもローマ字も付いていないからだ。巻末にある、読み飛ばしがちなフラワーコミックスの宣伝を見て初めて「そら」なのだと知ることができる。

『ガラスの仮面』に次ぐ、読み始めるとつい続きを読んじゃう系少女漫画作品。

「三好がオーブのパッケージに刻んだ魔法陣みたいなものだとすると、ダンジョンメーカーは、宗教学にも数学にも造詣《ぞうけい》が深そうじゃないか」

動画にも記録されているはずだが、念のために、俺もスマホでも撮影しておいた。

固く閉ざされているように見える鉄の門に触れると、それは、微かにこすれるような高い音を立てて開いた。まるで、自ら訪問者を招き入れるように。

「こういうとき、キーって音がするのはお約束なんですかね？」

「不気味な静けさと、辺りに漂う霧もパッケージしてな」

気分はヘルハウスのオープニングだ。

広い前庭の先にあるのは、尖塔《せんとう》を伴った二階建ての大きな洋館だ。

それは、圧倒的に非現実的な存在感でそこに立っていた。見上げただけで分かる。これはあれだ。正気を失い、闇を内に抱きながらひっそりと『立って』いるそれだ。(注11)『and whatever walked there, walked alone.』だ。

屋敷の扉を開き中を覗いた瞬間、ガコーンなんて、キューブリック版シャイニングの効果音が聞こえてくるに違いない。

「先輩、これ……」

「ああ」

引き返すべきだ――内なる俺はそう叫んでいた。
(注12)チャーチにベラスコが棲んでいたり、館の糧《かて》にされた後、写真になって暖炉の上に飾られたりす

る、絶対にそういう類の建物だ。

　ただなぁ……

「スーダラ節は正しかったってことだな」

　そう呟くと俺は前庭に足を踏み入れた。分かっちゃいるけどやめられないのだ。

「……だと思いました」

　三好は、諦めたようにため息をついて、俺の後に続いた。

　その瞬間、尖塔の上で大きな黒い鳥が翼を広げて、鋭い声を上げた。

　その声を合図に、二階の角毎に陣取っている、翼を持ったクロヒョウのような像が生を得て、一斉にこちらを振り返った。

「あれがガーゴイルで、地球ナイズされているとしたら、屋敷へ入ろうとするものを攻撃してくるとかかな？　尖塔の上は、大鴉《オオガラス》？」

「そのうちきっと、『Nevermore!』(注13)って啼《な》くに違いありません。って、先輩、それよりも、あの軒先なんですけど……」

　三好が気味悪そうにそう告げる。軒先？

　そこを見た瞬間、俺は背筋におぞけが走るのを感じた。

　二階の軒先には、多数の丸いものが蠢《うごめ》いていたのだ。注意して見ると、それは眼球だった。それがクロヒョウの顔と同様、すべてがこちらを注視するように視線を向けているのだ。

「き、気持ちわりぃ……けど、もしかしてあれがモノアイか？」

「ふよふよと単体で飛んでるんじゃありませんでしたっけ？　あれは何というか、群体っぽいですよ。ねちょっとした感じですし」

「注意しておけよ。あれが襲ってきたら逃げるぞ」

「逃げるって、どこへです？」

どこへ？　屋敷の中は未知数だし、ローズレッドよろしく喰われるのは勘弁だ。かといって門の外へ逃げても追いかけてこられたら、逃げ切れるかどうか分からない。

「そういや、逃げる場所がないな」

「先輩……」

三好が残念な子を見る目つきで睨んでくる。

「あー、とりあえず外だな。門の外」

逃げながら攻撃していれば、いずれは逃げ切れる……といいなぁ。

「……了解」

屋根の上から降り注ぐ数多《あまた》の視線にびくつきながら、そっと歩き続けた俺たちは、屋敷の玄関まで数メートルのところまで移動していた。

「なあ、三好」

「はい？」

「中世に自動ドアってあったのかな？」

「古くは、紀元前のエジプトでヘロンが作ったって話がありますよ」

「そうか」

俺たちが近づくと、目の前で屋敷正面の両開きの扉が音もなく大きく開いた。それは、哀れにも捕われに来た生贄《いけにえ》の入場を待っているかのようだった。

「なあ、三好」

「なんです？」

「これはやっぱり引き返した方が……」

そう言って門の方を振り返ると、いつの間にか尖塔にいたはずの大きな黒い鳥が門柱に舞い降りて、羽根繕いをしていた。その白目のない大きな漆黒の眼球に、球状にゆがんだ世界が映り込んでいるのが見えるような気がした。

そして、大きな声でその鳥が啼いた。

「Nevermore!」

「だ、そうだぞ？　このチャンスを逃すなってことかな」

「先輩。私、引き返したら襲われそうな……気がするんですが」

「奇遇だな、俺もそう思う」

そう言って俺は屋根を見上げながら笑顔を作った。

ユーモアは恐怖に打ち勝つ有効な手段なのだ。とは言え、いつまでもここで緊張していても始まらない。俺たちは頭上に気を配りながら、その屋敷へと足を踏み入れた。

そこはただのガランとした広い部屋だった。

「普通こういう大邸宅の玄関を入ったら、そこはエントランスホールで、二階へ上がるダブルサーキュラー階段とかあるんじゃないですかね？」

「サーキュラー階段ってなんだ？」

「ぐるって回るようなデザインの階段です」

「あー、映画に出てくる大豪邸によくあるやつか」

俺はまわりを見回した。

それは何の変哲もない、石造りで天井の高い部屋だった。ただし広い。三十メートル×三十メートルくらいはありそうだ。壁には、書架が据え付けられていて、入り口からははっきりしないが、びっしりと本が詰まっているように見えた。なんで玄関に書架があるんだよ……

部屋の四隅には、ノートルダム寺院のグロテスクのようなデザインの彫像が置かれていて、中央に進むと動き始めますよと言わんばかりに部屋の中央を睨んでいた。

「あれもガーゴイルの一種かな？」

「ゲームなら部屋の真ん中に近づくと動き始めそうですよね。ここはやはり、あらかじめ壊しておきましょうか？」

「そういうのって大抵、動き始めるまでは破壊不能アイテムじゃないか？」

「試すのはタダですよ」

三好がそう言ったとたん、四隅の彫像が吹き飛んだ。あの威力は、八センチバージョンだな。

「あれ？　もしかして、ただの大理石像だったのかも……」

そう三好がテヘッった瞬間、後ろの扉が激しい音を立てて閉まった。

「あっちゃー、もしかして怒らせましたかね？」

「他人の家に入って、いきなり玄関で彫像をぶちこわしたら、普通怒ると思うぞ」

周りを警戒しながら入り口の方へ下がると、部屋の中央に三つの魔法陣が現れ、何かがそこからせり上がってきた。

「スケルタル・エクスキューショナー?!」

代々木ではおそらく初登場だろう。巨大な剣を引きずって歩く大型のスケルトンだ。普段の動きは緩慢だが、攻撃時はその剣を振り回して、結構な速度で突撃してくるらしい。追いつめられると面倒な敵だ。

「ここは、先手必勝ってヤツだな」

俺はいつものように素早くウォーターランスを発動すると、三体のモンスターを砕いた……つもりだった。

「おお?!」

高速で発射された水の槍は、モンスターの前にある不可視のバリアのようなものにはじかれると、その瞬間に霧散した。

「先輩、鉄球で！」

俺は八センチの鉄球を取り出すと、全力で一番手前のモンスターに投擲《とうてき》した。

　ガンという大きな音とともに、モンスターがのけぞったが、破壊はされていないようだ。これも耐えるのかよ！　ただ、魔法よりは効果があるように見えた。

　繰り返してやればいいかと、もう一度投擲する。その鉄球が当たると同時に、そいつの膝が砕け散った。

「へ？」

「二カ所以上に同時攻撃すると、抗力が分散するみたいですね！」

　俺が頭に対して投擲した瞬間に、膝を狙って鉄球を射出したらしい三好が言った。

「やるじゃん三好！　俺の後ろに隠れてなければ、カッコイイぞ」

「何言ってんですか。盾は先輩が持ってるんですから、これでいいんです！」

　まあ、そうかもしれないが……それじゃ残りの二体にも――

「ああ!!　し、しまったー!?」

「え?!　どうしたんです!?」

　突然声を上げた俺に、驚いたような顔で三好が尋ねた。

「いや、せっかくボスっぽいモンスターなのに、雑魚のお供がいないから数が合わせられないんだよ！」

「……先輩、意外と余裕ですね」

　残りの二体に、鉄球を飛ばして牽制しながら、三好が呆れたように言った時、ついに一体が、回転を始めた。

「三好！　角だ」

　スケルタル・エクスキューショナーの攻撃は円だ。広い空間で複数の円に囲まれたなら脅威だが、こういう四角い部屋なら――

「部屋の角は安地ですよね」

　俺たちは、部屋の隅で、壊れた像の残骸の上に立っていた。モンスターの回転攻撃は、部屋の壁にガキガキ当たりながらも、それ以上進めずにいた。

「本棚がびくともしませんよ」

「玄関の窓もびくともしないな」

　壊しながら近づいてこられるのが一番の問題だったのだが、壁もドアもまるで破壊不能アイテムだと言わんばかりの丈夫さで、回転攻撃を寄せ付けなかった。

　回転が収まるのを待って、距離をとると、再び、二面攻撃で膝を砕き、機動力をそいだ後は、ひたすら力業で二体を排除した。

▶ ヒールポーション(3) ×2
▶ 魔結晶：バロウワイト ×2
▶ シミターオブデザーツ

「今のモンスター、スケルタル・エクスキューショナーじゃなくて、バロウワイトらしいぞ」

「今度はトールキンですか？　なかなか博識ですよね、ダンジョン君は。じゃあ、さしずめこの館は墳墓で、その剣はフロドの剣ですかね？」

三好が指さしたのは、床に落ちていた鞘《さや》のないシミターで、柄には深い蒼《あお》の宝石が埋め込まれていた。俺はそれを拾い上げると、綺麗《きれい》な刃に顔を映した。

「武器のドロップなんて初めて見たな。エクスプローラーガイドに付いていた武器カタログにもなかったし……フロドの剣ってことは、つらぬき丸？」

「それはビルボに貰った剣です。塚山丘陵で手に入れた剣は、アングマールの魔王に折られたっきり、裂け谷で修理依頼を忘れられて、つらぬき丸に居場所を奪われた可哀想《かわいそう》な剣ですよ」

「いや、可哀想て……」

『Scimitar of Deserts』かな？　塚山なら砂だらけの印象だからおかしくはないけど、ここは館だしなぁ。

「先輩、あれ！」

俺がすべてのアイテムを拾い終わると同時に、部屋の中央に何かが現れた。

新たなモンスターかと身構えたが、せり上がってきたのは、何かを載せた台座だった。

「碑文？」

現れた台座の上には、立派な装飾が施された、本のページのようなものが置かれていた。その台座には、門柱にあったのと似たような文字で何かが書かれていた。

俺たちはスマホでそれを撮影した後、台座の中央に置かれた本のページのようなものを、まじまじと眺めた。

「……読めん」

「そりゃそうでしょう。ただ、それも面白そうですけど、周りの書架に置かれた本にもちょっと興味がわきますよね」

てくてくと三好が周囲の書架に近づいていく。

「あんまりウロウロするなよ、罠とかあるかもしれない――」

そう言いながら、碑文を取り上げた瞬間、カラーン、カラーンと尖塔の鐘の音が鳴り響き、部屋の空間自体がゆがみ始めるような奇妙な感覚に襲われた。

「三好！」

そう叫ぶと同時に、俺たちは、入り口に向かって走りだした。

幸い入り口のドアに鍵は掛かっていなかった。そして、ありがたいことに、それを開けたとたんに、(注14)異次元の何かが現れて吸い込まれたりもしなかった。

転がるようにして前庭に出た俺たちは、門柱にいた大鴉と、屋根の上にいたガーゴイルたちによる、一斉攻撃の洗礼を受けた。

世界がスローモーションになる中、俺は、正面から来る大鴉を手に持った鉄球で迎撃すると、三好を先に行かせてから、しんがりで盾を構えつつ、ウォーターランスを撃ちまくった。

ガーゴイルは翼や足や頭が欠けても、平気で勢いを保ったまま突っ込んできたが、高ステータスにものを言わせて、体捌《さば》きと盾で叩き落とした。

三好も逃げながら援護していたようで、いくつかの個体は目の前で吹き飛んでいた。

「先輩！」

すべてのガーゴイルを迎撃して、一瞬安堵《あんど》した俺に、三好が形をなくしていく館の二階を指さして叫んだ。

そこには、軒からぼとぼとと落ちていく大量の眼球があった。そして、地面に落ちた眼球は、這いずるようにして、こちらへと向かって来ていた。

「げっ、ちょ、まっ」

俺は思わず後退《あとずさ》り、先頭に何発かウォーターランスをぶち込むと、門に向かって逃げだした。

目の隅にはメイキングのオーブ選択画面が出ていたが、それを見るような余裕は欠片《かけら》もなかった。あんな数の目玉に埋もれるのは絶対に御免だ。

尖塔の鐘は鳴り続け、その音に溶けるように館の形が失われていく。門までの地面が溶けるように柔らかくなって、走りにくくなり、後ろの目玉軍団のプレッシャーがふくれあがる。

俺たちは、その中をもがくようにして走り続け、鉄の門を出た。

その瞬間、鳴り続けていた鐘の音が突然止んで、後ろに迫っていたプレッシャーが、きれいさっぱり消え去った。

「は？」

驚いて振り返ると、そこにはいくつかのアイテムが残されていただけで、他には何もなかったかのように、静かに夜の墓場が広がっているだけだった。

俺は思わず尻餅をついて、その場に座り込んだ。分からないことだらけだが、とりあえず助かったことだけは確からしい。

「先輩、あれって何だったんでしょうか？」

「さあな。だが、酷い目にあった甲斐《かい》はあったようだぞ」

► スキルオーブ：恐怖	1/	40,000,000
► スキルオーブ：監視	1/	300,000,000
► スキルオーブ：鑑定	1/	700,000,000

恐怖だの監視だのにも興味はあるが、ともかく目的の〈鑑定〉は手に入ったのだ。

（注11） **and whatever walked there, walked alone.**

シャーリイ・ジャクスン（著）『丘の屋敷（The Haunting of Hill House）』より。

冒頭ブロックの最後の一節。

スティーブン・キングの呪われた町の冒頭に、この部分の引用がある館物ホラーの原点。二度映画化され、二度目はラズベリー五部門受賞の伝説的作品だが、営業的にはとても成功した。

（注12） **チャーチにベラスコが棲んでいたり**

リチャード・マシスン（著）『地獄の家（Hell House）』
たぶん映画の方が有名な作品。作者が脚本もやっている。館物ホラー映画の金字塔。
現代においてはバカみたいなエメリッヒくんのコンプレックスと執着が原因で酷い目にあう人たちの話。エメリッヒは、Emericなので、エメリックかもしれないが、作中フィッシャーの発音だと、エメリッキに近い。字幕はエメリッヒ。

（注13） **『Nevermore!』って啼く**

エドガー・アラン・ポー（著）『大鴉（The Raven）』
有名すぎてコメントできぬ。Nevermore.

（注14） **異次元の何かが現れて吸い込まれたり**

１９９２年に発売されたＰＣ用サバイバルホラーゲーム。

『アローン・イン・ザ・ダーク（Alone in the dark）』／インフォグラム（制作）より。

このシリーズの第一作で、謎も解かずに、いきなり屋敷の玄関から逃げようとすると、ドアを開けたとたんに、異形の何かが現れて喰われる。

ファンの間では、異形の何かは、アザトースということに落ち着いている。

SECTION：
代々木ダンジョン　十層　ドリー内

　俺たちは急いで最初の丘の上に拠点車を配置すると、ぽつぽつと丘を登ってくるアンデッドたちを無視して車の中へと駆け込んだ。

「はぁ。なんだかもう、すげー疲れた……」

「探索ってやっぱり命がけなんですねー。ちょっと実感しました」

　俺は防具類を脱ぎ捨てると、どさりとダイネットのソファに体を投げ出した。

「館が消えたのは、やっぱり、碑文を取得したからかな？」

「かもしれませんけど……録画の時間を確認してみないと正確なところは分かりませんが、鐘は二十三時五十九分頃鳴り始め、館が消えてなくなったのが零時丁度くらいなんです」

「登場した日の間だけ存在するってことか？　ご丁寧にローカル時間で」

「その可能性もあると思います」

　俺はのろのろと冷蔵庫をあけて缶ビールを二本取り出すと、自分と三好の前に置いた。

「今なら、少しくらい許されると思わないか？」

「ちょっと危機感足りなさそうな気もしますけど、賛成です」

　俺たちはプシュっという音を立てて、カンのタブを引っ張ると、何となく乾杯して、ごくごくと一気にそれを飲んだ。

緊張で喉がカラカラだったようで、それはまるで、夏の焼け付くグラウンドで口にした、溶けかけた氷が入ったヤカンの水のように、体に染みわたるような気がした。

「「は～っ」」

そうしてやっと世界に笑顔が戻ってきた。

「ま、死にそうな目にはあったが、とりあえず目的は達成したぞ」

俺は、三好の前に〈鑑定〉のオーブを取り出した。

三好はそれにおそるおそる触れると、そのままいきなり大声を上げた。

「おれは人間を辞めるぞー！」

「ぶっ」

いきなりの台詞に俺がビールを噴き出すと、オーブはいつものように光になって拡散し、触れていた部分からまとわりつくように三好の体に吸い込まれていった。

「ちょっ、言えって言ったの先輩ですよっ⁉」

噴き出した影響で、顔にかかった泡を拭いながら、むーっと唇を尖らせている。

「わるいわるい。いきなりだったから」

「むー」

俺はもうひとつのオーブを取り出した。

「じゃ、次はこれだな」

それは〈闇魔法（Ⅵ）〉だった。

「霧かもってやつですね？」

「だから、鑑定してみろよ」

「あ、そうですね！　――でもどうやって？」

「知らんよ。わかったら教えてくれ」

「んー？」

三好はオーブを見つめながら、いろいろぶつぶつ呟いたりしている。

「ついでだから、今回拾ったアイテム類も置いとくぞ」

- ▶ ヒールポーション(1)
- ▶ ヒールポーション(2)
- ▶ 羽：ムニン
- ▶ 魔結晶：ムニン
- ▶ 魔結晶：ガーゴイル ×2
- ▶ 黒曜石：ガーゴイル ×3
- ▶ 水晶：アイボール

あの大鴉、レイブンじゃなくてムニンだったのか。

幻のような館で『記憶』(注15)とはまた、洒落《しゃれ》たことだ。

それに、北欧神話出身のくせに、「Nevermore!」と啼くとは、なんと芸達者な奴。

「あ、これ。可哀想剣ですね」

どう見てもペルシアあたりの剣にしか見えないシミターを、三好が手に取った。

「可哀想剣って……せめて砂漠の剣とか言ってやれよ」

「あっ」

三好が上げた声に、俺は思わず身構えた。

「どうした？」

「先輩。〈鑑定〉の使い方が分かりました！」

なんだ、と気を抜いてソファに体重をあずけると、詳細を尋ねた。

「やったじゃん。それで、どう使うんだ？」

「これ何だろう？　と考えて、見るだけです」

「は？　それだけ？」

「みたいです。さっきから、『ディテクト！』とか『オブサーブ！』とか『ディスカバー！』とか言ってた自分がバカみたいです……」

（注15）『記憶』
ムニンは北欧神話に登場する。神オーディンに付き従い、フギンと対をなすワタリガラスのこと。フギンは「思考」を、ムニンは「記憶」を意味する。

まあ、言いたくなる気持ちは分かるよ。

「それでですね。これ、砂漠の剣じゃないですよ」

「え？」

「複数形ですし、報いの剣ですね」

「desertにそんな意味が……」

「実はそう書いてあります」

三好は舌を出しながらそう言うと、机の上のメモに内容を書き出した。

報いの剣　Scimitar of Deserts

Damage +40%
Attack Speed +5%
5% Chance to Blind on Hit.
20% Reflect Physical Damage.

災いを為すものは、
災いによって滅びさる。
報いは、汝に災いを為す者に
降りかかるだろう。

「おお？　しかしこのフレーバーテキストみたいなのはなんだ？」

「まんまフレーバーテキストですかね？　そう書いてあるんですよ」

「誰が書いてるんだろうな……で、肝心のステータスは見えるようになったのか？」

「それなんですけど、一応表示はされました。だけど、これ……」

そう言って三好は一連の数値を書き出した。

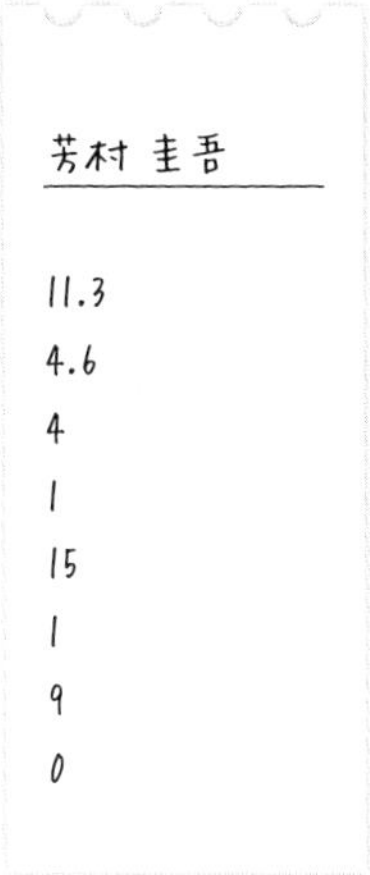

「先輩は、こんな感じです」

「なんだこれ？」

「でもって、私を見ると全部がゼロなんです」

「はぁ？」

このとき俺のステータスは、ダンジョン仕様だ。

HP	250.00
MP	190.00
STR	100
VIT	100
INT	100
AGI	100
DEX	100
LUC	100

次に平常時の全ステータス30で、鑑定させてみた。

芳村 圭吾

9.9
26.1
6
3
13
8
4
0

やっぱり意味の分からない数値だった。

「先輩、これ、なんですかね？」

「よし、検証だ！」

理系人間は大抵検証が大好きだ。もう零時も過ぎて疲れているはずなのに、奇妙な値が出ただけで、このありさまだ。〈超回復〉が仕事をしていなかったら、絶対寝オチしていたはずだ。

〈保管庫〉からいくつかのサンドイッチとコーヒーを取り出すと、俺のステータスを1から順番に上げながら検証を始めた。

§

「なるほどー。これはすぐには分かりませんね」

ヒントはあった。

三好が自分のステータスを確認すると、全ての数値はゼロになるのだ。

俺たちは初め、自分のステータスは確認できない仕様なのだと思っていた。

だが実際は、〈鑑定〉を使用する人間のステータスを除数とした剰余が表示されていたのだ。フィクションでよくある、自分よりもレベルの高いもののステータスを〈鑑定〉できないというアレに近い。

だから自分自身を〈鑑定〉すると、すべてがゼロになるのだ。

俺のステータスを非常に小さな値、例えばすべてを1に設定すれば、正しく鑑定できるのがその証拠だった。

これを利用して、三好のステータスも正確に分かった。

HP	21.70
MP	30.90
STR	8
VIT	9
INT	17
AGI	11
DEX	13
LUC	10

「なんかショボイですね」

「普通の成人の平均は10くらいっぽいから、結構イケてるんじゃないか？　ソースは俺。最初の頃の」

「そうですか？」

「しかし、単純な剰余か……ステータス表示デバイスができたら、〈鑑定〉と実測で、すぐにアルゴリズムがばれちゃうんじゃね？」

「実測値はデバイスの精度でばらつくでしょうし、〈鑑定〉は希少ですから大丈夫じゃないですかね？　まあ、いつかは解析されるでしょうから、そこは適当なところで特許を申請します」

三好は気楽にそう言った。

「そういや、三好、スキルは？」

「今のところ表示されないみたいです。良かったですね」

「まったくだ。じゃ、〈闇魔法（Ⅵ）〉をチェックしようぜ」

そう言って、俺はもう一度オーブを取り出した。

スキルオーブ　闇魔法（Ⅵ）

ヘルハウンドを召喚する。

召喚最大数は、INT / 4

地獄の扉を開いて
眷属《けんぞく》を呼び出せば、
地上は闇の楽園と化すだろう。

「ちゃんと、ヘルハウンドの召喚ですけど……」

「このフレーバーテキスト、ホント誰が書いてるんだろうな」

俺は三好が書き出した物を見て苦笑いした。どこのカードゲームだよ、まったく。

「今の三好なら四匹呼べるわけか。とりあえず使ってみろよ。なるべく早くテストしたいし」

「うちの事務所の番犬ちゃんになりますかね？」

「ヘルハウンドの番犬は、たぶん世界初だな」

名前を付けたら、ネームドモンスターになるんですかね？　何て言いながら、三好はオーブに触れると、いつもの台詞を呟いた。

「おれは人間を以下略！」

オーブの光が三好の体に吸い込まれると、彼女は突然立ち上がって、右掌《てのひら》を天に向かって突き上げたかと思うと、叫んだ。

「サモン！　カヴァス！」

「おいおい」

呆れたように言った俺をあざ笑うかのように、広いとは言えない車内の床に、直径が三メートルはありそうな魔法陣が広がった。

「な、なんだあ⁈」

そしてそこから、漆黒の何かが現れた。

「うぉっ……って、これ、ヘルハウンドか？」

現れたのは、明らかに普通のヘルハウンドよりも大きかった。どう少なめに見ても体高は一・五メートルくらいあるし、体長も三メートルは軽く超えていそうだ。ベンガル虎かよ……

「うわー、ホントに出た！」

もふもふーとか言いながら鼻面に顔をこすりつける三好。いや、口の位置が三好の頭とあんま変わんないんですけど……

狼のような精悍《せいかん》なフォルムで、闇にとけ込みそうなマットな質感の巨大な黒犬……あれ？　ヘルハウンドみたいに目が赤くないぞ？　金色に近い色合いだ。

「ところで、三好、カヴァスってなんだ？」

「アーサー王様ご一行の犬の名前ですよ。先輩に召喚って言われてから、ずっと考えてたんです。あと三匹なら、残りはアイスレムとグレイシックとドゥルトウィンですね！」

「覚えられん。ポチ、ハチ、シロ、タロでいいだろ」

「何を言ってるんですか先輩。シロとかあり得ませんって。名は体を表すんですよ？　ほら、見て下さい、この立派な体躯を！」

「立派なのは認めるが、それ、連れて歩けるか？　ベンガル虎と変わらんぞ？」

「大丈夫ですよ、ファンタジーな生き物なんですから、きっと小さくなれるに違いありません」

三好が、ニコニコしながら、パンパンとカヴァスの体を叩いてそう言った。

カヴァスは、額から汗をたらりと流しているような顔をして、どーすんだ？　と言った瞳で俺に助けを求めているように見えた。

俺が、頑張れ、と視線で返事を返してやると、クゥっと小さく唸りながら、体を小さく丸めようとして失敗していた。

うん、まあそうだよな。いかにレア種っぽくても、ヘルハウンドにそんな機能は装備されていないだろう。

「きゃー、可愛いですー」

小さく丸まろうとして失敗したカヴァスに三好がダイブした。お前、犬派だったのか。

「で、三好。それ、消せるのか？」

広いとは言え、キャンピングカーの中だ。カヴァスの巨体が邪魔で、もはやどこにも移動できなかった。そもそもこいつ、入り口から出られないだろう。

「どうなんでしょう？」

三好がもう一度ポーズを取りながら言った。

「リリース！」

シーンとした空気が部屋の中に流れ、カヴァスは再び汗を垂らしている……ように見えた。

「戻りませんね……」

「なるほど……地獄の扉を開いて眷属を呼び出したら最後、元に戻せないから、地上が闇の楽園になっちゃうってことだったか」

バーゲストが、召喚したヘルハウンドをいちいち帰還させる意味はないもんなぁ……

「ええ?!　せせせ、先輩！　どうしますか?!」

「いや、どうしますかって言われてもな……」

バーゲストのことを考えると、こいつを殺しても死体は消えないだろう。この場合は三好が死ぬか、再召喚するまでは。そもそもそんな方法を三好が許すわけないだろう。

まてよ？　ヘルハウンドなら闇魔法が使えるよな？

闇魔法っていうくらいだから、影の中に潜るくらいのことはできるんじゃないか？

「お前、魔法は使えるよな？」

カヴァスは、コクコクと頷いた。もはやモンスターには見えんな。

「じゃあ、なにか隠れるような……そうだな、影に潜ったりできないのか？」

カヴァスは大きな頭をかしげてなにか考えているような様子だったが、次の瞬間、その体が、三好の影に溶けるように消えてしまった。

「「おおっ！」」

俺と三好が同時に声を上げると、ひょこっと、影からカヴァスが頭だけを出して、「どう？」って感じで首をかしげた。

「カヴァス、凄い！」

ひざまずいた三好は、カヴァスの頭をぽんぽんと叩いて、ハムのサンドイッチを食べさせていた。

いや、確かに犬の躾はそんな風にするんだろうけど、そもそもそいつは、最初から言葉を理解しているみたいだし、躾、必要あるか？　あと、ヘルハウンドがサンドイッチなんか食べるのか？

もういろいろと疑問だらけだったが、本人たちが楽しそうなのでいいかと追求を諦めた。

「よし！　その魔法を、ハイディング・シャドーと名付けよう」

「まんまですね」

「ストーン・コールドでもいいぞ」

「なんですそれ？」

「ロバート・B・パーカーの『影に潜む』の原題」

「まんまですね」

「んじゃ、影遁《えいとん》の術か、陰遁《いんとん》の術とかか？」

これだと、ヘルハウンドと言うよりも地獄犬って感じだな。

「もう、ハイディング・シャドーでいいです」

三好はどうでもいいですよといった風に手を振ると、カヴァスの方を振り返った。

「じゃあ、呼ぶまで隠れててね？　大丈夫？」

コクコクと頷いたカヴァスは、そのまま影の中に沈んでいった。

「はー、可愛いですねー」

「いや、いいけどさ。外でヘルハウンドにあったとき、同じことをしたら喰《く》われるからな」

「やだなあ、先輩。それくらい分かってますよ。子供じゃないんですから」

本当かよとは思ったが、決して口に出してはいけない。それが上手くやるコツだ（何を？）

「しかし、ヘルハウンドにあんな魔法が使えたのか」

戦闘中に影に潜られて、不意打ちされるとか、考えただけで面倒な相手だ。

しかし、今まで戦ったヘルハウンドにそんなそぶりは見られなかった。ヘルハウンドの特性じゃないのかな？　少し首をかしげていたところを見ると、『たった今使えるようになった魔法』のようにも思えるが……目の色といい、やはり何か普通と違うところがあるのかもしれないな。

「他のも召喚してみます？」

「いや、まて。それは外でやるべきだろ」

もっと大きいのが出てきたりしたら、圧死する。

「えー、でも夜のアンデッド層ですよ？　ドアを開けたらとたんにワラワラですよ？」

「……テストは明日にしようぜ」

「ですね」

「後は、最後に手に入れた本のページっぽいヤツだな」

俺はそれを取り出すと、三好の前に置いた。彼女はそれを、まじまじと見つめると、鑑定内容を書き出した。

「これは、『さまよえるものたちの書』っていう本の断片のようですね」

さまよえるものたちの書（断章　一）
『The book of wanderers (fragment 1)』

ダンジョンの深淵《しんえん》に触れる本のオリジナル。

さまよえる館に安置されている。

オリジナルは一冊しか存在せず、ダンジョン碑文はこの書らの写本にあたる。

そのため、内容にバリエーションが存在している。


その叡智《えいち》に触れるものは、狂気に支配されるだろう。


「狂気？　なんとまあ。クトゥルフ的な」

「残念ながら、〈鑑定〉では書いてある内容までは分からないようです。さっきの洋館が、『さまよえる館』なんですかね？」

「だろうな。オリジナルの断章は、特定のモンスターを三百七十三体倒すことで現れる館のフロアに出現するってことなんだろう」

言うのは簡単だが、一日で三百七十三体を討伐するのは相当難しい、はずだ。

代々木でも一層とか十層とかの、過疎地かつほとんど討伐されていないエリア以外で、通常の方法では、なかなか困難だろう。

「オリジナルが一冊しか存在しないってことは……」

「同じモンスターを狩っても、館が出現しないか、したとしてもあの部屋には何もないってことだろうな、おそらく」

「これって報告……必要ですよね？」

「そりゃするけどさ。出現条件とか、消える条件とか、どれもまるっきり推測だし。詳しいことはどうするかな……あの台座の文字のこともあるしな」

「あ、ソラホト文字」

「もうそれでいいよ。あれの翻訳、どうする？　碑文の文字と違うことは分かるけれど、俺たちには何語なのかも分からないからなぁ……」

「私たち文系にコネがないですからね。鳴瀬さんに聞いてみたらどうです？」

「それしかないか」

そこで大きなあくびが出た。

気を抜けば〈超回復〉も睡眠を欲するようだ。もっとも、そうでなけりゃ、単なる不眠症だ。

「じゃ、もう寝ようぜ。どうせ数日は狩り三昧《ざんまい》だ」

「さっきの人たち、大丈夫だったでしょうか」

「一応、各国の訓練を受けた人間だろうし、逃げ切れたと信じようぜ」

「各国の斥候やエースたちは、今頃どうしてるんでしょうね？」

「そりゃ適当なフロアでモンスターを狩りつつ、俺たちの目的フロアを調査して、それが分かったと同時に、そこのモンスターを狩りつくす勢いで探索するんじゃないの？」

　ダメモトってやつだ。

「斥候で構成された尾行チームが要ですか？」

「そう。なにしろ〈異界言語理解〉をオークションにかけてから潜ったんだから、それを取りに行くと思われてるのは確実だ」

「ですよね」

「だから、最後は……最下層へ降りて攻略を進めて貰うという手もあるけど、戻るのが面倒くさいから、九層あたりで姿を見せて、みんなでコロニアルワームを狩って貰うつもりだ」

「ヒドっ」

「笑いながら言っても説得力はなーい。まあ、明日はこの辺でスケルトンを狩りまくって、低ランクのポーションを乱獲しておこうぜ。あると便利そうだし」

「分かりました」

「じゃ、三好が奥のベッドを使えよ。お休み」

「はい。お休みなさい」

二〇一八年　十一月二十八（水）

SECTION：

代々木ダンジョン　八層

「鐘の音？」

八層で豚串を売っている男が、下から上がってきたばかりの細マッチョの男に聞き返した。

「ああ、八層に戻り損ねて、九層の下り階段でキャンプをしていた連中が聞いたそうだ」

「なんだそりゃ、どこの間抜けだ？」

細マッチョな男は苦笑いしながら、串を囓《かじ》った。

「連中、九層で夕方を迎えて、八層に戻り損ねたから、仕方なく十層へ下りる階段付近で夜を明かそうと移動したらしいんだ」

夜の九層は、コロニアルワームとのエンカウント率が上がるが、階段付近は比較的安全で、仮に遭遇したとしても階段に逃げ込むことができるのだ。

「階段に着いた頃には、すでに日は暮れてしばらくしてからだったらしいんだが、どうも辺りが騒然としていたそうだ」

「騒然？　夜だろ？　あの辺に人はいないはずだが」

「それが、どこかの国の軍みたいな連中が、それなりに距離をとって、いくつかのキャンプを張っていたんだと」

「軍？　どうして？」

「知らんよ。自衛隊ならともかく、他の国の軍じゃ、どんな面倒が起こるか分からないし、連中も、巻き込まれたくないと思ったんだろ。とは言え、階段付近から離れるのも危険だ。仕方なく、そいつらは、十層へと下りる階段の途中でキャンプしたそうだ」

「そっちの方が、トラブルに巻き込まれそうに思えるがな」

なにしろ逃げ場がない。

「九層で、階段から離れると、いつコロニアルワームに出くわすか分からないだろ。日が暮れた後は特に。それに軍っぽい連中のそばでテントを張ると、絶対に警戒されるはずだ。それが嫌だったんだろうぜ。第一、夜の十層へ出入りしようとする奴がいるとは思えないしな」

まあ、気持ちは分からなくもないか、と豚串売りは思った。そこでうまく休めるかどうかは疑問だったが。

「で、そいつらが言うには、丁度日付が変わる頃、見張りの連中の耳に、微かに鐘の音が聞こえてきたそうだ」

そう言って、ホグホグと、二つ目の肉を口に入れた。

「それがどうやら十層からららしく、連中、一体何が起こったのかと、興味を引かれて階段を下りたそうだ」

「好奇心が猫を殺す典型だな」

二つ目の肉をごくりと飲み込んだ男は、全くだと言って笑った。

「それで、恐る恐る十層を覗いてみたら、十一層へ向かう階段方向とは逆の方から、教会の尖塔にあるような鐘の音が派手に鳴り響いていたらしい」

「十層に教会なんかあったか？　墓だらけなのは確かだが……」

「俺も聞いたことはないぜ。ま、それで連中、なにか特別なイベントが起こったんじゃないかとは思ったそうだが……」

「ま、気持ちは分かるよ」

たとえ同化薬を持っていたとしても、日が落ちた後の十層を歩く奴はイカレてる。それはすべての探索者に共通の見解だろう。

「そうこうしているうちに、鐘の音は、突然打ち切られるように消えたそうだ」

「鳴り終わったんじゃなくて？」

「余韻はなかったらしいぜ」

「ふーん。お宝でも出たんならよかったんだが」

「音だけじゃな」

そう言って笑った男は、ゴミ箱代わりにおいてあるバケツに放り込んで、去っていった。

「九層の出口でキャンプを張ってた、軍っぽい連中ね……」

各国の斥候連中が、件のターゲットを追いかけた結果だろうが、それなら見失ったターゲットはいったいどこにいたんだろう。まさか夜の十層か？

教会の鐘の音と、〈異界言語理解〉の関係に思いを馳《は》せながら、警備部の男は、新しい豚串を取り出して焼き始めた。

SECTION：

代々木ダンジョン　十層

その日、朝食を終えた俺たちは、拠点車の前で残りのヘルハウンドを召喚した。

三好が「サモン！　アイスレム！」だの、「サモン！　グレイシック！」だの、「サモン！　ドゥルトウィン！」だの言うたびに、大きな魔法陣が現れ、そこからカヴァスと見分けのつかない、巨大と言ってよい体軀を持ったヘルハウンド？たちが召喚されたのだった。

試しに五匹目も呼んでみたが、さすがになにも起こらなかった。

呼び出された連中は嬉々《きき》として、辺りに近づいてくるアンデッドを狩っている。見た感じ、そうそう負けそうにもなかったから、そのまま放置しておくことにしたようだ。

三好のそばには、カヴァスだけがちょこんと座っていた。

「なんだ、お前。護衛なのか？」

「がう」

その返事を聞いて、三好が嬉しそうに、ポンポンとカヴァスを叩いた。

「先輩は、召喚を取らないんですか？」

「バーゲストの〈闇魔法（Ⅵ）〉はクールタイムが三日だからな。それまで待つのが面倒だよ。そもそも、俺に生き物係は無理だ。サボテンを腐らせたことがあるのは、ちょっとした自慢なんだ」

サボテンは、かなりの間放置していてもちゃんと育つ丈夫な植物だ。ところが、休眠期に何かしたわけでもないのに、いつの間にか元気がなくなって、ふにゃふにゃになっていた。謎だ。

「何の自慢ですか、それ。って、世話といえば、この子たち、何を食べるんでしょう？」

昨日カヴァスは人間様の食料を食べていたが、そんなものが、ダンジョン内で日常的に手に入るはずがない。ここでまたタンパク質の構造がーとか、分解酵素がーとかいったことを考え始めると切りがない。なにしろダンジョン産の肉が食べられるのだ。こっちの食べ物が消化できたとしても、別におかしくはないだろう。時々は人も喰われているわけだし。ぶるぶる。

「たまにダンジョンにでも放しておけば、餌なんか用意しなくてもいいんじゃないの？」

生き物係失格の俺がそう言うと、それを聞きつけたカヴァスが、てけてけと歩いてきて、俺の前でブンブンと顔を横に振った。

「え？　お前らって、何か喰うの？」

コクコク。

「そう言えば、昨日、サンドイッチとかを美味しそうに食べてましたよね」

ココクコク。

「え？　それって生きるのに必要な栄養素を取り込むための行為なの？」

そう尋ねると、カヴァスは遠い目をして明後日《あさって》の方を眺めていた。

「単に、美味しかったから、たまには食べたいとかいう、嗜好《しこう》品的な何かじゃないだろうな」

ますます目をそらすカヴァスの額に、幻の汗が見えるようだ。

「もー、先輩ったら。いいじゃないですか。カヴァスたちだって、たまには美味しいものが食べたいんですよ！」

　ささささっと三好の横に移動してお座りしたカヴァスが、金色の目をきらきらさせて、コクコクと頷いていた。

「いや、単なる興味だから別にいいんだけれども。お前らちゃんと三好のガードとして働けよ」

「がう」

　しかし召喚モンスターか。

　あるだろうとは思っていたが、実際に取得できちゃうと、ＪＤＡで何か登録しなきゃならないんだろうかとか、鑑札が必要なんだろうかとか、予防注射はどうなってんだとか……分からないことだらけだ。また鳴瀬さんに聞かなきゃいけないことが増えたな。

　それに死んだらどうなるんだろう？　再召喚されるのは、復活した個体なんだろうか、それとも新しい個体なんだろうか。実に興味は尽きないが、故意に試したりしたら、三好が激怒しそうだし。ま、いずれ分かるだろう。

　そのとき、俺の〈生命探知〉に、いくつかの探索者らしきものが引っかかった。

「先輩？」

「お客さんだ」

　ここは丘の上で目立つ。やって来た連中が向こうの丘を回り込み、ここが視認できるようになる前に、慌ててその辺りを片付けてドリーを仕舞った俺たちは、視界を遮っている丘を回り込むように、墓の中へと歩を進めた。

「監視の人でしょうか、頑張ってますねぇ。どうしてこっちだと分かったんでしょう?」

「さあな。昨夜騒いでいた連中が、うまいこと生きて戻れたんだろ」

昼間の十層は、ほとんどが徘徊《はいかい》しているゾンビかスケルトンだけが相手の単調なフロアだ。とは言え、この数の多さは、普通の探索者にとってはガンだろう。

「さすが地獄の十層って言われるだけのことはありますね」

三好が、俺が魔法で破壊し損ねた個体を、カヴァスたちにとどめを刺すよう指示しながら、次々とやって来るアンデッドを眺めながら言った。

見め麗《うるわ》しくないアンデッドどもが、怒濤のごとく押し寄せる上に、ドロップも大して美味しくないこの階層は、墓場だらけなことも相まって、探索者たちからは地獄と呼ばれているのだ。

「向こうは平和みたいだけどな」

丘の裏側で、道沿いに歩いている連中は、特に戦闘を行っているようには感じられなかった。

ただし、移動はかなり遅いようだ。周りに注意して進んでいるということだろう。

「同化薬って、思ったより効果があるんですね」

「昼間、道なりに歩いているときはな」

夜がNGなのはもちろん、昼間でも道を外れると、襲われることがあるらしい。

だから、何かが感知されたとしても、道を外れて丘をショートカットしてくることはないと思うが、念のために、向こうの倍以上の速度で、この場所から離れていた。

相変わらずゾンビは何もドロップしなかったが、スケルトンは、やはり二十五体に一個くらいの確率で、ポーション（1）をドロップするようだった。

「アイテムといえば、ドロップしたモンスターはすべて、SPが0・04を超えていますね」

そう言われれば、ゴブリン・ウルフ・コボルト・スライムなんかは、あれだけ倒したにもかかわらず、何もドロップしていない。

代々木の四層までが初心者層だのアミューズメント層だの言われているのはそれが原因だ。ドロップがないんじゃ、プロとして活動するのは不可能だ。GTBだけを狙うわけにもいかないだろうし。

「SP0・04になにかの壁があるのかな」

「なら、私はゾンビを中心に倒しますから、スケルトンは先輩がお願いします」

「了解」

「アルスルズも、ゾンビ中心でお願いね」

三好がそう言うと、まわりや影の中から、それに応える吠え声が小さく聞こえた。

一応、状況を把握して気を使ったようだ。

「アルスルズってなんだ？」

「この子たちのことですよ」

どうやら、召喚した四匹を纏めて呼ぶときはアルスルズらしい。

なんでアーサーズじゃないのかと聞いたのだが、キルッフの親戚はアルスル王なんですよ、とかなんとか、よく分からなかったから、そういうものだと理解した。

アーサーズよりもアルスルズのほうが少しだけ格好いい気もするしな。

しばらく進んでいるうちに、丘の向こう側を道なりに進んできていた連中は、〈生命探知〉の範囲の外へと出て行った。

「ダンジョン内の鬼ごっこも、なかなかスリルがありますね！」

「いや、スリルってな……確かにオークションに関わる面倒を避けるためにダンジョンに逃げ込んだわけだが、RUならともかく、ダンジョン内で出会ったからといって、いきなり戦闘になったりはしないと思うぞ」

「だって、先輩の〈生命探知〉だけじゃ、どこのチームだか分かりませんよ？　ロシアがひそかに、ザスローン部隊あたりに指令を出したかもしれません」

三好が嬉しそうにそう言った。

ザスローン部隊は、ロシアの対外情報庁に所属している特殊部隊で、ロシアの特殊部隊の中でも最も機密性が高い部隊らしい。

「お前のは映画の見すぎだ」

「えぇー？」

「おっ、オーブタイムだ」

さすがに十層の敵は数が多い。くだらない話をしながら、ルーチンワークをこなしていても、すぐにオーブを選択する時間がやって来た。今回はスケルトンだ。

▶ スキルオーブ：生命探知	1/	20,000,000
▶ スキルオーブ：魔法耐性(1)	1/	700,000,000
▶ スキルオーブ：不死	1/	1,200,000,000

俺はその内容を、素早くメモして、三好に渡した。

「〈魔法耐性〉は既知のスキルですね」

スキルオーブやアイテムにくっついている数値は、アラビア数字がレベルで、ローマ数字が種類ということになっているから、これは全魔法耐性の一番弱い物なのだろう。ウォーターランスの効きが少し悪いのはこれが原因か。

「〈生命探知〉は、アンデッドぽいですよね。生者に引き寄せられるように向かってくるのは、これでしょうか？」

「なら、同化薬は、実は〈生命探知〉をかいくぐる薬ってことか？」

「それはどうでしょう。だって、丘の向こうにいた人たちって、先輩のスキルには引っかかるんでしょう？」

そう言われれば、確かにそうだ。なら別の何かだろうか。アンデッドには、極めて小さな反応しか現れないとは言え、無効ってわけじゃないからな。

それはともかく……〈不死〉？　ナンデスカソレハ？

「これがあれば、徐福さんも大手を振って帰国できそうですね」

三好が棒読みでそんなことを言った。

「いやいやいや、まてまてまて。エルダーリッチやノーライフキングならともかく、ドロップしたのはスケルトンだぞ？　罠だろ、これ。不死と書いてアンデッドと読むとかそういう……」

当然のように〈不死〉は未登録スキルだった。

だがしかし、恐れることはない！　何しろ、今の我々には〈鑑定〉があるのだ！

俺たちは、欲望のまま、レアリティに従って、〈不死〉をゲットしてみた。

「ほれ、三好。頼む」

「了解です」

それなりに襲ってくるまわりのアンデッドは、アルスルズがサクサク倒していた。

さすがはヘルハウンド、経験値から見ても、スケルトンの倍近いだけのことは……って、ちょっと待て。連中がぶつかればスケルトンは砕け散り、足を振ればゾンビはふたつになっていた。

ヘルハウンドって、こんなに強かったっけ？

「うぇ……」

〈鑑定〉をした三好が思わず声を上げた。

スキルオーブ　不死

永久《とこしえ》に死することのない体を得る。
アンデッド化（スケルトン）
理を犯すものは、
相応の報いを
受けることになるだろう。

「これは……酷いですね」

「つまりあれか？　不死にはなるが、アンデッド――この場合スケルトンか――に、なっちまうってことか」

「注意喚起が必要ですよね」

「だが、どうやって調べたんだって、突っ込まれるぞ?」

放っておいても、このオーブがドロップすることはまずない。何しろドロップ率は十二億分の一なのだ。だが、起こる可能性がある事柄は、いずれは必ず起こるのだ。

「〈早産〉と同じで、豚に使ってみた、くらいしかないでしょう」

実際に使ってみたらどうなるのかは分からないが、ドロップ率が低すぎて追試も難しいだろうから、それでいいか。

「当面こいつは〈保管庫〉の肥やしだな」

俺はそう言って、〈不死〉のオーブを保管した。

§

「美作隊長~、こいつはヤバいっすよ」

周囲をうろうろと歩き回るアンデッドの多さに、斥候部隊の野呂《のろ》は音を上げた。

「落ち着け、野呂。感はあるか?」

「いえ、人間らしい反応は、俺たちと、後ろの連中だけですね」

野呂は、〈生命探知〉持ちだった。

同じ〈生命探知〉でも、個人の資質と訓練によって、その性質は異なってくる。彼の探知は、集中した方向へのレンジを伸ばす訓練を行ったためか、全方位のパッシブなレンジは、芳村よりも短かった。Dパワーズにとって幸運だったのは、ここが十層で、同化薬が普及した現在では、道なり以外に移動するなどということは常識的にあり得ないとされていたことだ。そのため、野呂の集中した索敵は、道なりの方向で行われていたのだ。

「我々と同時に下りてきた連中か」

「おそらくGBでしょう。USの連中は、十一層方面へ向かったようです」

同化薬の効果は約四時間。だが結構揺らぎもあるらしい。引き返すことを考えれば、索敵範囲は二時間分がせいぜいだ。連続使用も可能らしいが、効果は落ちていくらしかった。

「CNの連中に一杯食わされたんじゃないですか？」

こちらに移動して来たのは、昨夜彼らを追いかけたCNの連中の戦闘痕跡を辿った結果だ。そこここに、DBP87の薬莢《やっきょう》が落ちていたのだ。

外から持ち込まれた痕跡は、いずれは、消えてなくなるが、さすがに一晩できれいになったりはしない。

「ともかくこちら方面で、なんらかの戦闘があったことだけは確かだ」

各国の斥候部隊が、監視対象を見失ってから半日。

少なくとも、自衛隊や警備部が敷いた、出入り口管理をまたいだという連絡は今のところない。

当面彼らの部隊は、十層を探索するしかなかった。

〈不死〉のオーブを取得したあとも、俺たちは、〈生命探知〉に探索者が引っかからないのをよいことに、ひたすらアンデッドを殲滅《せんめつ》して歩いた。

昨日は注意しなければならなかった、見通しの悪い墓石の陰からの攻撃や、潜んでいるゾンビのヒドゥンアタックが、三好の番犬衆の力によって無効化されたため、さらに効率が上がったのだ。すぐにスケルトンのオーブはコンプリートされ、ポーション類も順調にゲットしていた。

スケルトンの三百七十三匹討伐は、時間が早すぎるために躊躇していたが、そうでなくても、ゾンビに比べて数が少なめだったため、そう簡単には届きそうになかった。

「こうしてみると、同一種の一日三百七十三匹討伐って、そうとう難しくないか？」

「ですよねー。なにかこう、同じ魔物を集めるようなアプローチを講じるか、後は深夜の零時から二十四時間ぶっ通しで狩り続けるとかすれば……」

なんというブラックなフレーバー。

食虫植物系のモンスターでもいれば、そいつがモンスターを集めるスキルオーブやアイテムをドロップしそうな気もするが……

「結局、すぐに試せそうなのは、一層のスライムくらいだな」

「ですよね。奥の方でやれば、大丈夫じゃないでしょうか」

このあいだ御劔さんが六時間で三百の大記録を打ち立てたから、入り口に戻らずに叩きまくればいけそうな気がした。

ゾンビの方はスケルトンよりも多いため、下一桁合わせは、こちらで調整した。

三好の、鉄球＋収納の力も、相変わらず猛威を振るっているようだった。十層の殲滅力は、俺なんかよりもずっと上のようだ。なんといっても、〈収納庫〉からの物の出し入れは、見た目にＭＰを消費しない。

「何度も繰り返していれば消費するのかもしれないですけど、自然回復分でまかなえちゃう感じですね」と、いうことらしい。

そういうわけで、ＭＰ回復のタイミングを見計らう必要もなく、ひたすらに手当たり次第という感じだった。

今までの弱点だった近接も、近づく前に四匹のお付きが始末してしまうので、鉄球が切れるか、ユニークでも出てこなければ十層では無双できるだろう。

「問題は価格ですね」

「価格？」

「先輩。私たちって、鉄球を平気で使ってますけど、六センチは一個大体六千円で、八センチなら、一万二千円ですからね」

「おおっ？　い、意外と高いんだな」

鉄球ってそんなにするのか。なるべく回収しないと、ヘタしたら赤字になりかねないぞ。

「小さいのは安いんですけど、大きいのは高いんです。四角い鋼材をカットしてもらって、球に加工しないというのも考えたんですけど、そういう商品はありませんでした」

まあ、直方体を何に使うのかってこともあるだろう。それに直方体だと、凄い勢いで射出したとき、まっすぐに飛ばないいんじゃないだろうか。

「だから、低精度の二・五センチも試しに使ってみてます。こっちなら一個二百円ですからね。回収はほぼ無理でしょうけど。ゾンビなら三つくらい纏めてぶつければ、大粒の散弾を使ったショットガンで撃ったみたいになりました」

それは〈収納庫〉ならではだな。さすがに二・五センチを手で投げるのは難しい。

「指ではじければ、俺にも取り扱えそうだけど……」

いわゆる指弾ってやつだ。

早速やってはみたのだが、威力はともかく狙った場所に当たらなかった。少し練習が必要だな、これは。

§

十一層へと向かう階段方向では、マルチカム迷彩パターンの戦闘服を着た四人の男たちが、周りのアンデッドを気味悪く見回しながら歩いていた。

「ったく、フォートブラッグから出向させられたかと思ったら、気味わりぃ墓場で、ゾンビ野郎どもに囲まれるったぁ、なんてついてない人生だ」

「なんだ、あんたらデルタだったのか」

　悪態をついたリード・チャップマンは、確かに第一特殊部隊デルタ作戦分遣隊から出向している隊員だったが、ここで初めて会った連中から、そう言われて微かに殺気をまとわせた。

「……どうしてだ？　フォートブラッグには他にも多くの部隊があるぜ？」

「そう構えることはないだろ？　ＤｏＤ（ダンジョン省）の実行部隊は、ＳＭＵ系列だって聞いていただけさ」

　特殊部隊のうち、存在や活動内容が秘されている部隊をＳＭＵ（Special Mission Unit 特殊任務部隊）と呼ぶ。対して、オープンに活動する部隊をＳＯＦ（特殊作戦部隊）と呼ぶのだ。もっとも有名なＳＯＦはグリーンベレーだろう。

「相手を刺激せず、道を踏み外さなきゃ、あと三時間は大丈夫だよ」

「そういうあんた――ダンカンだっけ？――は？」

「ＰＭＣ組だよ。そいつのお供さ」

　ダンカン・レインは今頃かよと思いながら、小柄で寡黙な男を親指で指した。

　本作戦には、ＰＭＣ（民間軍事会社）から、特殊なスキル持ちが何人か派遣されていた。ラットと呼ばれている小柄な男もその一人だ。

　チャップマンは、一チームにＰＭＣから二人も派遣され、しかも顔合わせがつい先日だという泥縄さにウンザリしていたが、仕事は仕事だ。

「それで、人間レーダーさんの調子はどうだい？　ターゲットは見つかったのか？」

言葉尻に、微かに滲《にじ》んだ蔑《さげす》みを、まるで気にもしていないように、小柄な男はただ首を振っただけだった。

日本やイギリスの動きを見る限り、連中もまだターゲットを見失ったままのようだ。どうやら中国の連中が酷い目にあったらしい方向へ移動していったようだが、そんな得体の知れないものがいそうな場所へ向かうなんぞ、まっぴら御免だった。どうせ見つからないのなら、危険の少ないほうがいい。チャップマンはそう考えていた。

そうしてしばらく移動していくうちに、ラットと呼ばれていた男が、ついと顔を上げた。それはまるで獲物を嗅ぎつけた動物のようだった。

§

通常のルートから外れた俺たちは、誰もいない墓場の中で、のんびりと無双していた。

「それで、先輩。次のオーブですけど……」

「次？　フィクション的には——おわっ！」

突然一本の矢が、俺の頭に向かって飛んできた。

やべっ、これ当たるかもと思った瞬間、俺の目の前に黒い点が現れたかと思うと、それが直径数センチの大きさに広がって、矢はその中に消えていった。

「ええ?!」

俺が驚いている間に、スケルトン・アーチャーは、三好が破壊していた。

「そういえば、いましたね、ああいうモンスター」

「ドリーの上で経験してやばいと思ってたのになぁ」

「事故が起こるのは、運転に慣れたころだって言いますから」

「まあな、しかし今のは……」

俺は、誇らしげに胸を張っているように見えるカヴァスに向かって言った。

「お前らのおかげ？」

「わう」

どうだと言わんばかりのその態度に、内心苦笑したが、助かったことに変わりはない。

「サンキュー。まあ、たまには人様のご飯を食べてもいいことにするか」

「わうわう？」

「もう一声だそうですよ」

「調子に乗るな」

「くーん」

しかし、こいつら、あんなこともできるのか。もしかしたら銃弾も防いでくれるかもな。

「で、なんだっけ？」

「次のオーブですよ」

「そうだなぁ。アイテムボックス・鑑定と来たから、その次は回復魔法か？　だけど、持ってそうなモンスターがいないんだよな」

「そういうモンスターがいそうなのは、確かなんですけど」

「え？　既知なの？」

「いえ、ヒールみたいなのは、まだ登録されていませんが……先輩、聖女って知ってます？」

いきなり三好に振られた話に、俺は面食らった。確かにフィクションの回復魔法といえば聖女だが……まさか松代藩《まつしろ》に伝わる女性忍者……のわけはないよな。

「ジャンヌ・ダルクみたいなのか？」

「違いますよ……いや、違わないのかな？」

三好は、首をかしげながら、以前調べた内容について教えてくれた。

「秘密結社？」

「そんな感じなんです。一般には噂レベルでしか知られていないんですが、時折ＳＮＳを賑《にぎ》わしているんです」

時折、聖女の御業で救われた系の書き込みがあるそうだ。しかし、そんな情報は数多《あまた》あるデマのひとつとして消費されるのが関の山だろう。

「ポーションを利用した詐欺とか？」

「原価が高すぎますって。それに、手をかざすだけで大けがを治してくれたそうですよ」

なんだそれ。そりゃ本物なら凄いだろうが、普通に考えれば眉唾だ。

「そんな書き込み、普通はスルーされるだけだろ？」

「そうなんですけど、結構なセレブが、ぽろっと教団名をこぼしたことがあるんですよ」

「いかにも計算された口コミっぽいけど。どうせすぐに消されたってオチだろ？」

「その通りなんですが……先輩の心は汚れていますね」

「やかましい」

俺は、遠くで弓を構えているスケルトンにウォーターランスを撃ち込みながら、三好の後頭部にチョップを入れようとしたが、ひょいと躱されてしまった。

「ふふふ、そうほいほいとはやられませんよ！」

ちっ、やるな、こいつ。

「で、その法人――フランスの法人なんですけど――を調べた人がいるんですよ」

さすがは、人類すべてが調査員のネット時代だ。

「そうしたら、ちゃんと、コンセイユ・デタへの届け出があったそうです」

フランスの宗教団体は、非営利団体で、非営利社団法に基づいて設立できる。通常の非営利団体の設立には、届け出や認可が必要ないが、宗教団体が法人になるためには、コンセイユ・デタ（参事院）への届け出が必要で、修道会などの場合は、さらに、認可が必要になっているそうだ。

もとは、歴史的に政府に対して抵抗をしてきた修道会などの規制強化が目的だったと言われているらしい。

「ますますステマ臭いぞ。で、その団体の聖女様が、セレブな人たちを癒やして回ってるって？」

「まあ、そんな感じみたいです」

「そんなの、どんな宗教団体にもありそうな話だろ？　事実かどうかはともかく」

どちらかと言えば、口コミを利用した売名行為だと考える人の方が多そうだ。本来こういった内容に、高等教育を受けたほとんどの人間は懐疑的だろう。あくまでも理性的な領域では。

もっとも昨今は、ダンジョンのせいで何でもありだからなぁ……〈超回復〉とか、各種ポーションとか。

「聖女様のことは分かったけど、なんでそれが回復魔法と結びつくんだ？」

癒やしの奇跡なんて、ルルドの例を挙げるまでもなく、世界に数多く存在している。

「団体の名前が、アルトゥム・フォラミニス教団って言うんですよ」

「フォラミニスって、『孔《あな》』？」

英語にも似た単語がある。

三好は俺の言葉に頷いて言った。

「日本語にすれば、深穴教団ですね。もしもダンジョンが関わっていないとしたら、すごく変な名前じゃないですか？」

なにしろ八割がカトリックで、百年ちょっと前まではコンコルダ（政教協定）があった国だ。もしもカルトが同じニュアンスで名前を付けるなら『アビスム・イレント』あたりが妥当だろう。ルカでレギオンの中にいた悪霊がそこに行くことを命じないでくれとイエスに願った場所だ。ハデスでもアビスでもタータラスでもなく、どうしてただの『穴』なのか？

「このご時世、たしかにダンジョンっぽい、な」

「ね」

「だけど、全然聞かないぞ？　それなら、もっと有名になってもよさそうなものだろ」

「回復魔法をゲットしたとして、先輩なら有名になりたいです？」

「……絶対嫌だ」

羽虫の如くまとわりついてくる有象無象を想像するだけで頭が痛くなるような気がする。

「宗教法人を隠れ蓑《みの》に、うまく使用をマネージして、オカルトに傾倒している偉い人たちに守ってもらうって、かなり賢い立ち回りだと思いますよ」

「あのな」

とは言え、俺も似たようなものか。守ってもらっているのは三好にだけど。……あ、自分で言ってて、ちょっと情けないような気がしてきたぞ。

「ついでに寄付金もがっぽりです！」

フランスも宗教団体への寄付は非課税だ。しかも会社として寄付する場合は、その会社の売上の0・3％までは損金扱いできる上に、五年間の繰越控除付き。確かに、無償で回復を受けて、代わりに寄付をするという名目なら、どちらも節税ができてウィンウィンってやつだろう。

「まあ、そういう訳で、回復魔法は実際に存在してるんじゃないかと思うんです」

「回復魔法持ちの聖女様ね……フランスのダンジョンで手に入れたのかな？」

「全く分かりません。第一、スキルデータベースに登録すらされてないんですよ？　何か、特殊な取得だったんじゃないでしょうか」

特殊ね。地球の割れ目に鉄筋でも落としたとかかな。

「それでね、先輩。〈異界言語理解〉の時のクラン系の話覚えてます？」

「ん？　ああ」

シャーマンが言語系のスキルを持ってるんじゃないかという予測の話だな。

「シャーマンがいるならプリーストがいてもおかしくないと思うんですけど」

「モンスターの原始宗教って未発達の自然崇拝だろ？　超自然的なものと交信したような気になって熱狂するシャーマンならともかく、神に仕える聖職者という意味でのプリーストは発達しないんじゃないかな」

「なら、もっと宗教から離れて、聖なるモンスターって方向ですかね？」

「そうだな。イメージ的には、ユニコーンとかがいれば、持ってそうな気がするよな」

この世界は、確実に人類のイメージから作られているはずだ。だから、持っていそうなやつが、それを持っているに違いない。

「聖なるモンスターかー。戻ったら、ＷＤＡのモンスターデータベースで探してみましょう」

「そうだな――ん？」

俺の〈生命探知〉の端っこに、四つの点が現れた。しかも、まっすぐ、こちらに向かって来ているようだった。

「どうしました？」

「道から外れて、ショートカットでこっちに向かってくる奴らがいるぞ」

「ええ？　道を外れたら襲われるって言いません？」

そのとき、俺たちの耳に、微かな銃声が聞こえてきた。

「どうやら、そのようだな」

「偶然ですかね？」

「いや、どうやら、まっすぐこっちに向かってくるみたいだ。それに、二人は結構やりそうだ」

サイモン級とは言わないが、今までの斥候よりはステータスが高そうだった。

「少し先に十一層への階段がありますから、急いで下りて、後はレッサー・サラマンドラ狩りなんてどうです？」

「よし、そうするか」

俺たちは討伐数の下二桁を調整しながら、追いかけてくる輝点から素早く遠ざかるようにして、十一層へと向かって行った。

§

「どうです？」

十一層への階段への階段に辿り着いた時、追いかけてきていた連中は、俺の〈生命探知〉の探知範囲から外れていた。

「分からんが、一応撒けたのかな？」

「なにかの探知スキル持ちでしょうか」

「たぶんな」

迷路のようなダンジョン内ならともかく、小さな機械ごときで追いかけられるような距離じゃないし、俺の〈生命探知〉のようなスキルを持った人間がいたんだろう。

「それにしても……」

俺は、階段の下から十一層を見渡した。

十一層はいわゆる火山地帯だ。気温は一気に上がり、あちこちから噴煙が上がっていた。

「ふと思ったんだけどさ」

「なんです？」

「〈火魔法〉なんか必要かな？」

それを聞いた三好は肘を抱えるポーズで腕を組むと、ジト目で俺を睨んできた。

「な、なんだよ」

「先輩、暑いのがイヤならイヤとはっきり言った方が……」

「じゃ、邪推はよくないなぁ、三好君。ほら、ただ火を点けるだけなら、ライターでもチャッカマンでも構わないだろう？」

「先輩、〈水魔法〉、使いまくってたじゃないですか」

「まあ、便利だからな」

「水魔法無効の敵が出てきたらどうするんです？」

「逃げる」

即座にそう言った俺に、三好が呆れたような顔をするのと、直径五十センチくらいの火の玉が飛んでくるのが同時だった。

「おわっ！」

思わず三好の頭を摑んで、地面に伏せ、火の玉が飛んで来た方向に、無照準でウォーターランスを数本撃ち込んだ。

「な、なんですか?!」

「いや、何かが火の玉を撃ったんだと思うんだが、一体どこから？」

三好の影から四匹のヘルハウンドがするりと抜け出すと、一頭が前方へとダッシュして、岩の塊をペシリと踏みつぶした。

「GYOWAAAANN！」

その瞬間、岩に見えたものがくねるように暴れだした。それは全長一・五メートルくらいある岩で覆われた大山椒魚《オオサンショウウオ》のような姿をしていた。

「あれが、レッサー・サラマンドラか？」

「写真で見たのは、擬態をといた後の姿だったんですね」

擬態している間は、よっぽど注意しない限り〈生命探知〉にも引っかからないようだった。

そのとき、突然ブツンという音がして、押さえていた尻尾が切れた。そうして、本体は素早く逃げ出した。

「うわっ、カナヘビみたいなやつだな！」

「先輩！　尻尾はレアアイテムですよ！　早く倒して下さい！」

切れた尻尾は、放っておくと、いずれ黒い光に還元されてしまう。

尻尾を手に入れるためには、自切させた後、尻尾が消える前に倒す必要があるのだそうだ。

それを聞いて、俺がウォーターランスを放つ前に、素早く逃げようとしている尻尾のないサラマンドラの頭を、追いついた別の一頭が噛み潰した。

「キター！」

三好の前に『尻尾：レッサー・サラマンドラ』が表示される。

「なんでも、漢方の超高級素材らしいですよ！」

「鹿茸《ろくじょう》みたいなもんか」

三好が、倒した一頭に近づいて「よくやったね、ドルトウィン」と頭をなでていた。

「よく区別ができるな」

「なんとなく分かりますよ。最初に押さえつけたのがカヴァスで、噛み潰したのがドルトウィンですね」

さすがは召喚者。俺にはさっぱり見分けがつかん。

「ていうか、俺が倒さないと、目的が達成できないんじゃないの？」

せっかく下二桁を調整してきたのだ。

「まあまあ先輩。尻尾がゲットできたんですから、よしとしましょうよ！　じゃあ、アルスルズは次のサラマンドラを見つけてね」

「「「「がう」」」」

ヘルハウンドたちの鼻は、俺の〈生命探知〉よりも優秀らしく、簡単にレッサー・サラマンドラの擬態を暴いた。

今度はアイスレム（らしい）が、その頭を踏んづけている。ファイヤーボールが飛んでこないところを見ると、あれは魔法と言うよりブレスの一種なのかもしれなかった。

今度こそ、ウォータランスでしとめると、いつものオーブ選択画面が表示された。

► スキルオーブ：火魔法	1/	40,000,000
► スキルオーブ：自切	1/	200,000,000
► スキルオーブ：自再生	1/	200,000,000
► スキルオーブ：極炎魔法	1/	1,700,000,000

目的の〈火魔法〉はともかく、〈自切〉だの〈自再生〉だの、物騒なことこの上ない。

「〈自切〉って、人間に尻尾はないよな」

「男の人だったら、似たようなものが……」

「おい！」

阿部定《あべさだ》は勘弁してほしい、しかも自分でとか……ないわー。

「でもって、〈自再生〉で生えてくるんでしょうか？」

「やだなあ、先輩。髪ですよ、髪。ながーい友達ですよ」

「ああ、はいはい」

　こいつも昔のＣＭウォッチャーだったか。Ｙｏｕｔｕｂｅ様々だな。そのうち、ミエルミエルと
か言い出しかねない。

　しかし、もしも髪にかかわらず、失われた部分が再生するというのなら、〈超回復〉にも負けな
い福音だ。しかも〈超回復〉よりもずっとクールタイムが短いし。

「でも、これってたぶん、〈自切〉と〈自再生〉でペアスキルですよね」

「俺もそう思う。〈自再生〉は、〈自切〉で失った部位を再生するスキルなんじゃないか」

　なんでも再生するスキルにしては、それを落とすモンスターに、いわゆる納得感ってやつが足り
ない気がするし、取得確率も高すぎる。

「プラナリアなんて名前のモンスターがいれば、本当の〈再生〉もあるかもしれませんけど」

「体をふたつにしたら、両方自分になるような再生はお断りだ」

「人間だって、クローンで似たようなことをやってると思いますけど」

　まあ、そう言われれば確かにそうかもしれないが……

　俺は黙って、〈極炎魔法〉のオーブを取得した。

「使うんですか？」

「まあ、〈鑑定〉して大丈夫っぽいなら」

「あのな……」

三好はちらりとそれを見ると、「罠はなさそうですよ」とだけ言った。

それを聞いて安心した俺は、オーブを掲げた。

「それじゃ、人間辞めますよっと」

お約束の台詞とともに、右手をはい上がる光が俺の中に溶け込んでいく。

「〈極炎魔法〉って、なんだかえげつない感じがしますよね」

「〈鑑定〉したんだろ」

「具体的な呪文が分かるわけじゃないですから」

「ローマ数字付きじゃない上に、未知スキルだからな。地道に名称から考えられるイメージで探していくしかないか」

「厨二再び、ですね！」

メイキングを呟いていた頃の俺を思い出したのか、三好がクスクスと笑っている。

「やかましいわ。それにまったくヒントがないわけじゃないだろ」

「ヒント？」

魔法の名称は獄炎だからな、こいつは絶対あるはずだ。

それは、堕した天使と重罪人で満たされた、永劫《えいごう》の炎に赤熱した環状の城塞《じょうさい》。

しかしてその炎は、青く白く、すべての物を瞬時に焼き尽くす慈悲の輝き——

俺はダンテの著作をイメージしつつ、静かに右手を突き出して、その名前を叫んだ。

「インフェルノ！」

瞬間、目の前が真っ白に輝いて、フラッシュを焚《た》くような、何かが蒸発するような音が大きく響くと、体の中から何かが大量に抜ける感じがした。

「ぬな?!」

砕けそうになる膝を必死でこらえつつ、視力が戻った目に映る、あまりの光景に間抜けな声を上げた。

「先輩、これ……」

そこにはなにもなかった。

岩も草も、マグマも蒸気も噴煙も、もしかしたらそこにいたはずのモンスターも。

そこにはただ、白く細かい粉のようなもので覆われた、黒くガラス状に固まった平坦な台地が、静かに広がっているだけだった。

ていうか、人はいなかっただろうな……いなかったとは思うが、もしいたとしたら、今頃きれいに蒸発しているだろう。俺にも気付かれないような凄いレベルの斥候さんがいたとしたらごめんなさいするしかない。まあ、そんなことはないと思うが……

目の前に現れた、いくつかのアイテムを〈保管庫〉に仕舞いながら、ステータスを確認すると、MPが100くらい減っていた。

「あー、これは、封印かな？」

「……この場所を誰かに見られたら、ドラゴンでも暴れたのかと思われますよ、きっと」

「げっ……」

「どうしました？」

「元気な四人組だ」

丁度十一層の階段を下りたところのようだった。

「逃げましょう！」

そう言った三好は、その影からおそるおそる顔を覗かせる四匹の犬を連れたまま、後ろの四人から、離れる方向へと、急いで移動していった。

「あ、おい、待てよ！」

俺は慌てて三好を追いかけた。

§

「いるか？」

レインは、ラットにそう尋ねた。

「一瞬、いたように思えたが、すぐにいなくなった」

そう言ってラットは、その方向を指さした。

「いなくなった？　どういう意味だ？」

チャップマンがそう訊くと、ラットの代わりにレインが答えた。

「言葉通りだよ。消えたか逃げたか隠れたか。追うのか？」

チャップマンは、指されていた方向を眺めながら、装備の消耗度を考えていた。十層で銃弾を使いすぎていた。

「無茶なショートカットのおかげで、装備が足りねぇな。一応追いかけるが、やばいと思ったらすぐに撤退する」

彼らはその言葉に従って、移動を開始した。

そうして、すぐに、ラットがターゲットが消えたと言った場所へと到達した。

「なんだ……こりゃ？」

それまで黙っていた、デルタ出身のコリン・アレンビーが口を開いた。

「都市の真上で、超高温の爆弾でも破裂したみたいだな。何もかもがガラス化している」

その土地は、まだかなりの高温を保っていた。

「連中がやったってのか？」

アレンビーは頭を振って応えた。

「熱核兵器でも持ち込まないと、こうはならないだろう」

「じゃ、一体何が……」

「ドラゴンでも出たんじゃないの？」

レインが、気楽そうにそう言ったが、周りは、いかにもレッドドラゴンでも出てきそうな火山層だ。誰もそれを冗談だと笑い飛ばすことができなかった。

「ターゲットが消えたのは、これに巻き込まれて蒸発したって可能性は?」

チャップマンが、ラットを見ながら真剣な顔で尋ねた。

「ゼロじゃない」

ラットの答えを聞いて、彼らはすぐに撤退を決意した。

SECTION：

千代田区永田町二丁目三番一号　内閣総理大臣官邸

午後四時十八分、総理大臣官邸には、村北内閣情報官が訪れていた。

「世界にとっての最善とは、その課長も吹いたものだな」

斎賀の提案は、寺沢から田中を通じて、村北まで上がっていたのだ。

「しかし、冷静に考えればこのアイデアは悪くありません」

村北は、部下に作らせたいくつかのシナリオを思い浮かべながら、井部首相に解説していた。

「結局どの国が落札しようと、ロシアとの軋轢《あつれき》は生じます。エネルギーをロシアに依存している国があるEUも一枚岩とはいかないでしょうし、面倒は避けたい国も多いでしょう」

将来にわたるダンジョン問題も国益に関わるが、今すぐパイプラインを止められる方が、よほど大きな問題になる国は多い。

「EUを始めとする西側諸国で競り合うのをやめて、拠出金を出すことで情報を融通するという条件で、アメリカに落札させれば、各国の面子《めんつ》も立つのではないでしょうか」

「我が国としては、それを先導してまとめることで、国際社会における地位の確立と、発言力の強化にも繋がるというわけか」

「はい」

予算も乏しい年末のこの時期だ、ただでさえ財政赤字が問題になっているアメリカは、これを武器ではなく盾として考えている節があるし、乗ってくるだろう。一応面子も立ててあるしな。

「イギリスとフランス、それにドイツと至急連絡を取ってEU内をまとめてもらう。あとは欧州委員会か」

国連の常連理事国と経済大国、そして、昨今大国の意思に振り回されて影が薄いとは言え、欧州委員会も影響力はあるはずだ。現在のユンケル委員長は、雇用と成長に重点を置いている人だし、無駄な支出が避けられることに反対はしないだろう。

「その後は、インドとオセアニアだ。南米、アフリカ、は特に問題ないだろう」

この問題に積極的に関わってくる資産も理由もないだろう。

「後は、中東ですか……」

現在の中東は難しい。イスラムを取り巻く状況は、あまりにも微妙だった。

「アメリカの核合意離脱以降、現在の情勢でアメリカに協力してもらうことは、不可能ではないでしょうか」

井部はその言葉に頷いた。

「とは言え、消極的な支援の枠組みに入ってもらうことは可能かもしれん。ハメネイ氏もアメリカに対して抵抗は続けるが戦争はしないと明言している。フランスも協力してくれるだろう」

フランスは、イランと関係が深く、現在の大統領が、経済制裁に対して、将来的な原油による支払いを想定した融資の枠組みを作ろうとしたりしたことがある。

「ここで、消極的ながらも支援の枠組みに入れることができれば、多少なりとも二国間の問題が緩和するかもしれんだろ」

「アメリカの態度は、イスラエル絡みもありますからね」

「日本人の我々からすれば、たかだか宗教の問題で、リアルが拗《こじ》れたり崩壊したりするなんて、信じられないくらい愚かなことにしか思えないんだがな」

「それが、たかだかではない世界がリアルに横たわっているということでしょう」

「異文化は認め合う以外に解決策はないんだがな」

「それを利用する人間も――いや、詮無い話でした」

「問題は中国だな」

国内にダンジョンが少ないとは言え、経済力もあれば、面子を非常に重要視する国だ。

対ロ政策で、アメリカに寄り添えと言うのは無理がありすぎる。中国企業によるスパイ疑惑が持ち上がっている現在ではなおさらだ。

「ここは、対立するしかないだろう」

「おそらく」

「ともかくやれるところからやるしかないだろう。外務省と協力して、オークションが終わるギリギリまで、各国との調整に尽力してくれ」

午後四時三十一分、村北内閣情報官は官邸を後にした。

「アメリカが隠すならロシアが、ロシアが隠すならアメリカが暴くだろうか。それくらいがちょうどいいバランスだとは、言ってくれる」

：

井部は、今後のシナリオと共に上がってきた斎賀の発言を見返して、そう呟いた。

掲示板【世界への贈り物】Dパワーズ 108【異界言語理解】

1：名もない探索者 ID：P12xx-xxxx-xxxx-3321

突然現れたダンジョンパワーズとかいうふざけた名前のパーティが、オーブのオークションを始めたもよう。
詐欺師か、はたまた世界の救世主か？
次スレ930あたりで。
…………

143：名もない探索者

おまいら、見たか？　初値が付いたぞ！

144：名もない探索者

見た。e-bayだったら、オークションが取り消されるレベル。

145：名もない探索者

世界への贈り物、なんて煽《あお》ってたけど、蓋を開けてみたら対象はたった１個のオーブだろ？
しかも６万JPYって、いままでよりはるかに安いじゃん？　俺でも買えるレベル。

146：名もない探索者

なんと。俺も記念に入札してみようかな。

147：名もない探索者

>145
絶対不可能だと思うが、もしも入札できるのなら、お前は大富豪間違いなし。
）つ [単位]

148：名もない探索者

？JPYだろ？ ＞ 147

149：名もない探索者

147が言いたいのは、そこじゃないだろw
いいからよく見ろ、今回の単位は……

150：名もない探索者

……百万JPY!?

151：名もない探索者

なんだってー?!（AA略

152：名もない探索者

え、じゃああれ、60億JPY？

153：名もない探索者

落ち着いて計算しろwww >> 152

154：名もない探索者

え？　一十百……なんじゃこりゃーーー！　オーブ１個が600億JPY?!

155：名もない探索者

言われて気がついた。

だが、何でこんなことになってるんだ？

156：名もない探索者

ダンジョン関連の専門サイトに記事があったぞ。

このオーブは９月頃ロシアで発見されたもので、使用者は各地のダンジョンで発見された謎の文字で書かれた碑文が読めるようになるんだと。

で、世界で１個しか見つかってない。

157：名もない探索者

え？　じゃあ、そいつの翻訳が唯一なわけ？

158：名もない探索者

そう。嘘を書こうが、なにかを省略しようが、誰にも検証不可能な上、碑文にはなにかセンセーショナルなことが書かれている可能性が高い。

159：名もない探索者

なんで分かる？ > 158

160：名もない探索者

２カ月以上経つのに、内容が、まったく一般公開されてない。

そしてその内容が関係各所に配布されたからこそ、オクでバカみたいな競り合いが起きてると考えられる。
ちなみに、その１個を持ってる国はロシアな。

161：名もない探索者
検証したいってことか。
なら、国家クラスが入札していることは確実だな。

162：名もない探索者
えー、そんな重要なオーブなら、なんで日本に売らずにオークションなんかしてるわけ？
政府に持っていくのが筋じゃないの？

163：名もない探索者
このクラスだとJDAだって干渉するだろうし、国家としても、もの凄い外交カードになったろうから、庭先取引の持ちかけだってすると思うけどなJK。

164：名もない探索者
値段が折り合わなかったとか。

165：名もない探索者
担当者が162みたいなヤツだったら、俺も売らんな。

166：名もない探索者
なんでだよ＞165

167：名もない探索者
日本に売るのが当たり前、みたいな態度で来られたらイラっとするだろ。

168：名もない探索者
そうそう。それにそういう態度だと、提示された価格も激安っぽいだろ？　それどころか、国家のために寄付しろとか言い出しかねん。

169：名もない探索者
おい！　すでに890億JPYになってるぞ。

170：名もない探索者
マジ？

171：名もない探索者
うわ、マジだよ。はぇえ……

172：名もない探索者
すげぇなぁ。こいつは、もう一生遊んで暮らせるだろ。

173：名もない探索者
Dパワーズは、過去２回のオクのバイヤーズプレミアムで、とっくに一生遊んで暮らせるレベル。たぶん。

174：名もない探索者
あのオーブの採集力だぜ？　メンバーが数百人いるかもしれないだろう。＞173
しかしこれ、もし明日、同じものが手に入ったら、落札者大損なのでは。

175：名もない探索者
同じものが手にはいるのが、明日か１年後か100年後かも分からないからな。＞174
その間、情報の根幹を他国だけが握っているなんて安全保障上の脅威だろ。

176：名もない探索者
アメリカなんか、そのために毎年70兆円近く使ってるんだもんな。

177：名もない探索者
なら、このへんなんか全然小手調べなわけ？

178：名もない探索者
ま、そうだろう。EUが国際連合を組んで落札なんて可能性もある。

179：名もない探索者
それくらいなら世界連合を組んで、安く落札すればいいんじゃ……

180：名もない探索者
それができないのが、今の地球の状況ってことなんだろ。業が深いねぇ。

180：名もない探索者
ところで。今回のオカジオシステムってなに？
岡塩さんが作ったシステム？

181：名もない探索者

いままでは締め切り時間がきても、入札から10分の延長が行われてただろ？
資金が膨大にあって、絶対にそれを手に入れなければならないとき、それだといつまでも落札が確定しない可能性があるのさ。

182：名もない探索者

まあ、最低入札単位ずつ上乗せすれば、１時間で６回。144回更新すれば１日引っ張れるもんなぁ。

183：名もない探索者

そ。今回はなぜか受け取りが12/2って決まってるから、それだと困るんだろ。
締め切り時間を過ぎた場合、最高価格が分からないようになって、延長時間も落札価格更新後、12秒なんだと。

184：名もない探索者

つまりその12秒の間に最高価格を上回る金額を提示をしないと落札が決まっちゃうし、いくらか分からないから狙って上乗せもできないってこと？

185：名もない探索者

そう。だから時間を過ぎてから一気に積み上がる可能性もあるわけ。

186：名もない探索者

ははぁ、それで、オカジオか。occasioみたいだな。

187：名もない探索者

なにそれ？

188：名もない探索者

ggった。ラテン語だな。機会とかチャンスとか、そういう意味っぽい。
やるな＞186

189：名もない探索者

表記を英語にしたら、occasioって書いてあったんだよw
てか、なんで12秒？　切りがいいような悪いような。

190：名もない探索者

気分？

191：名もない探索者
１モルの化学的ジョーク？

192：名もない探索者
なんぞそれ。＞191

193：名もない探索者
12グラムの炭素12に含まれる原子の数が１モル。
炭素の元素記号はCで、13進数以上なら、12の表記はCだ。

194：名もない探索者
おおー。だが、いくらなんでもひねりすぎだろ。

195：名もない探索者
それ、つい先日、フランスであった第26回国際度量衡総会でキログラム原器に依存しない定義に変更されたぞ。
タイムリーだな。>> 193

196：名もない探索者
え、マジすか？＞195

197：名もない探索者
おまえら、なぜそんなに詳しいw

198：名もない探索者
数学的なジョークなんじゃね？
最小の過剰数だし。

199：名もない探索者
なにそれ？

200：名もない探索者
過剰数についてはggr。
過ぎた時間分は過剰って言うジョークじゃないかと思うんだ。

201：名もない探索者
よし、それに決定。

202：名もない探索者

決定なのかよ！

…………………

SECTION :
ロシア ドモジェドヴォ

モスクワ市内から、ロシア連邦道路A105を、十二人の男たちを乗せた小型のバスが疾走していた。

すでに日は沈み、残照が微かに残る道沿いには、英語のアルファベットが書かれた看板があちこちに林立し、鉄道の陸橋には、大きくファーウェイのMate 20 Proの広告が出されていた。何しろ今は二十一世紀なのだ。モスクワのアルバート通りには、マックにペプシにハードロックカフェ、さらにはスタバが立ち並び、土産物屋で売られているマトリョーシカは中国製で、看板には、souvenirsと書かれている。そういう時代だ。

しばらく行くと、エイリアンに登場する遺棄船の腕の部分のような、ガラスでできた円筒形の近未来的な建物が見えてくる。それがドモジェドヴォ国際空港だ。

男たちは、無言のまま小さな手荷物ひとつでバスを降りると、中の一人に向かって、バスから降りた、制服を着た男が言った。

「装備は、大使館で受けとれる手はずになっている」

男は、小さく頷き敬礼すると、踵《きびす》を返して、他の男たちと共に、空港の建物に吸い込まれていった。残された男の徽章《きしょう》には、キリル文字でBのマークが描かれていた。

二〇一八年　十一月三十日（金）

SECTION：

代々木八幡　事務所

オークションの終了日、終了時間を過ぎてから、俺たちは地上へと帰還した。

二日間は、いくつかの国の、おそらく斥候部隊を相手に、九層〜十二層をぐるぐると撒きながら移動していた。最後には、各フロアの出口のところに、謎のキャンプを張っている日本人を見かけたので、自衛隊あたりが増援を送ってきて、せめて、俺たちが何層にいるのかを知ろうとしているようだった。

本番は十二月一日だと思われていたはずなので、その前日に地上へと帰還した俺たちに、各国はポカンとなったことだろう。

事務所へと戻ってきて、早速最終落札価格をチェックした俺は、思わず声を上げた。

「四千百六十一億四千二百万?!」

いや、上げるでしょ。なんだ、これ。

「標準財政規模で言うと、丁度、三重県とか群馬県と同じくらいですよ。純粋な予算で言っても、島根県を上回って、佐賀県レベルです」

そうなのか。意外と地方自治体の予算って多いんだな。――って、そうじゃないだろ！

「さすが近江商人、落ちついてんなぁ。俺はガクブルだぞ?」

「先輩。これがもしも従来の入札ルールだったりしたら、百億ドルを超えていても、おかしくないんですよ？」

　ああ、そういや今回は自動延長が特殊な方法だったんだっけ。

「最後に乗っかってたのは二千億一千万でした。相手方はプラス一億、プラス十億、プラス百億、そして、プラス千億上乗せしたところで、十二秒が経過したみたいですね」

　つまり相手には、もっとビッドする気持ちがあったというわけか。

「それに、我々庶民にとってみたら、百億も千億も変わりませんて。どっちも『すごく大金』くらいの認識しかありませんから、現実感がないんです」

　まあ、そう言われれば確かにそうだ。

「で、結局どこが落札したんだ？」

「落札者は……これ、たぶんＤＡＤですね。不思議なのは最後までＤｏＤらしいＩＤも競ってたってことなんですけど……」

　ＵＳＤＡじゃなくて、ＤＡＤ？　しかも同じアメリカなのにＤｏＤと競ってるって……仲が悪いのか？

「ＮＡＴＯ加盟国や、それとパートナーシップ協定を結んでいる国々は、途中でぴたりと競りが止まってますから、ＵＳと内々にやり取りがあったんじゃないでしょうか。インドや中東もそれに次いでますから、水面下では相当折衝があったんだと思いますよ」

「各国で連係して落札する、とかのか？」

「いかに国家といえ、年末に、予定になかった巨額の支出は難しいでしょう」

「問題はオーブを落札した国が、他の国に正しい情報を渡すかどうか、だけど」

「そのあたりは軍事同盟でも似たような葛藤があるでしょうから、何かうまく折り合いをつけたんだと思いますよ」

ま、俺たちがそれを気にしても意味はないか。

しかし、公開からわずか三日で、各国の利害を調整し、説得したのだとしたら、間に立ったのは相当なやり手だな。

「旗を振ったのは？」

「たぶんですが、うちの国じゃないですかね」

「マジかよ。根拠は？」

「政府筋の入札が、まったくありません」

「ＪＤＡでやった局長級会議じゃあるまいし、入札ゼロはさすがに怪しいか。やるもんだね」

こうして、世紀のオークションは幕を閉じたのだった。表向きは。

「しかし、三好。これ、どうするよ？　百億ドルとはいかなくても、ちょっと一パーティで得るには大金過《す》ぎるだろ」

今更とは言え、前面に出ている三好のことが心配だ。

今はＷＤＡＩＤしか表に出ていないけれど、これだけ派手に活動して、落札者が国家群の代表みたいな有様じゃ、リークは絶対避けられないだろう。個人が大金を得ると、おかしな輩《やから》が湧《わ》いてくるらしいからなぁ……

「ステータス計測器の工場でも作ります？」

「一旦行き渡ったら最後、需要はそこで頭打ちの商品だし、その後転用できる商材もない状態で、大きな生産力を持った工場はな……」

「まあそうですね。それでも、ある程度の工業力は必要だと思いますけど」

「うーん」

「後は、寄付か、基金でしょうか」

「基金？」

「うちなら、ダンジョン探索者のための何かですかね？」

「基金か……四千億円だもんなぁ」

「先輩、先輩。普通の商人には、仕入れがあるんですよ。それを販売して利益を得るんですから、全部が利益のわけないでしょう？　オークショニアのバイヤーズプレミアムは、こんな金額だとせいぜい10％くらいのものです」

それを聞いて俺は目から鱗《うろこ》が落ちた。

自分たちの立場で考えるから、丸儲けなのであって、普通の感覚だと、うちのパーティの取り分は10％くらいなのか。金額にインパクトがありすぎて、思いもしなかったよ、そんなこと。

「10％だとしても充分に多いし、ちょっと考えてみるよ、その辺」

「分かりました」

三好がそう返事をした時、彼女のプライベートな端末が振動した。

「鳴瀬さんですね」

三好が連絡先の通知を見ながらそう言った。きっとダンジョンを出た記録をチェックしてたんだな。週末の夜だってのに、仕事熱心なことだ。

「あ、三好さんですか？　お疲れさまです、鳴瀬です」

「はい、どうしました？」

「いえ、それが――」

鳴瀬さんによると、落札価格があまりに高額なので、受け渡しまでJDAから人を派遣しましょうかということだった。

JDAが信用できないと言うわけではないが、外はともかく、敷地内の警備は断った。現在うちの事務所の敷地には四匹の番犬が、あちこちの影に潜んでいてヤバいのだ。

あいつら、どこか普通のヘルハウンドと違っていて、ハイディング・シャドーだけでなく、なんというか、要求されたことを満たすための魔法を使いはじめたのだ。

例えば――

「いい？　アルスルズ。侵入者を捕まえるのと、私の護衛がお前たちの仕事よ」

「「「「がうっ」」」」

――というやりとりがあって以来、こいつらは足下に穴を空けて、闇の牢獄《ろうごく》へと陥れるシャドウ・ピットや、麻痺や睡眠の状態異常を伴う闇のロープで対象を縛り上げるシャドウ・バインドを使い始めたのだ。それどころか、影を渡って移動するようなことまでやり始めた。なお、魔法はすべて三好の命名だ。

「これで警備はさらに万全です！」と三好は喜んでいたが、俺は、いつか普通のセールスマンだとか宗教の勧誘員だとかが犠牲になるんじゃないだろうかと、内心戦々恐々としていた。

　それとこいつら、どうやら魔結晶がお好みらしく、三好が調べていたスケルトンの魔結晶をおねだりしてせしめ、実に美味そうに齧《かじ》っていた。俺たちの食品が嗜好品なのは分かっているが、餌が魔結晶だったりしたら鼻血ものだ。何しろ買おうにも売っている場所も在庫も僅少《きんしょう》だからだ。毎日取りに行くというのは勘弁していただきたい。ご褒美《ほうび》のおやつ程度の位置づけであってほしいものだ。

SECTION：

代々木八幡　ラ・フォンテーヌ　四階

事務所の敷地の隣にある、五階建てマンション、ラ・フォンテーヌの四階の一室に、精悍な三人の男たちが集まっていた。

「連中、戻ってきたようですよ」

ベランダに監視用の装置を設置しながら、くすんだ金髪のアダムスが言った。

「部屋の受け渡しもギリギリで間に合ったか」

リーダーのカーティスが、単眼のサイトで、門から事務所へと歩いている一組の男女の姿を確認していた。

アダムス、ビーツ、カーティスは、残りの二人、デンバーとエクレと共に、目の前の家の諜報を本国から指示されていた。

半月ほど前、インド人にくっついて行ったトーマスとかいう、政府付きのお偉いさんがコケにされたらしいのだが、それだけでわざわざ裏のマンションを買い上げてまで拠点を作るというのも奇妙な話だった。

しかも、とりあえずは様子見だと言わんばかりの少人数構成だ。本格的な諜報が必要なら、もっと大人数が派遣されてくるはずなのだ。どうにもちぐはぐな印象が拭えなかった。

「それで、あの家に何があるって言うんです?」

機器の設置を終えたアダムスが、部屋に入りながら訊いた。

「なんだ、アダムス。ブリーフィングの時、寝てたのか？」

こちらも、室内のクリーニングを終えたビーツが、赤毛に近い明るい茶色の髪を掻き上げながら、玄関側の部屋から現れて、アダムスをからかってから、カーティスに向かって報告した。

「盗聴器の類いはありません。クリアです」

カーティスは頷いた。

「いや、オーブのオークションを始めたやつの家だってのは分かってるんだが……結局俺たちは、何を調べればいいんだ？」

セットした遠隔盗聴用のレーザー盗聴器を起動して、調整しながらアダムスが尋ねた。

ブリーフィングではその辺が曖昧だったのだ。

オーブのオークションが行える秘密を探るのか、なんらかの不正を発見するのか、はたまた交渉の材料として弱みを握るのか……調べろと言われてもその対象がはっきりしないと動きにくい。

「おそらく上もよく分かってないんだろう。だからそれをはっきりさせるための情報を集めろってことだろうな」

カーティスは、周辺の詳細な地図と、自分たちがいるマンションの賃貸情報を調べながら方向を示した。

「喫緊《きっきん》のところは、来月一日前後の連中の動きを摑んでいろってところだろう」

話題の〈異界言語理解〉の取得は、普通なら、十二月の一日に行われるはずなのだ。

「ダンジョンの中までは無理ですよ？」

半月前にも、トーマスについて行った、デンバーとエクレがよいようにあしらわれたらしい。

「そっちはＤＣＵ（イギリスのダンジョン攻略部隊）の連中が受け持ってくれる。こっちは地上におけるシギント（信号諜報）が中心だ」

「産業スパイのまねごとをさせられるのは勘弁してほしいんですがね」

アダムスの言葉は全員の総意に近かったが、命令は命令だ。カーティスはその言葉に軽く頷いただけで、情報の確認に戻った。

目標の左右は個人宅で警備会社とも契約している。侵入はできるだろうが、何かあった場合は面倒だ。向こう側は道路だから、事実上監視に向いているのは、裏手にあるこのマンションくらいなのだが、奇妙なことに、ごく最近、引っ越しをした家が七件もあった。五階建ての分譲マンションで、わずか三十戸しかないにもかかわらず、だ。

「同じような仕事のやつらが、うじゃうじゃいるみたいだぞ？」

「排除しますか？」

ビーツのやつは少し血の気が多すぎる。

「いや、この国はスパイ天国だが、犯罪捜査に関しては非常に優秀だ。火の粉が降りかかってくるというのなら払わねばならんが、こちらから手を出すこともないだろう」

おそらく向こうも同じようなことを考えているさ、とカーティスが肩をすくめた。対抗していない国と足を引っ張り合っても意味はないのだ。

しかし、どこが出張ってきてるのかは確認しておく必要がある。

そう考えながら、諜報対象の家を窓から見下ろした。

少し広い土地の真ん中に建てられたその家は、土地のどの辺からも均等に離れていて、侵入すればそれなりに目立つだろう。

しかも、同業の連中が監視しているとすれば、間違いなく発見されるはずだ。どこの国のチームか分からないようにしておかなければ、後々弱みを握られかねない。とは言え、動かないわけにもいかないか……

ゲームの盤面は、目の前にある七十フィート四方の土地だ。そんな狭い場所で、場合によっては七つのチームがしのぎを削る？

「もしかしたら、面倒な仕事になるかもしれないな」

カーティスは憂鬱《ゆううつ》そうに、そう呟いて、資料を閉じた。

三人は最初、一般家庭の諜報など、安全な遠隔盗聴で簡単だと考えていた。しかし、機器を起動させる度に、とても一筋縄ではいかない家であることが分かってきた。

大きなヘッドホンをつけたアダムスが、諦めたように首を振った。

「レーザー盗聴は完全に無効化されていますね」

一般家庭の窓ガラスに、盗聴防止用のノイズ振動が流されているってだけで、そこに何かがありますよと言っているようなものだ。とは言え、何かがあることは、最初から分かっているのだ。

もう一人の同じような装備を身につけた、ビーツも、ヘッドホンをはずして言った。

「集音器もダメだな」

その家の外見はあくまでも普通の家だった。

「電話経由は？」

カーティスが言うと、アダムスが首を振った。どうやら対策済みらしい。

「結局、直接侵入して、盗聴器を仕掛ける必要があるってことか」

諜報活動を円滑に行うためには、家に侵入するしかない。

コンクリートマイクにしろ、擬装タイプの盗聴器にしろ、家まで辿り着かなければ設置することもできないのだ。しかし、そうしようとすれば、他の諜報チームに発見されることは確実だ。

「他に適切な建物がないとは言え、まさにデッドロックだな」

「換気扇と、エアコンの室外機、新聞受けの位置は確認してありますが……」

それぞれ、実にいやらしい位置に配置してあり、それがまるで罠のようにすら思えた。

「実にいやらしい家だ」

「もうじき暗くなります。侵入しますか？」

カーティスは、しばらく考えていたが、意を決したように頷いた。

SECTION :

代々木八幡　事務所

しばらくして、三好が鳴瀬さんとの通話を終了した。

「んでなんだって?」

「派遣は中止するけれど、鳴瀬さんは今からいらっしゃるそうです」

「今から?」

俺は事務所の時計を見上げた。時刻は十八時を過ぎている。

「仕事熱心な人だなぁ……」

「とは言え、ＪＤＡにしてみれば、四百億円のお仕事ですからね」

そういえば、ＪＤＡの手数料は10%だっけ。って、それってちょっと多すぎない?　今、少しだけ理不尽さを感じたよ……バイヤーズプレミアムは棚に上げるけどさ。

「だけどさ、鳴瀬さんはビジネスのためにわざわざ週末の夜、相手先を訪ねるようなタイプじゃないと思うんだけど」

「先輩は、鈍いんだか鋭いんだかよく分かりませんね」

三好は笑って、「単に心配したんでしょう」と言った。俺もそう思う。

「だけど、丁度よかったじゃないですか」

「なにが?」

「例のソラホト文字ですよ」

「ああ、なるほど」

ここでついでに聞いてみればいいわけか。

§

「古典ヘブライ語にアラム語が交じった文章が、古ヘブライ文字かフェニキア文字で書かれたものだそうです」

あれからすぐにやって来た鳴瀬さんは、ソラホト文字の写真データを見ると、すぐに友人のツテを辿って、同志社の神学部の人に辿り着いた。

聖書関連の語学に関しては、国内でも有数の学部なんだそうだ。古いヘブライ語やアラム語の授業まであるらしい。

紹介された人も、ＪＤＡからの依頼に興奮したらしくて、すぐに翻訳された文章が返ってきた。とは言えもう二十一時なのだが……

「なんですそれ、ややこしいですね」

「ヘブライ文字は、もともとアラム文字から派生したんですが、そのアラム文字はフェニキア文字を拝借していたため、まあ、大体フェニキア文字と同じだそうです」

「また、古へブライ文字というのは、へブライ文字が使われる前にへブライ語を書くのに使われていた文字で、こちらもほぼフェニキア文字と同じなんだそうです」

「ああ、だから交ぜても書けるのか」

「はい。それで、古典へブライ語というのは語彙《ごい》が少ないそうで、問題の文章は、単語がアラム語とゴッチャになっているそうです」

「しかし、なんで古典へブライ語なんだろう？」

「神の言語、だからじゃないですか？」

三好がこともなげに、そう言った。

「なんとも高度な厨二病だな」

俺は、あまりにこの場にフィットした三好の言葉に、思わず苦笑した。

「神は天にいまし、そしてそれはネットの中へ。ついにはダンジョンに住まわれるってか？」

俺は、上を指さし、ＰＣを指さし、そして最後は足下を指さしてそう言った。

「翻訳してくれた彼が、面白い所感を残してますよ」

「所感？」

「まるで当時の文献に触れたＡＩが、古典へブライ語もアラム語も同じ言語だと考えて学習したみたいだそうです」

ＡＩね。ダンジョンに知能があるなら、まさにそんな感じだろう。

「それで、肝心の意味は？」

「台座部分は、凄く迂遠《うえん》な言い回しになっているんですけど、要約すると『さまよえるものよ、真のグリモアの叡智に触れよ』だそうです」

「門柱は？」

「さまよえる館、だそうです」

『真の』って部分は、『The book of wanderers』のオリジナルという意味だろう。

しかし、叡智に触れるためには、どうしたって翻訳する必要がある。一体そこには、何が書かれているんだろう。

「それで……このお屋敷はいったい何ですか？　まさか、これが代々ダンの中に？　私が知る限り報告されたことはないのですが……」

俺と三好は顔を見あわせたが、すぐに今回遭遇した事件について話し始めた。

「……つまり、一定の条件を満たすことで、そのフロアに『さまよえる館』が出現して、その日が終わるまで存在し続ける、ということですか？」

「あくまでも推測ですけど」

「それで、その館ですけど――」

「ああ、それは見ていただいた方が早いですね」

俺は、事務所のブラインドをすべて下ろすと、三好が編集した動画の入ったメモリカードを取り出して、応接にある七〇インチモニターへと出力した。

「これは……」

「館に入るところからですね。映像はメットにくっついているアクションカメラのものです」

音声は取り除いてある。いや、自分のびびってる台詞が入ってると恥ずかしいからね。

§

日が落ちて、しばらくした頃、マンションの下の柵の影に、黒一色の目立たない服装で、二人の男が立っていた。

足元には、動かない男が二人転がっていたが、それが死んでいるのか気絶しているのかは分からなかった。

「こちらアルファ。ウィーゼルはお疲れのようだ。オーバー」

「こちらベース。了解。ピクニックは予定通りだ。アウト」

「こいつら大丈夫だろうな」

「日本で殺しをやると、後の活動に支障が出るからな。面倒だが、眠ってもらってるだけさ」

「ならいい。さて、ピクニックの時間だ」

「ベース。こちらアルファ。行動を開始する。オーバー」

「こちらベース。アルファ、了解。アウト」

アダムスは、通信を終えると、静かに庭の柵を乗り越えた。柵の付近には、樹木や植物が植えてあるため、この時点では無防備に姿をさらす心配はないだろう。

暗視装置の視界には、何の危険もなさそうな庭が広がっているが、飛び出せば同じように監視しているどこかの国のチームに気付かれることは間違いない。もっとも、ばれたところで、こちらの所属は分からないだろうし、お互いの仕事の邪魔はしないはずだ。

しかし無駄な危険を冒すことはない。アダムスは、木々の間を移動して、家の横へと回り込んだ。

目の前には、相変わらずただの庭が、無防備に広がっていた。

第一目標は居間側の外壁で、その後横手にある換気扇だ。素早く家に近寄り、素早く仕掛ける。ただそれだけのことだ。

アダムスがしばらくチャンスをうかがっていると、居間のブラインドが下ろされた。

「おっと、チャンス到来だ」

一階のブラインドがすべて下ろされ、家から漏れる光がほとんどなくなったのを契機に、アダムスはハンドサインでカウントし、後ろにいるビーッに飛び出すタイミングを伝えた。

カウントゼロで、アダムスは、姿勢を低く飛び出して、目的の壁までの最短距離を走った……つもりだった。

しかし次の瞬間、彼の意識は暗転した。

暗視装置でその様子を後ろから見ていたビーッは、何が起こったのかまるで分からず、一瞬ポカンとしていたが、すぐにベースに向かって混乱したように報告した。

「べ、ベース。こちらブラーヴォ。アルファが目の前で――消えました⁈」

「こちらベース。消えた？」

マンションの一室で、それを聞いたカーティスは、慌ててアルファに呼び掛けた。

「こちらベース。アルファ？　おいアルファ？　応答せよ！　オーバー」

しかし無線機は沈黙し続けていて、なんの返事も返ってこなかった。

SECTION：

代々木八幡　ラ・フォンテーヌ　五階

同じマンションの五階では、横田から連絡を受けたUSの在日本チームが陣取っていた。

十一月の頭から三好梓の住居をターゲットに監視していたが、彼女の引っ越しと共に、チームもこちらへと引っ越していた。

ついでにDADのサイモンチームが、何かやらかさないかの監視も兼ねていたが、そちらの成果には期待されていなかった。

どだい、あの超人どもを押さえつけることができるのは、DADの命令系統に頼るくらいしか方法がないのだ。

「おいおい、今日入居したばっかりの連中が、早速行動を起こしやがったぜ」

夜間の監視の任に就いていた、ラリーがバディのカヤマに告げた。

テイクアウトしてきたチーズバーガーを囓《かじ》っていたカヤマは、急いで暗視カメラのモニターの前に陣取ると、「あんまり早いと、嫌われるんだがな」と軽口を叩いた。

「なかなか訓練されている身のこなしじゃないか」

鮮やかに柵を跳び越えて、素早く木々の間を渡りながら正面玄関の方へ進んでいく二つの影を見ながらラリーが言った。

「あそこからなら、まずは居間側へのコンクリートマイク設置かな」

「うちもいずれはやらなきゃいかんかもしれないし、参考にさせて――は？」

自分の前のモニターでそれを見ていたラリーが思わず声を上げた。

「おい、消えたぞ?!　そっち、どうなってる？」

そう言われてカヤマもすべてのモニターを精査したが、飛び出したはずの人影はどこにも見あたらなかった。もう一人の方は、飛び出す前の位置で何かしているようだが……

「こっちでも捉えられない」

「なんだと？　あいつら実は日本の特殊部隊で、すでに光学迷彩を実用化してるんじゃないだろうな？」

それを聞いたカヤマは、連中が実用化してるのは高い経費をぶんどるための、高額明細くらいだろうよ、と日本語で考えた。

「かもな」

そう言いながらカヤマは記録を巻き戻して、問題のシーンを再生した。

コマ送りで見ても、消える前と消えた後のコマの違いは、単にそこに消えた人物がいるかどうかの差しかなかった。

「こりゃ、三〇ｆｐｓじゃ話にならないな。もう少し高度な機材が必要だ」

とは言え、ただの監視レベルの現状で、そんな高額な機材や人員が回って来るとは思えなかったが。

「あんなものが実用化されてるんじゃ、うちの国もヤバいんじゃないのか？」

「いや、後ろのひとりが慌てて引き返そうとしている。あれを見る感じじゃ、意図してない消失に思えるな」

「通信は？」

「今時の軍用通信が普通に拾えるかよ。ＮＳＡにエシュロンの分析部分のシステムでも借りてくるなら別かもしれんがな」

カヤマは食べかけのチーズバーガーを手にとって口に入れると、不味《まず》そうに顔をしかめて、冷えたコーヒーで、それを流し込んだ。

「ま、俺たちはここにある機材でできるだけのことはしたさ。報告を上げれば、後のことは上が判断するだろ」

そう言って包み紙を丸めると、部屋の隅にあるゴミ箱めがけてロングシュートを打ち出した。

宙を舞った丸いゴミは、ゴミ箱の縁に当たって、一度上へと跳ね返ったが、結局最後にはゴミ箱の中へと落ちていった。

（先輩。ブラインドを下ろした後、すぐに誰かを捕縛したようです）

（まあ、中で何が行われているのか、気になったのかもな。しかしゴキブリほいほいだな）

（後でまた、魔結晶がいりますかね？）

（せめてスケルトンのやつにしておいてくれ。あ、後、例の箱も頼むな）

（やっぱり鳴瀬さんに？）

三好はちらりと、モニターを食い入るように見ている鳴瀬さんに、目をやった。

「適任だろ？」

俺は小声で三好に囁いた。

「まぁ、そうかもしれませんけど」

「別に、お前でもいいぞ？」

「適任ですね！　箱取ってきます！」

三好は慌てて身を翻すと、キッチンの方へと逃げだした。〈収納庫〉の中にしまってあるはずの箱を、どこに取りに行くつもりなんだ、あいつ。

SECTION：

代々木八幡　ラ・フォンテーヌ

「それで、何があったんだ？」

泡を食って戻ってきたビーツに、カーティスが訊いた。

「……分かりません。家に辿り着こうと走り始めたアダムスは、数歩進んだところで、突然消失しました」

「なんだと？」

「消えたんですよ！　突然！　他にどう言えって言うんですか?!」

「落ち着け！」

「無線……無線は通じないんですか？」

「返事はない」

ビーツの話を聞いてもカメラの映像を再生しても、何一つ新しい情報はなかった。分かっていることと言えば、アダムスがビーツの目の前で突然消失したことだけ。そこには熱も光も存在せず、ただ消えただけなのだ。

「こいつは、俺たちの手には負えないかもな」

カーティスは、至急本国へ連絡する準備を整え始めた。

鳴瀬さんが映像を見終わったのは、それからしばらく後だった。

彼女は、食い入るように見ていた緊張をほぐすように、深々とソファにもたれかかると、大きく長く息を吐き出して、天を仰いだ。

それを見て三好がコーヒーを入れ始めた。

「どうしました?」

「どうしたじゃありませんよ。なんですかこれ?」

「ああ、最後はグロイですよね、あの目玉」

「違います! いや、まあ、それもそうなんですが……」

鳴瀬さんは何かを考えるように目を閉じた。そして、しばらくしてから目を開くと、おもむろに尋ねてきた。

「それで、これ、どこまで報告するおつもりなんでしょうか」

「どこまでって言われても……我々は管理監殿に報告したわけですから、どこまでもここまでもありませんよ?」

「え? あ、そ、そうですよね! じゃあ、この件は全部上に報告していいわけですね」

「もちろんです」

俺がうさんくさい笑顔でにっこり笑うと、同時に三好が彼女にコーヒーを差し出した。

「どうぞ」

「あ。ありがとうございます」

彼女が一口飲むのを待って、俺はパンと手を叩いた。

「さて、ここまでで管理監のお仕事はおしまいです」

それを聞いた鳴瀬さんの肩が、ぴくりと動いた。

「ところで鳴瀬さん」

「はい？」

警戒するように彼女が返事をした。

「ＪＤＡ職員って、定期的にＤカードのチェックとかされますか？」

「いえ？　ランキングリストに使われている、ＷＤＡ本部にある『ザ・リング』から出たタブレット状の道具は別として、Ｄカードはそもそも管理することができませんから、通常の管理にはＷＤＡカードが使われています。一般的な場所でＤカードが必要になるのは、パーティに所属するときのスキルの証明くらいでしょうか」

よし、以前講習会の時に聞いたとおりだな。

「分かりました。じゃあ、鳴瀬さん」

「なんでしょう？」

「これを使ってみませんか？」

俺は、悪魔のような優しい笑みを浮かべたつもりで、〈異界言語理解〉のオーブが入った、件のチタンケースを彼女の前に取り出した。

「これって、Dパワーズさんで使われているスキルオーブのケースですよね？　使うって……」

俺が視線でケースを開けるように促すと、彼女はおそるおそるそれを開いた。そうして出てきたオーブを確認するように、それに触れた瞬間、ピキっと音を立てて固まった。

三好が唇に人さし指を当てて、大声を出さないようにとサインを送る。レーザーを始めとする盗聴対策は、三好がしつこいほどにやっているが、不要な大声はどこから漏れるか分からない。

「こここ、これ……」

俺はゆっくりと頷いた。

「これを……」

俺は頷く。

「使う……？」

もひとつ頷く。

「ま、待って下さい！　どうして私なんです?!」

「いや、だって、ほら。どうせ受け渡しまで保《も》ちませんし、これ」

常識的に考えればその通りだ。なにしろ受け渡しは十二月二日の日が昇ってからだが、現在は十二月一日になる前なのだ。

「それにしたって、芳村さんでも、三好さんでもいいじゃないですか！」

その台詞に俺は静かに首を横に振った。

「さっきのフェニキア文字の内容を見てもそうですけど、我々はすぐにでも碑文やグリモアの内容を知る必要があると思うんです」

鳴瀬さんはこくりと頷いた。

「多数の碑文やそれに類する情報に触れることを考えれば、我々の中では鳴瀬さんが適任なんですよ」

なにしろ彼女はＪＤＡの職員だ。しかも今や現場では結構偉いポジションにいる。一般探索者の我々よりも多くの情報に触れられるに違いなかった。

もちろんＷＤＡによって碑文は公開されているが、より早く、一次情報に近いデータに触れられるのは職員の特権だろう。

俺たちじゃ、どこに何が公開されているのかすら分からない自信がある。

「それは、そうかもしれませんが……」

「別に機密になってる情報をスパイしろと言ってるわけではありません。公開されているデータのなるべく一次情報に近いところに、なるべく早く触れて、正しく翻訳することが目的なのです。ただ、読めることは隠したほうがいいと思いますけど」

もし、知られたら誘拐されかねない。

鳴瀬さんはごくりとつばを飲み込んだ。

「それにしたって、研究者とかにもっと適任の方が……」

異界言語理解
0052

俺は頭を振ってそれを否定した。

「それだと囲い込まれます。このプロジェクトには、自由な立場で翻訳できて、かつ、それを行っていることを秘匿できる人物が必要なんです」

「プロジェクト?」

鳴瀬さんが、首をかしげた。

俺はダンジョンの中で三好と作ったプロジェクトの素案を取り出して、彼女に渡した。

それを見た彼女は、驚いたように呟いた。

「碑文……翻訳サービス、ですか?」

そう、それは匿名のサイトをひとつ立ち上げて、公開された碑文を翻訳、公開する企画だ。

掲載されているのは公開されている碑文の単なる訳文だから、問題になる理由がない。碑文に著作権ないしな。デタラメだと非難される可能性は高いかもしれないが。

そのドキュメントに最後まで目を通した鳴瀬さんは、思わず吹き出していた。

「何です、このサイト名」

「いいでしょう、それ」

そこには『ヒブンリークス』と書かれていた。どこかの機密漏洩《ろうえい》サイトのパクリだ。横文字での表記は、『heaven leaks』駄洒落に関しては日本語を知らないと意味不明だろうが、神様の領域から漏れるというのも悪くはない。それに、欧米じゃ、謎日本語はクールってことになっているから、これでいいのだ。日本だとオヤジギャクだと言われかねないが。

「しかし何度聞いても、厨二っぽいですよね、それ」

「狙ってるんだから、いいんだよ」

「仮にこんなサイトを作ったとしても、翻訳内容を、誰も真に受けないでしょう?」

面白いとは思いますけど、と鳴瀬さんが首をかしげた。

「オカルトっぽいトンデモサイトなんて山ほどあるし、それを理由にサイトが閉鎖されることなんてないでしょう?」

「それはそうですが」

「それに我々は、サーバーとドメインを管理しているだけで、内容には関知していませんと言い張ります。日本新聞協会が編集権声明を一九四八年に出してますから、それにまるっと乗っかるわけです」

まあ実態は見え見えかもしれませんけどねと笑うと、鳴瀬さんは眉間を押さえて、はぁとため息をついた。

「それに、内容ですが……」

「はい?」

「まず、そこに書かれていることが真実だと確実に分かる組織がふたつあります」

オーブを持っている二団体だ。

「この二団体が嘘を書いたり、情報を隠蔽《いんぺい》したりすることに対する抑止力になると思うんです」

世界にそれがばれたときの反動があるからな。

「それともうひとつ」

「なんでしょう?」

「今、ダンジョン碑文って、大抵WDAに提出され、公開されていますよね?」

「はい」

「でもね。今後各国が〈異界言語理解〉を持つようになった時、このままだと隠蔽されますよ」

　ダンジョンがそう望んでいる以上、遅かれ早かれ碑文が読める者の数は増えるはずだ。

　そうしてその内容を知るものが有利になればなるほど、新しく発見される碑文は国内で隠され、公開されなくなる可能性が上がる。

「それは、分かります。〈異界言語理解〉が大量に出回るというのは、ちょっと信じられませんけど」

「いずれにしても、〈異界言語理解〉が普及していない現時点なら、その翻訳を公開してしまうことで、自国で労力をかけて翻訳するよりも、公開してその情報を得ようとする流れができると思うんです」

　経済の相互依存みたいなものだ。

　すでに必要なものがあって、それが広く使われ、適切なコストで調達できるなら、自分のところでコストをかけて類似品を作り出す必要はないのだ。昨今は、(注16)CNの大手企業の例もあるから、国防が絡むとちょっと怪しいのだが、まあ大抵はそうだ。

「それに、信憑《しんぴょう》性に関しても、翻訳の中に誰にも知られておらず、かつ誰でも確認できる情報があれば、書かれている内容が真実だと証明できると思います。碑文やグリモアの中には必ずそれがあると、俺は信じています」

ダンジョン製作者が何者なのかは分からないが、ここまでお膳立てしているなら。そういう内容がないはずがない。

こいつの根幹には、地球のＲＰＧ的な要素が含まれている。それは絶対だ。

そして、それによって、ダンジョン探索への興味をかき立て、実益で縛り、ダンジョンへの依存度を上げさせようとしている。妄想に聞こえるかもしれないが、実際そうとしか思えないのだ。

「というわけで、それ。どうぞ」

じっとオーブを見ていた鳴瀬さんは、諦めたように目を閉じると、右手でそれに触れた。

そうして生まれた光は、彼女の腕からはい上がって体の中に吸い込まれていった。

世界で二人目の異界翻訳者の誕生だ。

「人間を辞めるぞって、言いませんでしたよ!?」

とぼけたように三好がそう言って、皆の笑いを誘っていた。

（注16）　ＣＮの大手企業の例

本作品に登場するイベントその他は、公園で行われてる小さなイベントまで、二〇一八年をできるだけ忠実になぞっていますが、孟氏が実際に逮捕されたのは、翌日の十二月一日です。

二〇一八年　十二月一日（土）

SECTION：

代々木八幡　事務所

「おはようございます」

寝ぼけまなこで階段を下りると、事務所のダイニングから、鳴瀬さんが声をかけてきた。

「あー、おはよー」

結局鳴瀬さんは、あのまま三好の部屋に泊っていった。今は、三好と二人で朝食をとっている最中らしく、トーストを小さく囓《かじ》っていた。

「早いですね」

「早めに出て、代々木で着替えないといけませんから」

こういう時のために、ＪＤＡのロッカーに着替えが一着はおいてあるそうだ。

昨日と同じ服を着て出社したりすると、お泊まり疑惑が持ち上がって、からかわれるらしい。それって、セクハラじゃないの？

「あれ？　今日は土曜日ですよ？　ご出勤なんですか？」と訊くと、彼女は口の中のパンを、コーヒーで流し込んで、「この週末は、どこかのパーティのおかげで休出です」と、笑いながら突っ込まれた。ごめんよ。

「お二人はどうされるんですか？」

「どうするって、そりゃあ、明日のためにオーブを採りに行きますとも」

ダイニングの椅子に腰を下ろすと、三好が、飲み物とトーストを用意してくれた。

「そういえば、Dパワーズのみなさんは、最近オーブハンターなんて言われてて、JDAにも結構な数の紹介依頼が、毎日毎日、届いているそうです」

「え？　それ、応対するのイヤですよ⁉」

「通常JDAは、連絡先の公開を希望しない探索者に、外部の人間を直接繋いだりしないので、大丈夫ですよ」

「仲立ちしないと、JDAのお金にならないもんねー」

「まあ、そういう側面もあります」

平静を装うように、バターとマーマレードが塗られたパンを囓《かじ》ってごまかしているが、一応図星のようだ。だが、俺は「通常」ってところが怖いなと思った。例外的な措置があり得るということだからだ。

それに昨今じゃ、三好の顔も売れてきた。

俺たちは別にここへ隠れながら帰ってきているわけじゃない。オークションを公開した時点であった、電話攻勢だって……あ、そういや、ケーブル引っこ抜いたままじゃないか？

「いいんですよ。登録のために引いた電話ですし。連絡は携帯ですむでしょ？　そっちにも電話が掛かってくるようになったら、片っ端から着拒しますから」

「留守電にしとけば？」

「どうせ聞かないんなら、最初から繋がらない方が面倒がありません。必要な方からの電話は、携帯に来ますし、見知らぬ人からの重要な連絡ならきっと出向いてくるでしょう」

そもそもあんな本数聞いていたら、一日がそれで終わっちゃいますよと憤慨していた。

俺は、それもそうかと思いながら、鳴瀬さんに注意を促した。

「昨日の件ですけど、碑文の写真資料等を持ち出せるなら、翻訳はここ以外では行わないほうがいいと思います。ここだと一応警備がいますから」

「警備？」

「それについての詳しい話は、また後日。お聞きしたいこともありますし」

アルスルズの処遇についてなんだけれど、〈異界言語理解〉の受け渡しが終わるまではバタバタしそうだから、その後でいいだろう。

鳴瀬さんは、首をかしげながらも頷いた。

「分かりました。写真自体は機密でもなんでもありませんから大丈夫です」

「それと、多分目玉になると思われる資料があるので、それだけは、今晩でも明日でも、とにかく早めに翻訳していただきたいんです」

「目玉資料？　って、まさか、あのビデオに映っていた……」

「はい。さまよえる館のグリモア。『The book of wanderers』の断章です」

正式名称を伝えることは問題ない。何しろ他のアイテムと同様、触れると名称が分かるのだ。

『The book of wanderers（fragment 1）』と。だがこれで、内容が前書きだったりしたら拍子抜けだな。

鳴瀬さんがなにかを言いかけたとき、事務所の呼び鈴が鳴った。

「あ。今朝、某田中さんに連絡をしておきましたから、彼じゃないですか？　それにしても早いですけど」

そう言って、モニターを覗いた三好が驚いたように言った。

「某田中さんと……サイモンさん？」

「なんだ、その組み合わせは？」

三好に門を開けてもらうと、俺は立ち上がって、玄関へと向かった。

「おはようございます。早朝からすみません」

某田中さんがそう言った。

「おはようございます。どうしてお二人がご一緒に？」

「一緒に来たわけではありません。門のところで偶然一緒になっただけです」

「はぁ」

『よう、芳村。例のあれ、落札したのはうちだろ？　それでうちのボスから様子を見に行けと言われてね』

『なんのことだか分かりませんが、オークションの件なら受け渡しは明日だと聞いていますよ』

『そりゃそうだろうが……』

『失礼』と、そこで某田中さんが割り込んで来た。

『こちらの用は喫緊でね。そちらは後にしてもらえるかな』

『お、おう。悪かったな』

某田中氏は、時折凄い圧を感じる人だ。見た目はどこにでもいそうなオジサンなんだけれど。

「三好、裏で田中さんにお渡しして」

「了解でーす」

「じゃ、そちらから裏にお回りください。お一人で大丈夫ですか？」

「では、直接車を裏に回しても？」

門のところに止まっている大型のワゴン車を目で示しながらそう言った。

「どうぞ」

彼はワゴンに合図をすると、家の裏手へと歩いていった。

その後ろ姿を見ながら、サイモンが言った。

『なんだか妙に迫力のある男だな。タナカって、一体何者なんだ？』

『さあ』

『なんだって？』

『俺たちを見張ってる、政府の偉い人っぽいですけど……詳しいことは』

『見張ってるってなぁ……相変わらず、緩いな、お前ら』

『日本人は平和ボケしてますから』

『それにしちゃ、なんだかやばそうな雰囲気がビンビンするんだが……』

サイモンは家のまわりの植え込みを見回してそう言った。さすがはトップエクスプローラーだ、

勘も鋭い。その辺りはアルスルズのテリトリーだ。

『気のせいじゃないですか？　それで今日は、ただ様子を見に来ただけ？』

『いや、明日のための護衛ってやつかな。なんだかうちの上の方がぴりぴりしててな』

ＤＡＤ（Dungeon Attack Department：ダンジョン攻略局）は、大統領直属の組織だ。上って、大統領しかいないんじゃないの？

『上ってプレジデント？』

『ま、そういうことだ。輸送中に横取りされちゃたまらんということだろ』

『輸送もなにも、符丁を見るまで落札者が誰かは分かりませんし、受け渡しだって二十四時間以上先ですからね。現在、ここには何もありませんよ』

そう言うと、サイモンがじっとこちらを見下ろしてきた。背が高いから、どうしても見下ろされちゃうんだよな。

『ま、そう言うことにしておくか』

サイモンは小さく肩をすくめた。

『そういう訳だから、今日一日は、まわりをうろうろしてると思うけれど気にするな』

『はぁ？　そう言われても、俺たち、出かけますよ？』

『ま、ボディガードだとでも思って無視しとけ』

『ボディガードが襲ってきたりしませんか？』

『ＨＡＨＡＨＡ。ナイスジョークだ！』

サイモンは、大きく笑いながら、バンバンと俺の肩を叩いた。

痛い、痛いよ、サイモン君。君のステータスは人類最高レベルなんだから、遠慮しろよ！

『まあ、分かりましたけど……俺たちは普通に生活しますから』

『ＯＫ。じゃまた後でな』

サイモンはそう言って引き返していった。むー。厄介だな。

「今のは、サイモン＝ガーシュウィンでは？」

「うわっ」

いつの間にか、某田中さんがすぐそばに立っていた。気配がないよ、この人。

「吃驚《びっくり》させないでくださいよ。そうです、ＤＡＤのトップエクスプローラーの彼ですよ」

「これは失礼。しかしなぜ彼が？　お知り合いですか？」

「ＩＤを調べれば分かると思いますが、うちがやってるオークションでオーブを落札したことがあるんです。その受け渡しでちょっと」

「ほう。私はまた、彼がオーブを都合してきているのかと思いましたよ」

「まさか。それならＤＡＤに直接提出するでしょ。ごまかそうにも、ダンジョン関連アイテムによる金の流れは、ＷＤＡに筒抜けですからね」

「確かに。Ｄパワーズさんからサイモンさん関連へ金が流れればすぐに分かります」

「でしょ。それで捕まえた人は？」

「どこかの情報部でしょうが……一体どうやって捕らえたのですか？」

「まあ、油断してるところを、びしっと。ですかね」

某田中氏は、微かに鼻白んだような表情を浮かべた。

「びしっとね。さすが探索者さんといったところですか。Gランクだとは、とても思えませんね」

「たまたまですよ、たまたま。というか、うちってガードされているのかと思ってましたけど、そうでもなかったんですね」

それを聞いて、某田中さんは、ぴくりと眉を上げて「ふむ」とだけ唸った。

え、もしかしてガードしてたけれど、それを掻い潜ってきた連中だったとか？　やべ、地雷踏んだ？

そのとき玄関の扉が開いて、鳴瀬さんが出てきた。

「芳村さん、私はこれで。また後で伺います」

「あ、お疲れさまでした」

彼女はそう言うと、田中さんに軽く目礼して門の方へと歩いていった。

「早朝から、ＪＤＡの職員がなにを？」

「彼女はうちの専任管理監ですからね。夕べまでの探索の情報を、纏めていたようですよ」

「ほう。それはそれは。では我々もこれで。また何かありましたらご連絡ください」

「あ、はい。よろしくお願いします」

俺はエントランスの前に立ったまま、彼らのワゴンが門を出て行くのを見送った。

「どの人も、なんというか一筋縄ではいかない人ばっかりですねぇ」と、三好が顔を出す。

「まったくだ。周りのビルも、世界中の情報機関だらけに見えてきたぞ」

「おお、ぶるぶる、怖い怖い。狙撃とかされたらどうします？」

「アルスルズの連中が、矢を防いだことは確かだけれど、銃弾は速度が違うからなぁ。対応できるかな？」

そう言った瞬間、どこからか「ウォン」という返事が聞こえた気がした。

「任せとけ、だそうですよ」

三好が笑いながら言った。

「心強いねぇ」

「だから、魔結晶よろしく、だそうです」

「おお、ぶるぶる、怖い怖い」

こりゃ、早いところ、彼らの好物料理を見つけておかないと、魔結晶を採りに行かされるハメになりそうだ。そうしたら、主従が逆転して、アルスルズのサーバントになるのも時間の問題だ。買い取りでも始めようかな。

「三好。魔結晶って取引されてるのか？」

「研究用に売買されていますよ」

なら、うまくすれば買えるかもしれないな。

「いかにクリーンなプルトニウムなんて名前が付けられていても、まだエネルギーが取り出せたわけじゃないですから……」

　どうやらエネルギーを取り出す速度をうまく制御できないらしい。取り出し始めると、一気に反応が加速して、瞬間的にそのエネルギーを放出してしまうということだ。

「それって、大爆発するってことなんじゃ……」

「ところが、瞬間的に放出されたエネルギーは、熱にも光にもならずに、別の何かになるらしいです」

「別の何か？　なんだそれ、エネルギーじゃないのか？」

　ダンジョン物理学は、意味不明だな。

「謎の粒子になるんですよ、きっと。ほら、宇宙の起源は、エネルギーから素粒子ができたって言うじゃないですか」

「どんだけ大きなエネルギーなんだよ」

　俺は苦笑した。

「それなら、まだ大きな需要はないわけか。一応相場を調べておいてくれるか？」

「了解です」

　三好がふと思い出したように笑った。

「まさかペットのご褒美に、それを買っているなんて、誰も想像もしないでしょうね」

「まったくだ」

　俺もつられて笑いながら、事務所へと引き返した。

　十二月一日。オーブをゲットするのなら、この日しかないはずの一日が始まった。

掲示板【広すぎて】代々ダン 1356【迷いそう】

182：名もない探索者
おい！ JDAの代々ダン情報局見たか?!

183：名もない探索者
ダンジョン情報のページ？　昔は見てたけど、今はあんまり。ちょっとマンネリ気味だし、ぱっとしたニュースないだろ？

184：名もない探索者
いや、あの動画なに？　何かの映画のトレーラー？　どっかに小さく「広告」って書いてあるんじゃね？

185：名もない探索者
え、何か面白いものが上がってるのか？
動画ってなんだよ。

186：名もない探索者
いいから見てこい。必見だぞ。

187：名もない探索者
見た見た！　SUGEEEEよ！ ＞182
あれなんだ？　やっぱり10層？

188：名もない探索者
なに、そんなにか？　よし、俺も見てくる！

189：名もない探索者
館に近づく最初のシーンで、まわりが墓っぽかったから10層だとは思うが ＞187
先月の中頃から君津２尉を始めとして、世界中のトップエクスプローラーたちが代々木で目撃されているから、21層以降の新層なのかもしれん。

190：名もない探索者
「さまよえる館」って字幕が出るところ、門柱の変な数字がカッケー。というかダンジョンを題材にしたフィクションにしか見えん。

191：名もない探索者

それな＞190
門を入ったところの、屋根の上からこっちを向くガーゴイルっぽいのとか、もうね。
こっちみんな！

192：名もない探索者

あれでよく先へ進む気になったよなぁ

193：名もない探索者

下層に向かう探索者って、頭のネジが外れてるようなやつ、多いから。

194：名もない探索者

お前モナー

195：名もない探索者

あのでっかい鴉みたいなの、雰囲気あるよね。

196：名もない探索者

ドアが開いて、焦ったみたいに門の方を振り返ったら、門柱では羽根繕いしてるとこな。
わざわざアップに編集してて笑った。

197：名もない探索者

ああ、あそこ画素が荒いのはそのせいかw

198：名もない探索者

見てきた！　すげえ！　音がないのがちょっと残念だな。

199：名もない探索者

きっと悲鳴とかが入りまくってるからだろう。ラストの所とか。

200：名もない探索者

部屋の中にちらっと出てたモンスターって、スケルタル・エクスキューショナー？
10層でそんなの見つかってないぞ。＞189

201：名もない探索者

そもそもこんな館自体、見つかってないから。

202：名もない探索者
なあなあ、俺の知り合いがさ、先月の27日の深夜、10層で鐘の音が鳴り響くのを聞いたとか言ってたんだよ。
俺らみんな空耳だろなんてバカにしてたんだけど、これと関係あるかな？

203：名もない探索者
マジ？

204：名もない探索者
最後、いきなり部屋の中空を見上げるところ、鐘が鳴り出したと想像してみると、そんな風に見えなくもない。

205：名もない探索者
部屋がぐにょーんてなるところな。

206：名もない探索者
それ以前に、そいつ深夜の10層で何してたんだよ。
そんな行動、あり得ないだろJK。

207：名もない探索者
８層に戻り損ねて、９層と10層の間の階段で野営してたらしい。

208：名もない探索者
なんというダメチーム感。

209：名もない探索者
まあ、そう言ってやるなよ。それで、その鐘はなんだったわけ？　見に行ったんだろ？

210：名もない探索者
俺もそう聞いたら、夜の10層が歩けるわけねーだろと怒られた。

211：名もない探索者
……まあ、しょうがないな。

212：名もない探索者
しょうがないね。

213：名もない探索者

最後襲ってくるガーゴイルとかが吹き飛んでるんだけど、あれってどうなってんの？

214：名もない探索者

撮影者の仲間が、銃撃とかしてるんじゃないか？

215：名もない探索者

じゃあ、やっぱり自衛隊の部隊なのかな。

216：名もない探索者

伊織《いおり》ちゃん、サイコー！

217：名もない探索者

最後の方は、まさにパニック映画だ。
リアルうしとらの婢妖《ひよう》。夢に出る。

218：名もない探索者

グロなのか?!

219：名もない探索者

まあそれなりに。どっちかというとホラーだけどな。

220：名もない探索者

部屋の中の台座みたいな部分になにがあったのか気になるよな。

221：名もない探索者

ああ、あの「さまよえるものよ、真のグリモアの叡智に触れよ」ってやつ？

222：名もない探索者

文書はもっと長い感じがしたが……

223：名もない探索者

字幕だし、要約でしょ。
碑文と違って地球の言語みたいだから、誰か翻訳してくれるはず。

224：名もない探索者

さまよえるものって、俺らのことかな？

225：さまよえる探索者 ID：P12xx-xxxx-xxxx-0192

さまよえる探索者、に変えてみた。

226：さまよえる探索者

さまよえる館の情報ページが公開されてるぞ！
乙＞225

227：名もない探索者

え、マジ？

228：さまよえる探索者

って、なんだよこれ、出現条件が、１日に同一モンスターを373体倒すこと？
できるのか、そんなこと？？

229：さまよえる探索者

１層のスライムなら……

230：さまよえる探索者

スライムは意外と面倒だぞ。そりゃ数はいるだろうが＞229
１匹倒すのに、ヘタすると５分くらいかかる。
１時間に12匹。20時間で240匹……合掌。

231：さまよえる探索者

どうやら、映像の館は、ゾンビを373体倒したときに登場したらしい。

232：さまよえる探索者

なにそれ?!　そっちの方がホラーじゃん！

233：さまよえる探索者

ゲーセンのゲームかよ……チームI、すげぇなぁ。

234：さまよえる探索者

すっかり伊織ちゃんのチームになってるし。

235：さまよえる探索者

だって、他に考えられないだろ。渋チーか？

236：さまよえる探索者

そんなチームが10層なんかウロウロしてるかなぁ……

237：さまよえる探索者

存在できるのはその日のうちだけ「か？」、って、東スポかよw

10層とは限らない＞236

238：さまよえる探索者

そんだけはっきりとは分からないってことだろう。

後追いで調査する奴が……いないだろうなぁ。

239：さまよえる探索者

したくても無理。

ゾンビだから10層じゃねーの？＞237

240：さまよえる探索者

伊織ちゃんの次報に期待しよう！

241：さまよえる探索者

んだんだ。

SECTION：代々木ダンジョン

「それで、早速ダンジョンへってわけですか？」

俺たちは、早い時間に代々木へ入ダンして、すぐに下層への最短ルートを進み始めた。

今日は、尾行を撒く必要がないからだ。

「いや、だって、〈異界言語理解〉は、今日ゲットする必要があるだろ？」

「それはまあ、そうですけど……やっぱ、九層ですか？」

連日のダンジョン行に、面倒くさそうに三好が言った。いや、俺も面倒だと思うけどな。

「そうそう。先日は十層を体験してもらったから、今日はぜひ九層でコロニアルワームを体験していただきたい」

「いただきたい、とか言っちゃってますけど、先輩だって体験したことはないでしょう？」

「映像は見たからいいんだよ。第一、あんなのとリアルに出会ったら、速攻死ねる自信がある」

「そんなところへ他人を誘い込もうなんて、鬼ですか」

三好は、酷い人、と言わんばかりに眉をひそめたが、その口元は笑っていた。

「それにだな、全チームに、コロニアルワームを狩って歩いてもらえれば、ひょっとしたら、以前言ってた胃袋みたいなアイテムがドロップするかもしれないだろ」

何しろ、コロニアルワームは誰も狩らないモンスターの代表格だ。つまり、アイテムのドロップが確認できるほど、数が倒されていない。こんなチャンスは二度とないかもしれないんだから、ぜひ狩りまくっていただきたい。

「ドロップアイテムの確認のために彼らを生贄《いけにえ》にするとは、なんて酷い」

「その口元で、お前も共犯だ。第一、制圧射撃みたいに、面で攻撃できる武器を持っているチームなら、なんとかなるだろ、あれ」

「斥候っぽい人たちが、分隊支援火器なんか持ってますか？」

「そこは全員のアサルトライフルで」

「あっという間に弾切れしそうですけど」

マガジンって三十発だっけ？　三本持っててもオートで撃ったりしたら確かに一瞬だ……

「まあ、連中も軍の精鋭だろうし、九層あたりで死んだりはしないだろ」

死なれると後味が悪いが、九層の情報は公開されているし、そこまで追いかけてくる探索者チームが、そう簡単にやられることはないだろう。トラウマにはなるかもしれないが。

九層で十分な時間、狩りができるようにするためには、結構な速度で進んで行かなければならなかった。何しろ、リミットは今日一日なのだ。

「とは言え、後ろの連中がついて来られない速度は出せないしな」

「Gランクパーティが、シンプルなルートでプロの斥候を置き去りにするのは、それ以前の問題だと思いますよ」

確かにそうだ。複雑なルートで一瞬だけなら、低ランクがプロの連中を置いていくことも可能かもしれないが、何の障害もない、決められたルート上でそうなるのは、さすがにおかしい。

俺は〈生命探知〉で、紐が付いていることを確認すると、駆け足程度のスピードで進んだ。

それでもモンスターを全く警戒していないので、ダンジョン内としては、かなりの速度が出ているのだが、そこは素人の蛮勇ってやつってことで。

「先日、振り回したせいで、人員が倍増してるかと思ったらそうでもないな」

「外国籍のエクスプローラー、しかも特殊な訓練を受けた人たちを、たった一日で倍増させるのは難しいと思いますよ」

そりゃそうか。そんなに人員がいるなら、最初から投入しているはずだもんな。

そこから数層下りていくうちに、いつも同じようなタイプの人間が、階段を下りた場所の周辺にいることに気が付いた。

「三好、気が付いたか？」

「何をです？」

前を歩きながら、半身で振り返った三好が、不思議そうな顔をした。

「各層に下りたところに人がいた」

「そりゃあ、いるでしょう。まだ浅い層ですし」

俺は考えるように、手を顎に当てて言った。

「いや、そういうんじゃないな、あれは」

「じゃ、なんです？」

「監視要員くさいな」

　全パーティ、独りは大きなバックパックを抱えていたが、それがどうも通信機くさかった。

　先日俺たちを追い回した結果、それに振り回された日本の連中は、どうやら考え方を変えてきたようだ。

「だけど、ついて来なきゃ、私たちのガードにはなりませんよ？」

「俺たちをガードしようとしてたのは、警備部だろ。あの連中は、もっと軍寄りっぽいな」

「じゃあ」

「自衛隊、かな」

　もしも俺たちを直接ガードしなくていいのなら、〈異界言語理解〉が、どのフロアでドロップしたのかだけを確認すればいいわけだ。そうだとしたら、各フロアの入り口と出口は、それぞれひとつずつしか見つかっていないんだから、そこで張るのが一番効率がいい。

「人員を早急に手配できる組織の強みだな、こりゃ」

「なら、変装します？」

「お前な……それに何の意味があるんだよ」

　俺は呆れたようにそう言った。別に俺たちが、何層にいるのかを知られたところで、そのこと自体に大した意味はないのだ。三好のヤツは、逃げるとか、撒くとかいうイベントを楽しみすぎて、すでに目的を見失っているに違いない。

「鬼ごっこや、隠れんぼじゃないんだから」

「ええー、じゃあ私たちって何をやってるんです？」

「何って……」

一応、〈異界言語理解〉を採りに行きましたよっていうポーズ？　または、探索者とダンジョン内で受け渡しをしてました的な？

「〈異界言語理解〉を採ってきましたよと主張するための偽装？」

「それで、いつもよりすれ違う探索者に寄っていったりしてたんですね」

「まあな」

接触した人間が増えれば増えるほど、的は絞りにくくなるはずだ。

「だけどそれなら、もっと浅くて大勢人のいる場所をぐるぐる回ってりゃよくありませんか？」

それはまったくその通りだ。別段九層へ下りる必要も、ないと言えばない。

「まあ、ちょっとは意趣返しをしたいって気持ちもあるんだよ」

ずっと監視されるというのは、なかなか気持ち悪いわけで、そういうやつらを困らせてやろうって気持ちだな。

「よーするに、おこちゃまってことですか？」

「お前さ……もう少し、オブラートに包もうよ」

そんな軽口を叩きながら、俺たちは、すれ違う探索者に近づいたり、ちょっと意味ありげに道をそれてみたりしながら、それでも結構なスピードで八層へと下りた。

§

ターゲットに続いて八層に下りると、探索者の密度は一気に下がった。

代々木の八層は、五層から続く森林層の最後にあたる層で、ブラッドベアの密度が高くなり、ヘルハウンドが現れるようになる、プロ初心者のひとつの関門にあたる層だ。そのため、出口付近以外は、探索者の密度が低い傾向があった。

「おい、そろそろ始末しようぜ」

横を歩いている、同じような装備を身にまとった男が、他の五人に向かってそう言った。

我々に与えられた目的は、ターゲットの排除、もしくはオーブ取得の妨害だ。

後者は、彼らがオーブを取得するまで監視しなければならないため、実行の難易度としては前者の方がはるかに低く思えた。

周囲には、常に三つのグループの気配があったが、連中は、ターゲットが下りる層が知りたいようで、直接的な接触よりも、九層へ下りる階段を目指してルートをショートカットしていた。

男のセリフに、黙って頷きあった我々は、速度を上げて近づきながら、ターゲットを囲むようにツーマンセルで散開した。

§

「ん？　なんか来るみたいだぞ」

「なんかってなんです？」

後ろをくっついて来ていた、四つのグループは、三つがルートをショートカットするようなコースを辿って、俺たちの前に出ようとしていた。こちらは、俺たちがいるフロアを確認するための部隊だろう。先に九層へと下りる階段に到達してしまえば、俺たちがそこを通過しない限り八層で行動していることが分かるわけだ。先日振り回された故の戦術なのだろう。

しかし、残りの一つの動きは違っていた。

「追いかけてきていたグループの一つが短気を起こしたみたいだな」

そのグループは、俺たちとの距離を、急激に縮めていた。

「全部で六名。さすがに本気を出すと、速いな」

俺たちから視認できない場所で、三人ずつ二つに分かれると、挟み込むように展開した。

「どうする？」

「どうすると言われても……カヴァスたちが」

すでにカヴァスとアイスレムが、行動しているらしかった。

「向こうから意志を持って向かってくる、敵らしい敵に興奮してたみたいですから」

「もしかして俺たち、出番なし？」

「たぶん」

§

それは、突然起こった。いや、正確には起こったかどうかすら分からなかった。目の前を移動していた男が、突然消えたのだ。

「はっ？」

残された二人は、思わず足を止めると、木のそばに身を寄せて、辺りをうかがった。しかし、上にも下にも周囲にも、気配らしきものは何もなかった。

「何が起こったか、確認したか？」

「いや、ただ目の前から、突然いなくなったように見えた」

人がいきなり消えてなくなるなんてことはあり得ない。無音の武器で攻撃されたところで、死体は残るのだ。

なんとか冷静になろうと、無線を利用して消えた男を呼び出してみたが、応答はなかった。

それどころか、状況を伝えようと、向こうへ回ったチームを呼び出してみたが――

「なぜ応答しない?!」

「すべての無線が同時に壊れるなんてことは考えにくい」

つまり、考えられることは、ひとつしかなかった。

「向こうは全滅したってのか？」

そう問われた男は、黙って頷いた。

「そんなバカな……」

そう言って、男はもう一度辺りを見回した。

その時、後ろから、どさりという音が聞こえて、思わず振り返ると、そこにいたはずの男が消えていて、足下には、彼が持っていたはずの自動小銃が残されていた。

「お、おい！　こんな時に冗談はやめろよ！」

自分たちにあるまじき音量で、そう叫んだが、辺りは静寂に包まれているだけだった。

「う、嘘だ……」

我々は、人類最高の訓練を受けてここにいるはずだ。それが、何もできないどころか、相手の姿さえ確認することができずに、一瞬で消されることなど、あっていいはずがない。

「はっ、はっ」

呆然と佇んでいた男の後ろから、突然、死の息遣いが聞こえ、彼の首筋には、生暖かい呼気が感じられた。

彼が、驚いて振り返る前に、その意識は闇に包まれていた。

§

「で、これ、どうします？」

「どうしますったってなぁ……」

俺たちは目の前に、死体のように転がっている六人の男たちを見て唸った。

この時点で、俺たちを襲いに来る組織は、ひとつしかない。たぶんその関係者だろう。

「生きてるんだよな？」

「それは大丈夫みたいですけど、事務所で捕獲された人たちから推測すると、半日くらいは目覚めないと思いますよ」

ここはダンジョンの中だから、ピットでの移動は層をまたげないようだった。空間が違うということなのだろう。だから、持って帰ることも難しいし、そもそも某田中氏に連絡を取ることすらできはしなかった。

「こっそり豚串屋の奥の目立たないところへ放り出しておくか」

あそこなら、モンスターに襲われることもないだろう。

「わうわう」

カヴァスが、三好に向かって何か言っている。

「なんだって？」

「こんなに多くの荷物を運ぶのは大変だそうです」

「そうは言っても、収納はできないし――」

とりあえず武装は解除して、持ち物はすべて収納したが、人間自体はどうにもならない。

「――まあ、なんとか頼むよ」

「がうがう」

「魔結晶六個で手を打つそうですよ」

「一人一個か……って、まさかそれ、お前ら一頭につき六個じゃないだろうな」

それを聞いたカヴァスは、ついと目をそらしてごまかすと、三好の耳元で小さく鳴いた。

「うー、わふー」

「一頭につき二個で我慢するそうです」

「増えてるじゃねーか！　まあ、仕方ない。それで頼む」

「ばう」

アルスルズが一声鳴いて、影に消えると同時に、並べられていた六人の体も消えてなくなった。

目指すは、八層出口にあるコミュニティの目立たない場所だ。

「いやー、早朝からイベント盛りだくさんですね！」

「やっとここまで来たんだ。本番はこれからなんだけどな」

その後、無事に九層へと下りた俺たちは、コロニアルワームの多発エリアへ、お供を連れて侵入すると、しばらくそこでうろうろした後、全力で移動して彼らを撒いてから、あたかも九層で目的を達成しましたといった顔をして、地上へと引き返した。

各層の階段の周辺で、俺たちを張っていた連中は、おそらくそれを目撃したはずだ。

〈異界言語理解〉の取得層は九層、ぜひそう思ってほしいものだ。みな高レベルのはずだから、九層あたりで怪我をすることはないだろう。精神的なダメージは受けるかもしれないが。

SECTION :

代々木八幡 事務所

「ただいまー」

事務所のドアを開けたとたん、顔をわずかに上気させて、興奮したような鳴瀬さんが駆け寄ってきた。

「芳村さん！　こここ、これ！　これっ‼」

そこには例の館で手に入れた、断章の写しが握られていた。

「どうしました？」

「これ、大変なんです‼」

鳴瀬さんは、あれからWDAの公開データベースにある碑文写真とプロパティ（出現ダンジョンとかフロアとか、採集者とかだ）を、可能な限りメモリーカードにダウンロードしたらしい。

なんだか身バレするのが怖かったので、公衆無線ＬＡＮからダウンロードしましたと、言われた時には、なるほどなと感心した。ＪＤＡの回線から、多量のアクセス記録を残した後、突然サイトが公開されたら、そりゃ疑われる可能性が高い。

公衆無線ＬＡＮなら、ログを辿っても利用者は簡単には特定できないだろう。

警察の捜査でも、無線ＬＡＮの無断使用や公衆無線ＬＡＮからのアクセスは、ログを解析して場所を特定した後、繰り返し利用される場所の周辺に張り込んで逮捕するしかない。わざわざセキュリティ対策会議の報告書に事例として掲載されているくらいなので、よっぽどスカッとしたんだろう。気持ちはめっちゃ分かる。

　ダウンロードを済ませた後、うちの事務所へ来て翻訳を始めようとしたとき、三好からこの写しを預かったんだそうだ。急ぎと言われていたこともあって、先にそれを翻訳してみたら――

「これ、パーティの組み方について、書かれていたんです！」

「パーティって……単に名前とＩＤを所定の書式にまとめて、ＪＤＡに提出するだけじゃ？」

「ちちち、違うんです！」

　そこに書かれていたのは、ダンジョンシステムとしてのパーティの組み方らしい。

　そして、そこには、パーティを組んだときの効果についても書かれていたそうだ。

　それによると、Ｄカードを利用してパーティを組むと――
・メンバーの位置が、離れていてもなんとなく分かる。
・メンバーのヘルス（たぶんＨＰやＭＰなんかだ）が分かる。
・メンバー同士で念話のようなものが使え、意思が伝えられる。距離は二十メートル。
・メンバー全員のステータスに影響を与えるスキルやアイテムがある。
・登録メンバーの経験値分割割合はリーダーが決められる。
　――などの利点が得られるということだった。

「二十メートルってなんだと思う？　また、なにかの十三番目か？」

　俺が三好にそう言うと、彼女はすぐにＰＣで何かを調べていた。

「もしそうだとしたら、たぶんハーシャッド数ですね」

「なんだそれ？」

「各桁の数字の和が、元の数の約数になる自然数です。二〇なら二＋〇＝二は、二〇の約数になるわけですね。二〇は十三番目のハーシャッド数です」

「それに何の意味が？」

「インドの数学者が考えた数で、ハーシャッドは、サンスクリット語で『喜びを与える』という意味らしいですよ」

「なるほど。『念話はパーティに喜びを与える』ってか？」

相も変わらずあざといというか、何というか。

「いや、あの、突っ込むところは、そこじゃないと思うんですけど……」

俺たちのやりとりを見て、鳴瀬さんが勢いをそがれたようにそう言った。

「じゃ、試してみますか」

俺は、鳴瀬さんに表を見られないように注意して、Dカードを取り出した。

パーティを組むには、Dカードが必要だ。そして、それをメンバーにしたいもののDカードと触れ合わせ、リーダーになるものが「アドミット」と念じる、ただそれだけだった。

そう念じた瞬間、三好との間に、なにか不思議な繋がりのようなものが生まれた気がした。

「うまく……いったのかな？」

（いったみたいですよ？）

「おお？」

三好から届いた、思念による会話に驚いて、思わず声を上げて三好を振り返った俺を、鳴瀬さんが、不思議そうに見ていた。

「今の聞こえましたか？」

「え？『うまく、いったのかな？』ってやつですか？」

どうやらメンバー以外には聞こえない仕様のようだ。これは確かに便利だ。

「いえ。どうやら成功しているようです」

それを聞いた鳴瀬さんが、矢も盾もたまらない様子でDカードを取り出した。

「わ、私も試してもらっていいですか？」

「いいですよ」

鳴瀬さんのDカードに触れながら「アドミット」と念じると、三好の時と同様に、繋がりのようなものが生まれたことが感じられた。

「え？」

鳴瀬さんも、同じようなものを感じたのだろう、触れ合っているカードを不思議そうに見つめていた。

(どうです？)

「わわっ！　今のが念話ですか？」

「のようです」

その瞬間、鳴瀬さんが眉を寄せて、少し不安げに言った。

「え、でも、これ……考えていることが全部伝わったりしたら」

「先輩のエロい考えが筒抜けに！」

おまっ、なんてことを言うんだよ！

「う、嘘つけ！　大体そんなこと、考えてないし！　第一、三好のお腹空いたって意識も流れてきてないからな！」

「何で分かるんですか！　やっぱり垂れ流し!?」

（今、私が考えてたこと、伝わりましたか？）

突然鳴瀬さんにそう聞かれて、俺たちは思わず彼女の方を振り返った。

「「え？」」

「いや、なにも」

「伝わりませんでした」

「どうやら、会話をしようとしたときにだけ送られるみたいですね、これ。すごいなぁ」

鳴瀬さんが一人で冷静にチェックしていた。ぐぬぬ、俺たちアホみたいじゃないか。

「だけど先輩。これ、なんでコマンドが英語なんでしょうね？」

「アドミットか……」

そう言われれば確かにそうだ。

通常Dカードの表示は、見ている人間のネイティブ言語で行われる。なのにキーワードは大抵英語だ。そういえば、鑑定した名称にも英語が併記されていたっけ。

「……ダンジョン製作者のオリジナル言語が英語、だとか？」

「そんな馬鹿な」と鳴瀬さんが思わず口にした。ダンジョンを英語ネイティブが作ったなんて主張したら、そりゃ正気を疑われても仕方がないだろう。

「世界一話者が多い言語だからかもしれませんよ？」と三好。そのほうが無難だな。だが……

「それだと中国語にならないか？」

「あー、そうかもしれません」

「そういえば、エリア1ってどこだっけ？」

「西経一一〇度～一二〇度なので、ほとんど北米の西の端近くですね。アメリカならロスやラスベガス、カナダならカルガリやエドモントンあたりが含まれます」

すぐにさらっと出てくるところが、さすがはＪＤＡ職員だ。

「そこが震源地だから、なのかもしれないぞ？」

「でもでも先輩。最近、極圏にエリア0が発見されたとか話題になってませんでしたっけ？」

そういやそんなニュースがあったような気もするな。

「はい。カナダで、イヌイットの男性がエリア0のカードを取得したそうです」

「そうなのか。しかしどこかに理由がありそうな気がするんだよな……」

重要な要素が英語になる秘密。

はるかに進んだ文明なら、惑星単位で言語が統一されていてもおかしくはないだろう。例えば、とある惑星に、日本人が入植して、そのまま惑星単位で発展したとしたら、その惑星は全土で日本語が使われるようになるはずだ。そうして、そのまま数万年が経ったとしたら、惑星全土でそのまま同じ言語が使われていてもおかしくはないだろう。

ダンジョンの向こう側にいるやつが、そういう文明だったとしたら、最初に触れた言語が、我々の言語だと勘違いしている可能性だってあるかも――

「先輩、それだと、見たもののネイティブ言語で見えることの説明ができませんよ」

「それな。概念が、見たものの脳にそのまま伝わってフィードバックされているというのが、一番ありそうなんだが、それだと、コマンドが英語の理由が説明できないんだよなぁ……」

俺は腕を組んで、宙を仰いだ。

「それは今考えても結論が出ないと思いますよ」

「まあ、そうだな。って、お前が振ったんだろうが!」

「てへっ」

三好が、あざとく舌を出すと、そのまま鳴瀬さんの向こうへ、ささっと逃げていった。

やはり、飼い主とペットは似るということだろうか。アルスルズの行動そっくりだ。

「あと、最後の経験値分割割合ってなんでしょう?」

鳴瀬さんは、俺たちの行動をスルーしながら、そう言った。

「言葉から想像するなら、パーティを組んでいる間に得た経験値をメンバーに割り振るとき、その割合を決められるということでしょうね」

「経験値！」

鳴瀬さんは、目をキラキラさせて、そう叫んだ。

「やっぱり実在していたんですね！　それにステータスも！」

ダンジョンの効果に『メンバー全員のステータスに影響を与えるスキルやアイテムがある』なんてことが書いてあるんだから、そりゃあると思うよな。

ランキングの存在から考えて、便宜上あることになっている経験値だが、実際にその存在が証明されているわけではない。

何しろ人間は経験を積む生き物だ。

仮に強くなることが実感できたとしても、それが、いわゆる経験としての上積みなのか、それとも経験値的なものを得たことによる、謎パワーの上積みなのかは議論の分かれるところなのだ。

ただ、トップエクスプローラーの非常識な強さは、経験としての上積みで成せるようなものではないため、間接的にあるだろうと考えられていた。

「だけどこれ、どうやって割合を設定するんだ？」

メイキングのように、操作画面のようなものが現れるわけでもない。

「あ、それは断章に書いてありました。Ｄカードの裏面を使うらしいですよ」

「裏面？」

自分のＤカードをひっくり返してみると、いつの間にか、そこにはパーティメンバーの一覧が表示されていた。そして、それを、鳴瀬さんが覗き込んでいた。

（うわっ、やばっ！）

「え、なにがですか？」

「あ、いや、その……」

ランクやスキルを見られそうだったから焦ったのだが、幸い見えていたのは裏面だ。

しかし、念話くん、余計なことを……

「あ、いえ。急に顔が近くに来たので、ちょっと焦ったというか」

どこかの国のサッカー選手かよ、と自分でも思いながら、下手な言い訳をした。

「先輩は、そういうところ、おこちゃまですからね」

三好が知ったような顔でフォローをいれてくれた。

「あ、はぁ……」と鳴瀬さんがちょっと赤くなった。

「ま、まあ、それはともかく、ちゃんとDカードの裏面に、パーティメンバーのリストが書かれていました」

「あ、私のにも表示されています。パーティに所属しているメンバーのリスト。名前の後ろにある、33・3とかいうのが比率でしょうか……」

一番上にあるリーダー――この場合は俺なのだが――その横には分配比率が書かれていない。

碑文によると、メンバーの分配比率を決定すると、残りがリーダーの取り分になるそうだ。

分割比率の変更は、自分のカード上でメンバーの名前に触れながら、20％と考えるだけで、その数値が反映されるようだった。そして、単に等分と考えると、分割比率がリセットされた。

「大体分かりましたから、解散しますね」

ヘタに念話が発動して、よろしくないことを伝えたりしたら大問題だ。慣れるまでは注意が必要だな、これは。

解散もパーティへの追加と同様、Dカードに触れながら「ディスミス」と念じるだけだった。

個人の場合はその名前に触れながら、全体の場合は、自分に触れながらそうすればOKだった。

しかも、触れると、どの人物が選択されているのかが分かる、謎に便利な仕様だった。

「あとは、パーティの上限人数と――」

「あ、それは断章にありました。八人だそうです」

「八人か。なんか普通だな」

十三より小さいから、何かの十三番目ということもないだろう。減ったり増えたりする数列でない限りは。

「Dカードの裏面の名前表示エリアが、八行くらいしかなさそうだからですよ、きっと」

三好が、冗談めかして笑ったが、実は、本当にそうなのかもしれない。

「後は……パーティのメンバーになっている人が、パーティに加入したまま自分のパーティを作ったらどうなるのかが気になりますね」

「丁度三人いるから、それもやってみておくか」

まずは、三好が鳴瀬さんをメンバーにしてパーティを組んだ後、俺のパーティに参加した。そして、次は、俺が三好をパーティメンバーにした後、三好が鳴瀬さんをパーティメンバーにした。

結論から言うと、どちらも可能だった。

そうしてパーティメンバーがパーティを持っているとき、親パーティのカードにはメンバーの名前に続いてP2が表示され、メンバーのDカードには自分の名前の前にR1が表示された。

「対象はパーティ（Party）を組んでいるって意味ですかね？」

「たぶんな。親（Parent）の可能性もあるかもしれないが」

「2ってなんです？」

「そいつを入れて、二人のメンバーがぶら下がってるってこと、かな」

「じゃあ、R1は……Relationship 1、でしょうか」

「かもな。所属しているパーティの、パーティ階層中の位置じゃないか？」

もう一人いればもっとちゃんとした検証ができるんだろうが、いずれにしても、子パーティが結成できるということに間違いはない。

この場合の経験値の割り振りがどうなるのかとか、孫パーティが作れるのかとか、知りたいことも数多くあるが、ここでは検証できなかった。

もっとも、数値が階層数だとするなら、孫パーティが作れる可能性は高い。

「親子関係をずらっと並べて……クランでも作成するんですかね？」

クランは、スコットランドの氏族のことだが、そこから転じて、ゲーム中の、ユーザーコミュニティを意味する言葉だ。平たく言えば、大きな仲間の集まりみたいなものを表す概念だ。

確かに、その可能性はありそうだ。パーティ同士が親子関係を持つことで、経験値配分と念話で繋がった、無限に大きなクランを作成できるわけだ。

　今回の断章と同様、どこかにクランについて書かれた碑文や断章もあるかもしれない。

「これ、大発見ですよね⁈　すぐにまとめて報告を――」

　興奮したように言う鳴瀬さんを遮って、待ったをかけた。

「いや、鳴瀬さん。ちょっと待ってください」

「え？」

　すぐに報告されると、どこでその情報を得たのかが問題になる。まさか、グリモアの断章を読みましたというわけにはいかないのだ。それにこれは――

「これは、ヒブンリークスの情報が正しいことの証明に使いたいんです」

　誰にも知られていなくて、誰でもすぐに検証できる。

　それはまさに、サイトの信憑性を担保するために用意されたかのような内容だった。

SECTION：

新宿　某ホテルの部屋

新宿のホテルの一室で、暗号通信を受け取った男は、その内容を、リーダーへと渡した。

リーダーの男は、その内容に目を通すと、集まっている男たちに向かって言った。

「どうやら、ダンジョン内で処理しようとした部隊は壊滅したようだ」

「V局が？　信じられん」

「私も同感ではあるが、探索者のフィールドでは、向こうに分があったということだろう」

リーダーの男が、机を一つ軽く叩くと、一瞬にしてざわめきが部屋から失われた。

「そういう訳で、お鉢は俺たちへと回ってきた」

彼らは、SVR（ロシア対外情報庁）から、密《ひそ》かに派遣されたイリーガル（非合法諜報局）の部隊で、ただ、『防壁』とだけ呼ばれる部隊だった。

「ターゲットが市ヶ谷へ向かうルートは無数にある」

リーダーらしき男は、東京都の地図をテーブルの上に広げた。

「車を利用してくれるなら問題はない」

男は、JDAをはさむ二つの道路を指さしながら言った。

「最終的には302号（靖国通り）か、405号（外堀通り）を通過することは確実だ」

「しかし、防衛省の目の前ですよ？」

「大型車の事故が発生したところで、動くのは警察だ。気にする必要はない」

「分かりました」

「問題は電車だ」

　リーダーは新宿駅を指さした。

「新宿から利用される路線は、地上を走る中央線か、地下を走る、都営新宿線だ。丸ノ内線を利用して四谷まで出たあと、南北線や中央線を利用する方法もある」

「東京の路線図は狂ってるな。なんでこんなにたくさんの路線が並行して走ってるんだ？」

　数本のラインを見ながら、別の男が言った。

「爆破するのが早いと思いますが」

　地下鉄なら、崩落させれば大抵は足止めできるだろう。

「大量輸送機関への直接的な攻撃は、許可できない」

「実行されれば、単なる事故とは違う意味を持つことになる。それは、日本という国を本気にさせるだろう」

　リーダーの男はそう言うと、作戦の詳細について説明し、各チームのポジションを指示した。

「チーム1は、ターゲットの事務所から、尾行して状況を報告」

「チーム2は、車の事故を演出する」

「チーム3は、私と共にバックアップだ」

　それぞれのチームリーダーは、その指示に頷いた。

「地下鉄の場合は、やれる場所で仕掛けろ。駅間は狭いから、どこからでも脱出できるだろう」

「地上の場合、実行ポイントはここだ」

リーダーの男は、四谷と市ヶ谷の間にある、外濠《そとぼり》公園総合グラウンドテニスコート横で、総武《そうぶ》線と中央線がクロスしている場所を指さした。

「丁度線路の両側がブラインドになっている、ここで仕掛ける」

「装備はこれだ」

東京都内を徒歩で、アサルトライフルを抱えて移動するのは無理だ。

リーダーの男は、テーブルの上に拳銃と弾のケースを置いた。

「P320？」

SIG P320はUSがベレッタM9の後継として採用した拳銃で、豊富なアクセサリーが用意されている。ロシア軍でもSIGを採用している部隊はあるが、P320はまだ採用されていなかった。

「偽装ってほどのこともないがな。それに、サプレッサーとサブソニック弾だ」

サプレッサーは保険だろう。使うと隠せないほど大きくなるし、消音効果も人だらけの場所じゃ大差ない。

「つまり、ターゲットは排除してかまわないんですね？」

相手は、ダンジョン内とは言え、たった二人でV局を相手取って完勝している。いかに我々といえども、中途半端では仕留めきれないだろう。

「可能なら、オーブを奪うだけで済ませたいが――」

リーダーの男は、残虐な笑みを浮かべて言った。

「――現場じゃ、思いもかけないことが、起こるものさ」

二〇一八年　十二月二日（日）

SECTION：

新宿

オーブ受け渡し当日、俺たちは代々木八幡《よよぎはちまん》駅へと向かった。

「先輩。車のほうがよくないですか？」

「どうかな。大々的にテロを起こすつもりがあるならともかく、そうでなければ人の多い大量輸送機関のほうが安全な気がしないか？」

そう言いながら、あらかじめダミーとして用意しておいたコインロッカーから、それっぽい箱を取り出して、バッグへと入れた。誰かが見ていれば、ここが受け渡し場所のように映ったはずだ。

そうして、次に来た電車へと乗り込んだ。

小田急は新宿までずっと住宅街で、騒ぎに気付かれるのに時間がかかる場所はない。そもそも発表から一週間で、鉄道に大がかりな仕掛けを仕込むのは無理だろう。しかも、小田急に乗るかどうかも分からないんだから、なおさらだ。

「そういえば、鳴瀬さん。さっそく館の情報を公開したみたいですね」

「そうだな。それに、俺たちが出ているところは、ちゃんとカットしてくれてたじゃないか」

「あれは私が編集したんですー」

「あ、そうなの？」

道理できれいに俺たちが出ているところがカットされていたはずだ。そのまま外注に出したりしたら、編集段階で身バレするしな。

「ボランティアですよ。えっへん」

「お疲れさまです」

ＪＤＡのお迎えは断ったままだ。

お迎えが入れ替わるなんて定番中の定番だし、アルスルズやステータス任せの逃亡に、警護の人間がいると邪魔になるからだ。ＤＡＤや某田中一派あたりは、ひょっとしてどこかで見ているかもしれないが……

「新宿からはどうします？　普通なら総武線か新宿線ですけど」

「乗り換えに便利なのは総武線だから、そっちに乗ろう。改札を出たらすぐそこだ」

「ええ……そんな理由で？」

「外国人の多い新宿駅を、長い距離歩きたくないだろ？　それに地下鉄は逃げ場がないからな」

地下はヤバイ。適当に爆破でもされたら生き埋めだし、前後を押さえられたら側道でもないかぎり逃げようがない。しかも、目につきにくいから仕掛けるのも地上部に比べれば簡単だろう。

さすがに爆破はないと思うが、なんとなく地上の方が安心できる気がした。

§

芳村たちが乗った、一両後ろの車両では、ビジネススーツっぽい服装の男と、カジュアルな服装の女が座っていた。

「おうおう、盛大に紐をくっつけちゃって、まあ」

「こんなところで仕掛けてはこないと思うけどね。それよりあなた、なんて格好よ」

いつもは、カジュアルで清潔感はあるがシンプルで、余裕のある人間特有の、不思議な緩さをまとったジョシュアが、かっちりとしたビジネススーツを着ているのは、なんとなく面白かった。

「新宿じゃ、外国人はスーツの方が目立たないって聞いたぞ？」

「誰に聞いたのよそれ。通用するのは、西側の一部だけじゃないの」

ただでさえ目立つ長身の彼らには、尾行なんて芸はそもそも仕込まれていない。

小道具のつもりなのか、手にしているのが、『For Whom the Bell Tolls』(注17)の文庫だというのが、ビジネススーツを着こなした男が持つものとしては異彩を放っていた。それ以前に、そんな男は、電車の中で文庫を開いたりは——たぶん、あまりしない。

「自分の任務が無意味であることを知りながら、作戦が中止されなかったために任務を遂行して死んでいく男の話なんてのは、実に俺たち向きだろ」

そう嘯《うそぶ》くジョシュアに向かって、「あなたなら、逃がしてやんなきゃならない女も、多そうだも

（注17）『For Whom the Bell Tolls』
アーネスト・ヘミングウェイ（著）『誰《た》がために鐘は鳴る』。

んね」と軽口を叩きながら、ナタリーは、さりげなくあたりを観察していた。

「周りの東洋人にも、ちょっとそれっぽい奴らがいない？」

「連中を見張ってる、タナカってのがいるらしいから、その関係者じゃないのか？」

「中国かも」

「俺たちじゃ、見た目で中国人と日本人の区別がつかないからなぁ……お前、子供のころ日本にいたんだろ？」

「それくらいで区別できるのなら苦労しないわよ」

「そういうもん？」

「あなた、アメリカ人とイギリス人の区別ってできる？」

「もちろん」

「本当に？」

「話せれば」

それなら私だってできるわよと、ナタリーは憤慨した。

電車は数分で、新宿駅へと滑り込んでいった。

§

小田急の連絡改札をくぐって、総武線のホームに上がると、俺たちは、後ろから四両目を目指しつつゆっくりと歩いた。

「二両ほど後ろ、四人組の外国人がいるな」

「新宿ですよ？　そんなの大勢いますって」

「観光客特有のうわついた感じがないし、空き座席を確認するでもなくこっちと同じ速度で歩いてるだろ。まあ、見てろ」

　ことさらにゆっくりと歩いた俺たちは、電車が発車する寸前に、後ろから四両目の車両に飛び込んだ。

　もちろんそのままドアが閉まって発車するのは映画の中だけの話だ。

　新宿駅なら、ホームを監視している駅員が、その様子を見逃すはずがなかった。締まりかけたドアはもう一度開いて、再度時間をおいてから閉じた。

「後ろの人たち、移動してきますかね？」

「新宿の乗車率を舐《な》めちゃいけない。いくら日曜とは言え、この時間の車内移動は、ちょっと無理だろ」

　ギュウギュウとは言わないが、それなりに混んでいる車内に、歩いて移動できるほどの空間はなかった。

「それにな。この電車、きっと四ッ谷の手前で事故が起こるぜ」

「どうして分かるんです？」

「後ろの連中が、携帯を使ってたから。それに――」

昨日ストリートビューで今日のルートを確認してみた。車内の誰かを襲って持ち物を奪うという観点で、だ。そうして気が付いたのだが、総武線の新宿-市ヶ谷間には、両側が木々に覆われ、まわりから電車が視認しにくくなる箇所が一カ所だけ存在するのだ。

「襲ってくるなら、外濠公園だからな」

それは、総武線と中央線が立体交差する場所だ。

電車はゆっくりとスタートした。

「サイモンさんたちって、もしかして今日もついて来てるんでしょうか?」

「あの様子じゃ、DADの関係者がどこかにいてもおかしくはないが……サイモンたちは受け取り側の護衛に行ってるんじゃないか?」

まあ、こんな時に、不確かなものをアテにするのはよろしくない。

§

「連中、こちらの動きに気付いているようだな」

「それなら、このまま車内を――」

男がそう言おうとすると、電車がガタンと揺れて、隣のつり革につかまっていた男が体重を預けてきた。

『あ、すみません』

日本語でそう答えた男に、目線で問題ないと答えながら、「――移動して近づくのは無理そうだな」と言った。

「次の駅で一両分だけ詰めて、予定の場所に備える」

「了解」

§

電車が首都高四号新宿線と並走し始めた頃、車内アナウンスが千駄ヶ谷《せんだがや》を告げた。

「次は～千駄ヶ谷～、千駄ヶ谷～」

「三好、降りる準備」

「え？」

「代々木で、連中、一両だけ詰めてきたぞ。例のポイントに到達する前に、この車両を挟みこむつもりのようだ」

車内アナウンスのコールが終わり、電車の速度が少しずつ遅くなっていく。

「いいか、階段を下りて、ダッシュで改札を抜けたら、右へ曲がれ。そしたら、すぐエクセルシオールカフェがあるから、その先を右に曲がって、ガード下へ突入するぞ」

「だ、ダッシュですか？　自慢じゃないですが、体力にはあまり自信が……」

そういや、こいつのＶＩＴ（体力）は９だっけ。

「まさかヘルハウンドにまたがるわけにはいかないだろ？」

「そりゃまあ、そうなんですけど」

停車してドアが開いた瞬間、俺たちは飛び出して、目の前にある下り階段を駆け下りた。

ＰＡＳＭＯをかざして、改札を駆け抜けた瞬間、三好が音を上げた。

「せ、先輩！　もうムリ！」

それを聞いた俺は、ステータスに任せて、三好をひょいと荷物のように小脇に抱えると、エクセルシオールカフェの前を駆け抜けた。

何でもかんでも写真に撮る連中が、ガラスの向こうから撮影してなきゃいいんだけどな。へたすりゃ誘拐の現行犯に見えかねない。

「ひ、ヒド！　ここはお姫様だっこじゃないんですか⁉」

「やかましい、舌を噛むから、黙ってろ！」

「んぐぐっ」

すぐに右折すると、中央緩行線の八幡前ガードだ。

幸いガード下に人気《ひとけ》はない。ここなら撮影される恐れもなさそうだ。

人混みの中での〈生命探知〉スキルはマーキングでもしていない限り意味はない。このスキルは種の区別はできても、敵と味方を区別しないからだ。だから、このスキルで仕事ができる場所に向かおうと、最初から考えていた。

　中央緩行線の八幡前ガードの出口の右側は、新宿御苑《ぎょえん》だ。

　ただし、その場所は、三〜四メートルは高さがある石垣の上に、二メートル近い鉄柵が張り巡らされている。

　俺は三好を抱えたまま、石垣を駆け上がった。

　ここの石垣は、しばらく行くと整然と積み上げられたものになるが、ガードを出てすぐのところは、自然石風の凸凹が顕著なのだ。今のステータスなら、苔《コケ》で滑りさえしなければ、三好を抱えて駆け上がるくらい、わけはない。

　そしてそのまま、高さ制限バーと呼ばれる黄色に黒の縞々《しましま》が書かれた鉄骨へ足をかけると、一気に二メートル近い鉄柵を跳び越して御苑の森の中へと飛び込んだ。

「せ、先輩、どっかのアクションスターですか⁉」

「ステータス様々ってやつだな。いくら訓練された軍人でも、そうおいそれとは、ついて来られないはずだ」

　千駄ヶ谷駅は新宿御苑に隣接しているが、現在御苑側へ出る手段はない。もしも追いかけてこようとするなら、改札を出た後、俺たちが来た反対方向へ走るか、俺たちを追いかけて、このずっと先の坂の上で二メートルの鉄柵を跳び越えるか、さらに先の千駄ヶ谷門から正規に入るしかないはずだ。

千駄ヶ谷門は遠すぎる。

通常は二番目の選択肢しかないだろうが、跳び越えた場所は御苑内の桜園地の端の森だ。観光客が入れるような場所ではない。だから、ここに入って来るやつがいれば、そいつが俺たちにとっての要注意人物だ。

「確かに凄いんですけど、御苑って入場料が要ったような……」

少し落ち着いたのか、三好が冷静に突っ込んできた。

「うぐっ……」

確かに要る。二百円だ。(注18)そこは、緊急避難ということで、許してもらおう。

「それに、出るときもチケットが要りますよ？」

「マジで?!」

「んー」

三好が、俺に抱えられながら、腕を組んで唸っている。

「やはり先輩にスターは荷が重かったようですね、スターはスターでも……」

「なんだよ？」

「派手なアクションでしたから、ジェットコースターってことで」

お前は乗客か！

「いや、ほら、せめて、マイスターとかさ」

「ごちゃごちゃ言っていると、ディザスターが追い付いてきますよ？」

そりゃ拙い。って、スタースター言ってたら、オイスターが食べたくなったな。

「しかたありませんね。ギリセーフってことにしておいてあげましょう」

俺の小脇に抱えられながら、腕を組んで、うんうん頷いている様子は、まるで締まらない。

「何で上からなんだよ」

俺は苦笑しながら、北を目指した。ともあれ、ここは大木戸門の左側の柵を跳び越えるしかないか。駐車場側は警備員がいっぱいだけど、左側なら素早く跳べばごまかせないかな?

そんなことを考えつつ、下の池に出た。そこには、カメラを抱えている人の群れが……なんじゃこりゃ。俺は慌てて、三好を下ろした。

「下の池って、カエデの名所ですよ。今はベストシーズンですね」

くそっ、なんてこったい。

そこには、美しく色づいた大きなカエデが、水面にその姿を映していた。通路には三脚が林立していて、カメラを持っていない人を探す方が早そうだった。

そのとき、桜園地の向こう側、人の入らないエリアに反応があった。

「やっぱり、誰かが追いかけてきてるぞ」

「いやー、スリル、ありますねー」

「のんきなヤツだな。番犬連中はちゃんとガードに就いてるのか?」

「先輩の影にドゥルトウィンが。私の影に、カヴァスとアイスレムが。グレイシックは事務所でお留守番です」

俺の影にもいるのか。頼むぞ犬っころども。狙撃も防げると豪語してたからな。そういうレベルの襲撃になったら、そこに期待するしかない。嗜好品の餌分は働け。

その時、追跡者が現れた方向から、パンッパンッと小さな乾いた音が聞こえた。

「先輩、今のって——」

俺たちは、顔を見合わせた。

「——銃声くさいな」

こんな人だらけのところで発砲？　もしもＴＰＯを解さない連中だったりしたら、スリルどころの話じゃなくなるぞ。しかし、何を撃ったんだ？

俺たちは無言で移動を開始した。

バラ花壇の横を通って、大木戸門方面へ抜けると、左手に大温室が見えてくる。

「どうやら、洋らん展をやってるみたいですね」

三好が指さした大温室には、『第三十回　新宿御苑洋らん展』の表示があった。どうやら今日は、最終日のようだ。

温室の人混みはこのせいか！　なんと間の悪い。まあ、裏手なら誰も見ていないだろう（希望的観測）。ガラス越しに目撃されそうな気もするが……

まったく全員が映像記録の手段を持ち歩いているなんて、なんとも困った時代だな。

確認してみたら、後ろの連中は、まだ桜園地の外側の植え込みの中だ。移動していない？

「よし、仕方ない」

「待ってください！」

意を決して強行突破しようとした俺を、三好が押しとどめ、てくてくと大木戸門に向かって、歩いていった。

「すみませーん。私たち、チケット間違って捨てちゃったみたいで、なくしちゃったんですけど、このまま出てもいいですか？」

三好はニコニコしながらそう言った。

「ん？　仕方ないな。次から気をつけてね」

「はい、ありがとうございます。カエデがとてもきれいでした、また来ますね」

「はい、ありがとう」

好々爺然《こうこうや》と崩れた笑みで、受付のお爺さんが俺たちを見送ってくれた。

なんというコミュ力。

「凄いな、お前」

「入る時ならともかく、出る時なんてあんなもんですよ。こんなに警備員だらけの場所で強行突破なんてアホですか、先輩は」

（注18）　二百円
以前の御苑の入場料。二〇一九年三月十九日からオリンピック目当て?に、五百円に値上げされた。倍以上かよ！

なお、学生は半額。中学生以下は無料です。更に年間パスポートは二千円で、四回分。大変素敵な公園なので、お近くの人はぜひ。

「ぐぬぬ」

「後ろの人たちはどうするんでしょうね？」

三好が心配顔で笑いながら、そう言った。連中は、まだ同じ場所にいるようだった。

§

「おわっと！」

閉まっていく電車のドアにジョシュアが足を挟んで、もう一度開けさせると、今しがた飛び降りた男たちの後を追って、ナタリーと一緒に飛び出した。

「どこだここ?!」

「千駄ヶ谷！」

「だから、それってどこだよ？」

「ブリーフィングでマップ見たでしょ！　御苑の南の端！」

二人がガード下へと右折したとき、前を行く男たちは、十メートルほど先を走っていた。

そうして、ガードの出口では、何かを抱えて走っていた、誰かの足が――

「消えた?!」

ここからでは、向こうのガードの出口は、小さく切り取られた空間にすぎないし、遠くてよく見えなかったが、そこに誰かがいたことは確実だ、それが突然いなくなったように見えた。

「前の連中を見て。きっとあそこから上に上がったのよ」

「一瞬でか？」

「あなたにもできるでしょ」

そう言われて、ジョシュアは、3・3Mと書かれたバーを見た。おそらくそこまで三・三メートルだということだろう。

「まあ、そう言われりゃ、そうかもな」

彼らはスピードを落として、崖を登り始めた連中を道路のカーブに隠れながら見ていた。

「結構訓練されてるな」

ジャンプして跳び上がったりはできないようだが、それでもスムーズに登っていく彼らを見て、ジョシュアが言った。

「ここまで露骨に追いかけるってことは、北のクマさんあたりじゃないの？」

彼らが登り切ったのを確認して、二人は、凄いスピードでそれを追いかけると、ガード出口の高さ制限バーの上へと跳び上がった。

そうして次の瞬間には、御苑の柵を跳び越えていた。

Dパワーズを追いかけようとしていた、四人の男たちは、自分たちの背後に突然現れた何者かを振り返ると、その瞬間、脅威を取り除こうと行動を開始した。

前の二人がいきなり銃を抜くと、そのまま発砲したのだ。

ジョシュアとナタリーは、射線を見た瞬間に、それを避けて木の後ろに隠れた。

「おいおい、嘘だろ。発砲してきやがったぞ?」

「ここは、日本なのに、よくやるよね」

たった一発の銃弾で、何百人もの警官が動員される社会で、平気で発砲することろが、戦場慣れしているというか、日本慣れしていないというか……

後ろの二人がバックアップで、銃を構えつつ、前の二人が木を回り込むようにして移動して来た。反撃がなかったため、丸腰だと判断したのだろう。

「ジョッシュ。面倒になるから、殺しちゃだめよ」

「へいへい」

DEAに言われちゃお終《しま》いだな、と彼は思った。陪審員制における、覆面姿での証言の効果のなさと、素顔をさらした結果の麻薬組織からの復讐《ふくしゅう》の狭間《はざま》で、逮捕よりも射殺が基本になるのは当然の組織だからだ。

前の二人が、回り込んでくるのを見たナタリーの行動は早かった。

彼女は、DEA（アメリカ麻薬取締局）のFAST（DEAの特殊部隊）出身で、もともと対人戦闘のプロだ。射線を避けながら、信じられない速度で飛び込むと、相手が持っていた銃を叩き落として、そのまま掌底を顎へと突き上げた。その間、後方の二人の射線を、戦っている男で防ぎながら。

ジョシュアは、ステータスのせいで、さらに素早かった。ナタリーが最初の男の銃を叩き落とした時には、一瞬で後衛だった二人の手首に、小さなナイフが突き立ったかと思うと、回り込んできた男の足をさらって、後頭部を地面に叩きつけていた。

二人はそのまま、残った男たちの意識を刈り取ると、四人の男たちの体を引きずって、木の陰に横たえた。

黙って、装備や持ち物を探り始めるナタリーを見て、ジョシュアが言った。

「やめとけ、やめとけ。何にも見つかるわけがないだろう？　身分が分かりそうなものが出てきたりしたら、確実に偽物だ」

「かもね。銃なんか、ＳＩＧのＰ３２０よ。まるでＵＳの配備」

それでも手早く武装だけは解除させて、拘束すると、桜園地沿いの遊歩道のベンチに座っていた男に近づいて、それをベンチ脇へ置きながら言った。

『後は任せていいでしょ』

彼女は日本語でそう言うと、返事も待たずに、芳村たちを追いかけた。

「おい、あれ、いいのかよ」

「いいに決まってるでしょ。例のタナカとかいう連中の一味に決まってるじゃない」

連中が千駄ヶ谷で降りたことは明らかだ。だが、ナタリーたちの後ろから追いかけてきた様子はなかった。それなら、別のルートで御苑に入ったか、別動隊を差し向けたかのどちらかだ。

それに、いくら静かな戦闘だったと言っても、遊歩道はすぐそこなのだ。妙な雰囲気に気が付かないはずがない。そもそも銃弾が二発も撃たれているのだ。そこにのほほんと座っている男が、一般人のはずはなかった。

「それで、実は、全然関係ない奴だったらどうするんだよ？」

「彼が警察へ連絡するでしょ。その辺は私たちには関係ないから」

チームの中では常識人のジョシュアは、ナタリーの行動に驚いていたが、仕方ないなと割り切ると、彼女の後を追っていった。

§

「それでこれからどうするんですか、先輩。丸ノ内線で四谷に出るか、そのまま北へ向かって、新宿線？」

「新宿一丁目交差点を渡って、新宿通りか、外苑西通りで流してるタクシーを拾おう」

大木戸門出口の周辺には、それなりにタクシーが停まっているが、客待ちのそれは仕込みの可能性がないとは言えない。だから、目の前の新宿一丁目交差点のあたりで、流しているタクシーを拾うことにした。こんだけ意表を突いた後の流しなら、そうそう仕込みは行えないはずだ。

「分かりました」

そう言って、交差点を駆けていった三好が、速攻でタクシーを摑まえていた。いわゆるドアがスライドするタイプの、ＪＰＮＴＡＸＩってやつだ。スライドドアの開閉が遅く交通量が多い通りだとプレッシャーがかかるとか、窓が開かないとか色々言われているが、広い空間は、なかなか快適だった。

「靖国通りへ出て、ＪＤＡ市ヶ谷本部までお願いします」

「承知しました」

行き先を告げると、車は滑るように動き始め、何事もなく外苑西通りを北に進んで、富久町西の交差点で右折して、靖国通りに入った。

§

「おい、あれ！」

四谷方面から、車を飛ばしてきた二人の男は、今、まさにタクシーに乗り込もうとしているターゲットを確認していた。

にもかかわらず、追跡チームの信号は、未だに御苑の奥から発信されていた。折よく新宿1丁目交差点の信号につかまった車から、助手席にいた男が素早く降りると、状況の確認に、御苑へと向かって走っていった。

運転していた男は、信号が青になった瞬間、急発進でUターンさせ、周りの車のブーイングを貫いながら、ターゲットの乗ったタクシーのルートを確かめるために追いかけ始めた。

「おい、ナタリー、今すれ違った男って……」

大木戸門の外で、それっぽい男とすれ違ったのを気にしてナタリーに声をかけたところで、交差点から小さめのスキール音が聞こえて、無理やりUターンした車を見た。

「くそっ、なんとも忙しい日だな！」

そう言って、走りだした二人は、目の前のタクシーに飛び乗った。

§

「なんだと？」

「それが、どうやらチーム1は、拘束されたようです」

御苑の奥へ、様子を見に行った男は、そこで拘束されている四人と、どこかへ連絡を取っている数人の男たちを見た。

「拘束？　自決することもできなかったということか？」

「全員、意識がないようでした」

意識がない？　うちのチームを誰も殺さずに意識を刈り取るだと？　都心なのに、ガスでも使ったというのか？

「それでターゲットは?」

「車で、３１９号を北へ向かったようです」

「分かった。後は、チーム２に任せよう」

紛争地帯ならもっと派手にやれるんだが、ここでは縛りが多すぎる。事故に見せかけたアタックがせいぜいだ。

「それで、メンバーは、向こうの手から奪取できそうか?」

「それなりの装備で、皆殺しにしてもよろしければ。そうでなければ、一人では不可能です」

「わかった。そのまま監視を続けろ。チャンスがあったら……やれ」

「タイミングは任せていただけますか?」

「自信があるなら、一任する」

「了解」

リーダーの男は通信を切ると、ＪＤＡ周辺に向かわせた最後の切り札を使う決心をした。

情報によると、ターゲット二名のうち、どちらかを手に掛けさえすれば、オーブの存在は保証されないという。男は仕方がないというように肩をすくめると、ホテルグランドヒル市ヶ谷に陣取っているはずのメンバーを呼び出した。

§

「一段落、ですかね？」

タクシーの窓から流れる風景を見ながら、深い息をついた三好が言った。

「そうだな。靖国通りに入ってしまえば、さすがに大きなアクションを起こすのは難しいと思うけれど……」

そう言いながら、ふと不安になった。

「なんです？」

「いや、どのルートを通ったとしても、結局俺たちの目的地は同じだろ？」

「そうですね」

「なら、もしも振り切られたとしたら、後はＪＤＡの周辺で待ちかまえるんじゃないか？」

「ええ？　防衛省の目と鼻の先ですよ？」

丁度その、防衛省の正門を通り過ぎ、外堀通りへ三百メートルの標識を越えた時、緩やかに左へと曲がる道路の中央よりの対向車線を、大きなトレーラーがスピードを上げて走ってくるのが見えた。なんだか嫌な予感がした俺は、三好に目で合図をした。

三好が合図を受け取った瞬間、突然トレーラーが、まるでタイヤがパンクしてハンドルを取られたかのように右へよれ、あっという間に轟音《ごうおん》を立てて横転すると、トレーラー部分が慣性のまま、こちらに向かって滑りだした。

遠心力で振り回されたそれは、東へと向かう三車線を完全に塞いで突っ込んできた。右は対向車、左は境界ブロックと柵で逃げ道はない。運転手はパニックになってブレーキを踏もうとした。

「止まるな！　直進しろ！」

そう叫んで、ドゥルトウィンに影からアクセルを踏ませると、タクシーは急に速度を上げて、運転手がハンドルを切る間もなく、コンテナに向かって突っ込んで行った。

「ええ?!　うわあ！」

突然のことに運転手が叫び声を上げて目をつぶる。

「カヴァス！」

三好が小さく叫ぶと、横滑りしてくるコンテナにぶつかる寸前、コンテナの影から、コンテナをかちあげるように、カヴァスが飛び出した。

コンテナは、カヴァスに乗り上げると、そのままはじかれて、丁度タクシー一台が、その下を通過する短い間だけ、くるくると宙を舞い、その直後に落下した。映画なら確実にトリプルアクションでスローになるシーンだ。

グワシャーン！と凄い音を響かせたコンテナは、ゴロゴロと転がりながら都バスの防衛省前停留所をなぎ倒すと、そのまま道路沿いに滑り、防衛省の正門付近で止まったようだった。

「た、助かったんですか？」

運転手が呆然とした顔でそう言った。俺たちは彼に聞こえないくらい小さな声で囁きあった。

「ナイスだ、三好」

「後で、魔結晶ですね」

「うっ。仕方ない」

呆然とする運転手を尻目に、そのまま惰性とクリープ現象で進んでいた車は、ホテルグランドヒル市ヶ谷の直前で停止した。

本来ここは横断禁止だが、後ろの大事故で、どうせ後続車はいない。

「お釣りは結構です」

運転手に降車することを告げた俺たちは、そう言って諭吉様を支払うと、急いで車を降りて道路を渡った。ＪＤＡは文字通り目の前だ。

§

ＪＤＡの道路を挟んだ場所にあるホテルの隣のビルの屋上では、偽装のカバーの下で、目立たない服を着た男が、バッグから、一・二メートルほどの銃を取り出していた。

ＳＲ－25Ｍ。アメリカ海兵隊が使用しているスナイパーライフルで、ＭＯＡ(注19)は〇・七五、つまり、大体90メートル先で2センチの範囲に集弾するということだ。

男は、Ｔ－５０００（ロシア製ボルトアクションライフル）があれば完璧だったんだがな、と考えたが、今回は銃を放棄して脱出する作戦のために、特別なものが用意されていた。

もっとも、昨日試射した感触では、そう悪くはなかった。

ＪＤＡビルは、入り口のひさしが長く、川向こうには狙撃ポイントがない。

最初に指定されたホテルの屋上からは、角度があり過ぎて身を乗り出す形になる上に、目の前のＪＤＡビルよりも低いから、窓から丸見えだ。

少し離れた場所にある、ＤＮＰ市谷左内町ビルの屋上は、なかなかいいポイントだったが、距離が約三五〇メートルで、しかもビルの間を縫うルートなので、一瞬のチャンスしかない。競技場なら必中の自信があったが、ビルに挟まれた、川に沿う道路を横切る形での狙撃は、ターゲットが動くことも計算に入れると万が一を感じさせた。

結局、彼は、ホテルの隣にあるいくつかのビルを検討し、屋上へ上がることができるビルを選択した。

ターゲットまでの距離は、約百メートル。いつもなら目をつぶっていても――そのとき、目の前を派手な速度で大きなトレーラーが走っていった。

どうやらお客さんが来たようだ。

ゆるやかに右にカーブを描いている道路で、派手に横転するトレーラーを見た瞬間、男は眉をひそめた。チーム2のやつら、やりすぎだ。

目の前のＪＤＡビルは、このビルよりも高さがある。そのため、下の道路で大きな事故があると、窓から外を見る者が増えるのだ。いくら偽装があっても、外に注意を向けるものは少ないほうがよかった。幸い、皆が見るのは事故現場で、こちらとは反対の方向だ。

もっとも、道路を完全に封鎖して滑っていくコンテナを見たとき、こいつは俺の出番はないかなとも思った。

その瞬間、滑っていたコンテナが不自然に浮き上がり、その下をターゲットが乗っているらしい車が無傷で通過したのを見たとき、男のスイッチが切り替わった。

§

「先輩、今の事故って……」

足早に入り口へと向いながら、さすがに少し青ざめた顔で後ろを振り返りつつ、三好が口籠った。

「こないだＪＤＡで話しただろ？」

「何をです？」

「ほら、俺か三好のどちらかが欠けたら、預かっているオーブは保証できないってやつ」

「ああ、確かにそんなハッタリを……ってまさか」

「じゃないかと思うわけよ」

（注19）　ＭＯＡ

Minites Of Angle。銃の命中精度を表す単位。

1ＭＯＡは、一〇〇ヤード（九一・四四メートル）先で、1インチ（二・五四センチ）に集弾することを意味する。

あの情報が漏れていたとしたら、最悪奪えないなら、俺たちのどちらかを消してしまえば闇に葬《ほうむ》れる、なんて発想に至ってもおかしくはない。

「先輩、ここって、日本ですよね？」

「まあ、トレーラーが横転したのは偶然かもしれないし、全部俺たちの妄想かもしれないけどな」

だが、御苑で誰かが追いかけてきたのは事実だし、こんなにタイミングよく、靖国通りをトレーラーが走っているのもおかしな話だとは思うけれど。一体どこに物を運ぼうってんだ。

そのまま行けば新宿のど真ん中で、さらに進めば、八王子や大月だ。コンテナなら、川崎や横浜方面じゃないのか。

丁度、パトカーや救急車のサイレンが、ドップラー効果の尾を引きながら、俺たちの隣を駆け抜けていった。さすがは日本の救急車両、初動が早いと感心しながら、ＪＤＡの入り口方向へ曲がろうとした瞬間だった。


４倍のスコープ内に表示されている、クロスヘアのレティクル（十字の照準線）の中心には、女の顔があった。男の方でもよいとは聞いているが、男はきれいな顔がはじけるのが好きだった。

撃ち下ろし、追い風、そうして正面への徒歩移動。外すはずのない条件を揃えて、男は引き金を絞った。


小さなターンという音とともに、三好の頭の前に五センチくらいの黒い円が生まれたかと思うと、それはすぐに消え失せた。以前十層で見たことがある、あの黒い穴だ。

「って、今の……」

まさか、狙撃されたのか？

本来ならすぐにでも遮蔽物のところまで駆けるべきだったのだが、そんな訓練など受けていない俺たちは、弾が飛んできたと思われる方向にあるビルの屋上に目をやった。

「アイスレム！」

三好がそう叫んだ瞬間、黒い闇の弾丸の如く、アイスレムは襲撃者の影に現れるだろう。

：

それは外れるはずのない狙撃だった。

なのにレティクルにポイントされている顔は、驚いているだけで、どこにも傷ひとつ付いてはいなかった。それどころかスコープ内に、着弾した様子がなかった。

「?!」

いったい弾はどこへ行ったのか？　距離はわずか百メートルだ。仮にスコープの調整がずれていたとしても、スコープ内に着弾しないほどずれているなんてことはあり得ない。

男は混乱しながらも、残りの銃弾をすべて使い果たしても、任務を果たそうと、引き金に指をかけた。しかしその意思を達成することはできなかった。突然目の前が真っ暗になったかと思うと、同時に意識も闇に包まれた。

逃げもせずに佇んでいた俺たちに、二発目の弾丸は襲ってこなかった。

一発で諦めて逃げたか、そうでなければ、アイスレムによって、事務所に侵入しようとした連中と同じ目にあっているかのどちらかだ。

「三好、大丈夫か？」

「まさか本当に狙撃されるとは……凄い経験をしちゃいましたね」

あまりに淡々とそう語る三好に、俺は呆れたように声を絞り出した。

「お前な……」

「アルスルズが任せとけって自信満々だったのは、伊達《だて》じゃありませんでしたね。もっとも、狙撃されたって実感はまるでないんですけど」

弾も見ていないし、ただ音がしただけですから、と笑った。

確かに海外の乱射事件の映像を見ても、人が逃げ出し始めるのは、誰かが倒れてからが圧倒的に多い。とは言え、ショックであることに変わりはないだろう。

俺は三好の肩をそっと抱くと、ＪＤＡのロビーへと入っていった。

SECTION：

市ヶ谷　ＪＤＡ本部

「あ、三好さん！」

ＪＤＡの自動ドアをくぐると、温かな風が室内から吹き付けてくるように、俺たちの姿を見つけた鳴瀬さんが駆け寄ってきた。

「どうしたんです？　今日は妙に仲良しですね？」

三好の肩を抱いていた俺を見て、彼女は不思議そうに言った。

「あー、まあ、その、いろいろと」

とそう言いながら、その手を外すと、三好がクスクスと笑っていた。まあ、大丈夫かな。

「そういえば、なんだか表が大騒ぎになっているようですが、大丈夫でしたか？」

大騒ぎはトレーラーの一件だろう。俺が言ったいろいろを、その事故のことだと思ったのか、鳴瀬さんがそう訊いてきた。

「まあ、無事です。一応」

ここで「狙撃されました」なんて言ったところで、騒ぎが大きくなるだけだ。取引が終わってしまいさえすれば、報告は某田中氏だけで十分だろう。まさかこの後、ＪＤＡビルを爆破しようとしたりはしないだろう。大げさだし、不確実すぎる。

ちらりと確認したところによると、襲撃者は、ビルの屋上で意識を失ったままピットに落ちているらしい。ピットの中の空間の移動は、通常の空間の移動と同様、自分の意識で移動しないものを移動させるときは、それを運ぶ必要があるため、それなりにコストがかかるらしく、早くなんとかしてねと、アイスレムに言われたそうだ。もちろん移動させないのなら、放っておけばいいだけなので問題ないようだ。

さっさと拘束して、そこから先は某田中氏に任せるのが一番無難だ。

とにかくまずは取引だ。オーブをＤＡＤに渡してしまえば、また平穏な日常が訪れると、そう信じたい。

『こんにちは。オーブの人？』

そのとき鳴瀬さんの後ろにいた、中学生くらいに見える女の子に話しかけられた。なんでこんな少女がこの場にいるんだ？　アメリカ人のようだし、ＤＡＤの関係者だろうが……

『そうだよ。芳村って言うんだ。そういう君はＤＡＤの関係者？』

そう問い返すと、その子はニコっと笑って、『モニカ＝クラークです。よろしく』と手を差し出してきた。俺はその手を握りながら、微妙な気分になった。

「先輩。四十代の研究者と、十代の研究者。家族に遺伝的な病歴がなければ、四千億円のオーブをどちらに使いたいです？」

オーブの使用は、どんなに手間と金をかけようが、使用者が死ねばそれまでだ。より長く——その考えは分からないでもないが……

「いや、だって……どう見ても中学生くらいだぞ？」

「あちらには、あちらの事情ってものがあるんですよ。私たちが口出しするような話ではありません」

それはまったく三好の言うとおりだった。

しかし、鳴瀬さんのようにこっそり使うというのならともかく、今、このオーブを組織の下で使うということは、一生籠の鳥になりますと宣言するに等しかった。

『よう、ヨシムラ』

俺が彼女に向かって口を開きかけたとき、表の状況を確かめに行っていたらしいサイモンが、ロビーの自動ドアを開けて、片手をあげた。

『なんだかハリウッド顔負けの、奇跡のような立ち回りだったたって?』

たぶんさっきのコンテナをくぐったアクションのことだろう。

『なぜそれを?』

『後ろで見てたんだ』

サイモンの後ろにいた、アッシュブロンドで背の高い細身の男がそう言った。確かサイモンチームの斥候で、名前は――そうだ、ジョシュア＝リッチとか言ったはずだ。

『ああ、やっぱりこちらにも付いていてくれたんですか』

『まったく役に立たなかったけどな』

『もしかして、御苑で後ろから来た連中が動かなかったのは?』

ジョシュアが片目をつぶって、サムズアップした。

　ロビーの端で電話をかけていた三好が、ちょこちょこと駆け寄ってきて言った。

「先輩。田中さんには連絡しておきました。御苑のごたごたで、少し遅れるそうです」

「了解」

『ま、そういう訳でな、その足でタクシーを追っかけてみたら、トレーラーがすっ飛んできて、そりゃもう驚いたというかビビったというか』

　ありゃもう絶対に死んだと思ったぜ、と言って彼は笑った。ガード対象を目の前で殺されるとか、失態もいいところだが、ステータスで抜きんでているだけで、彼らはガードの専門家じゃない。意外とUSも人材不足なのかもしれないな。

『それにしても、ずいぶんと引っかき回してくれたって？』

　サイモンが渋面を作ろうとして失敗し、口の端が面白そうに緩んでいた。

『なんの話です？』

『ナインスフロアだよ』

　それは最後に移動した九層の件だった。どうやら各国の探索者チームは、コロニアルワームセクションで、酷い目にあったらしい。

『うちもＤｏＤのチームがあんたを追いかけていたらしくてな。強さはさほどでもなかったそうだが……あのルックスと数だろう？　あっという間に弾を撃ち尽くした後は、もうトラウマものの戦闘だったらしいぜ？』

　サイモンがくっくっくと笑いをかみ殺しながらそう言うと、後ろでジョシュアが大げさに肩をすくめた。

『それで、コロニアルワームはなにかアイテムを落としましたか?』

三好がそう尋ねると、サイモンが目を光らせた。

『それはつまり、あいつが何か重要なアイテムをドロップするってことなのか?』

『え、ただの興味ですけど……どうしてそんな話に?』

『そりゃアズサが興味を示したからさ』

『はい?』

『おいおい。あんたは現在、世界で二番目にホットなエクスプローラーなんだぜ?』

サイモンによると、三好は、もともとオーブのオークションで世界中の注目を集めていたが、今回の〈異界言語理解〉の販売で、世界一有名な商業ライセンス持ちになったそうだ。WDA商業ライセンスランキングがあったら、ブッチ切りで一位だ、なんて言っている。

『世界中が血眼になって探していたオーブを、あっさり見つけてくるあんたの手腕に、商人連中はおろか軍や政治家までが注目してるのさ』

『偶然なんですけどねー』

『なわけないだろ』

サイモンは三好の言葉を一蹴した。

あまり突っ込まれるのも面白くないので、俺はさりげなく話題を変えた。

『三好が二番目なら、一番は? エバンスをクリアした、チームサイモン?』

『残念。俺たちはすでに三番手以下だな。まさかエバンスのクリアが、一瞬で霞《かす》まされるとは、夢にも思わなかったぜ』

『じゃあ?』

『決まってるだろ?　彗星《すいせい》のように現れた、世界ランク一位の誰かさんだ』

げっ、やぶ蛇。

『だが、こいつのことは何も分かっていない。代々木でも随分あれこれ尋ねてみたが、話をしたエクスプローラーの誰もこいつのことを知らないどころか、予想すらつけられなかった』

『そりゃ、代々木にいないってだけでは?』

『そうかな?　まあ、そうかもな。ともかくＪＤＡの連中も、エクスプローラーの連中も、こいつの正体についてはまるで心当たりがないようだった。ついたあだ名が、ザ・ファントム。ミスターＸってのもあったが、男とは限らないからな』

ああ、見かけ倒し《phantom》ってのは当たってる。

「先輩。キングサーモンと、どっちがカッコイイですかね?　ザ・ファントム」

三好が笑いをこらえながら、そう言った。知るかっ!

『ま、そういうわけで、アズサはすでに世界のレジェンドだ。ナンバーワンのオーブハンターだと思われてるからな』

もっともナンバーツーはいないんだがなとサイモンは笑った。それって、世界唯一のオーブハンターってことかい。

『いずれにしても、最近のエリア12は話題に事欠かない』

そんな下らない俺たちのやりとりを、モニカは興味深げな顔で、黙って聞いていた。

『そういや、サイモン。彼女は？』

『あー……ここで隠しても意味はないか。彼女がオーブの使用者、らしい』

想像通りの答えに、俺は少々憤慨した。

この際、社会正義がどうとかいう、矮小《わいしょう》で勘違いした庶民の正論を振りかざしたりはしないが、もしも彼女が騙されているのなら、言いたいことくらい、ある。

『その意味分かってるでしょう？』

『ヨシムラが何を言いたいのかは分かる。だが、それは俺のあずかり知らない事柄だ』

さすがは軍人だ。

俺は腰を落として、彼女と目線をあわせてから尋ねた。

『なあ、モニカ』

『はい』

『君は、君が使うオーブのことを知っているのか？』

『もちろんです』

『君は、そのオーブを使うことに同意しているのか？　どんな種類の圧力とも関係なく、自分自身の判断で？』

『人が社会の中で生きていくのに、そう言った類いの圧力から完全に逃れることはできません。どんな自由も、なんらかのルールがなければ、ただの混とんにすぎません』

モニカはそうして、少し大人びた微笑《ほほえ》みを見せた。

『なあ、サイモン。この子、実は三十とかいうオチは？』

『知らん。が、ＭＩＴに九歳で入学、齢《よわい》十四になる直前に、最短でPh.D.を取得したキャリアの持ち主だとさ』

なんとまあ。しかし、知的な成長と、心の成長は別の話だ。

『いいかい。人の心は論理では説明できないことがままあるんだ』

『はい』

『いまは納得していても、そのうちやりきれなくなるかもしれない』

『はい』

俺は彼女の目を見ながら、何を言えばいいのか逡巡《しゅんじゅん》した。だから、ただ思いついたことを笑みを浮かべてから言った。

『でも大丈夫。君が大人になる頃、君は今よりもずっと自由になるよ』

なにしろ〈異界言語理解〉はダンジョンが広めようとしているからな。

何の根拠もなさそうに思える俺の言葉を、彼女は真剣な顔をして聞いていた。俺は、彼女に顔を近づけると、そっと他の人に聞こえないように、三好に聞いていたＵＲＬを教えた。

『今年のクリスマスの夜、そのサイトにアクセスしてごらん。ただし、それまでは内緒だ』

『分かりました！　秘密の呪文ですね！』

今度は子供らしい笑顔を浮かべた彼女が、楽しそうに言った。

『秘密の呪文？』

『サイモンさんが、あなたは魔法使いだと』

サイモン？　何を知ってやがるんだ、あいつ……

このとき俺は、アーシャのせいで、インド―ヨーロッパ方面の社交界で、日本の魔法使いが話題になっていたなんてまったく知らなかったのだ。

「先輩。Ｙｅｓロリータ、Ｎｏタッチですよ」

「あのな。俺にそんな趣味はないから」

§

御苑では、ジョシュアとナタリーがやらかした後始末を、メンバーの連絡を受けてやって来た田中たちがやっていた。

「装備はＵＳですが、人種は東スラヴ系に見えますね」

気を失って拘束されている四人を調べながら、田中の部下がそう言った。

「それにしても、鮮やかな手並みだな」

田中は感心したように辺りを見渡した。

雑木林で遊歩道から視線は遮られているとは言え、日曜日の御苑の遊歩道脇で、どこかの特殊部隊の四人を相手に、誰にも気付かれないようにそれを排除するとは。しかもおそらくは丸腰だ。

「拳銃は二発が発射されています」

「この近距離で、訓練を受けた銃撃を簡単にかわして、他の三人が発砲する前に、四人を気絶させる……言うのは簡単だが、うちの連中にやれるか？」

「装備を受け取った男によると、男女のペアだったらしいですよ」

「ますます不可能に思えてきたよ」

そのとき、田中のスマホが振動した。

「ちょっとすまない」

そう言って、彼は現場から少し離れながら、その電話を取った。

「はい」

「あー、どうも三好です」

スマホの向こうから聞こえていた能天気な声が、信じがたい内容を告げた。

「スナイパーを捕まえた？」

「ええ、まあ。武器ごと捕縛してありますから、適当に受け取りに来てください」

「え、ちょっと、三好さん！」

切れたスマホを、呆然と見つめながら、いったいどうやって捕獲したのか、田中にはさっぱり分からなかった。近づいてきた諜報員を捕縛するのとは、わけが違うのだ。遠距離から狙撃してすぐに逃げ出す相手をいったいどうやって捕まえるというのか。

日本国内で、いいように武器を振り回されたことについても忸怩《じくじ》たる思いがあるが、二十九日にドモジェドヴォから来日した全員をフォローできなかった自分たちの体制についても、問題が浮き彫りになっていた。

「絶対的な人員が足りないな」

今度のオリンピックに、大規模なテロが起こったりしたら、警察官の動員だけで、事前にそれを防ぐことができるだろうか。

いっそのこと、Ｄパワーズの連中に、ＶＩＰの警護を依頼したいくらいだな、と彼は苦笑しながら考えていた。

§

オーブの取引自体は、すぐに滞りなく終わった。

モニカはその場でオーブを使用した。そして、先方の大人たちが持ち込んだ資料を見て、何かを話し合っていた。本当に内容が分かるようになったのかを確認したんだろう。

「先輩、先輩」

「なんだ？」

：

「さっき、鳴瀬さんに教えてもらったんですが、私の商業ライセンス、ランクが上がったとかで、新しいカードを貰ったんですよ」

「そらまぁ、レジェンドだし？」

「やめてくださいよ」

「で、一気に二段階アップくらいしたか？」

「それがですね……」

三好がそっと差し出してきたライセンスカードは、俺の持っているプラスチックのカードとは、どこかが少し違っていた。黒一色で、ぱっと見た目にも重厚感がある。そこに燦然《さんぜん》と輝く、パール仕様のＳの文字が……

「七階級特進かよ！」

「いや、それ、なんだか死んだみたいで洒落になりませんよ。せめて、スキップとか昇進とか言ってください」

ＷＤＡのランク区分は、実力がどうとかじゃなくて、あくまでも各国のＤＡに対する貢献度でランク分けされている。

商業ランクなら、どんな商品を取り扱ったかや、ＪＤＡに納めた手数料が大きなウェイトを占めているはずだ。よく考えたら、たった一回の取引で、ＪＤＡは四百億も持っていったのだ。そりゃＳランクにもなるだろう。

「たぶんこれは、あれですよ」

「あれ？」

「各地の規制されたダンジョンへの、フリーパスってやつですよ」

ＷＤＡのランク区分は、武器や防具の購入制限や、企業がエクスプローラーを雇う場合の支払いの目安などに使われるが、他にも規制されたダンジョンの入場制限に使われている。

「なるほど、オーブハンターか？」

「ですです」

俺たちは、基本、気楽にのんびり生きて、好きな研究をしたいだけだ。偉い人たちに追い立てられて、いろんなオーブを採りに行かされるとか、絶対ムリ。

「そういう話は、基本断ろう」

「了解です」

『Ｈｉ　アズサ、ヨシムラ』

部屋の向こう側では、未だにモニカが、まわりの人間たちと何かを話している。それで、暇をもてあましたのか、サイモンが話しかけてきた。

『あいつらは、そろそろ本国へ引き上げるが、俺たちはちょっと本格的に代々木をアタックすることにしたから、もうしばらくはよろしくな』

ええ？　本国に帰って、まじめに仕事しろよ！　あ、そうだ。

『護衛は横田までですか？』

『ん？　まあそうだが』

『実は……』

俺はサイモンを部屋の隅に連れて行って、小声で、三好が狙撃された話をした。

『なんだと?!　……ひょっとして、あのトレーラーも?』

『そこは断言できませんが、疑いはあります』

『それで犯人は?』

『狙撃したほうは、拘束したはずですが、横田に入るまでは、少し気を付けたほうがいいと思います』

『分かった。情報提供に感謝する』

そう言って、サイモンは、廊下へ出ていった。どこかへ携帯で連絡するんだろう。この部屋は電波を通さない。

§

『芳村さん。いろいろとありがとうございました』

モニカが、会議室を出たところで、手を差し出してそう言った。

どうやら帰りは、防衛省からヘリで横田に飛ぶことにしたらしい。そう言えば、今回の取得には、日本も協力してたっけ。

　俺はその手を握りながら、『研究と政治の間でくるしくなったら、やれと言われたことをやらなくても、やるなと言われていないことを勝手にやればいいんだよ。大丈夫、何かあってもやるなと言われなければ、一度くらいは見逃してもらえる』と言って、片目をつむった。

『何かあったらいつでも連絡してくれ』

　モニカは小さく頷いて、にこりと笑うと颯爽と廊下を歩いていった。

　できれば彼女には幸せになってもらいたい。(注20)その名前の通りに、何かに殉じて生きる必要なんてないのだから。

『あんた、イイヤツだな。少しお節介が過ぎるようだが』

　俺はいつの間にか隣に立っていたサイモンをちらりと見ると、『そんなんじゃない』とだけ短く答えた。

　俺はただ、できるだけ自分が思うとおりに生きようとしているだけだ。だから行動に無駄や矛盾が多いのは仕方がない。ブラックな職場のトラウマは伊達《だて》じゃないのだ。

『まあせいぜい気をつけてな。ダンジョンじゃイイやつから死んでいくらしいからな』

　馴れ馴れしく俺の肩に腕を回して、そう言ったサイモンを横目に見ながら、俺は、右手の甲で彼の胸を小突いた。

『つまり、あなたが生きているうちは大丈夫ってことですね』

　それを聞いたサイモンは、にやりと笑って腕をほどき、軽く片手をあげて別れを告げると、モニカのそばへと駆けて行った。

俺と三好は、体中の力が抜けたような気分で、ロビーを出て行く彼女たちを見送った。

「終わりましたね」

「ああ、終わったな」

街路樹は鮮やかに色づき、冬の始まりを告げていた。

モニカは、サイモンたちやSPに囲まれながら、表のリムジンに乗り込んだ。

防衛省までは、わずかに一分だ。正門をトレーラーのコンテナが塞いでいたりしなければ。

（注20）　**その名前の通りに**
『クラーク（Clark）』は、clericが語源の名字。clericは『聖職者』。

二〇一八年　十二月五日（水）

SECTION：

代々木八幡　事務所

〈異界言語理解〉の騒動が終わってから三日。

パーティ情報が明らかになってからの鳴瀬さんの翻訳作業には、鬼気迫るものがあった。やはり新事実への好奇心が大きなモチベーションになっているのだろう。

しかも、自由裁量勤務が認められていたものだから、朝から晩までどころか、朝から朝まで、うちの事務所にこもって作業していた。

〈異界言語理解〉は、その名の通り異界の言葉で書かれた内容を理解するというスキルだった。重要なポイントは、異界言語翻訳ではないってところだ。

存在しない概念や、異なる文化、ゲーム的な概念やルールを地球の言語で記すためには、それなりの知識や訓練が必要になるわけだ。

鳴瀬さんは、現在公開されている碑文を、凄い勢いで翻訳していた。

何しろダンジョンに関する知識はすでに充分あるのだ。理解できない概念がとても少ない彼女の翻訳速度には、素晴らしいものがあった。

ＪＤＡに行かなくていいのかと聞いたら、「先日四百億も稼いだじゃないですか。十年くらいさぼっても許されます！」なんて無茶苦茶を言っていた。

「おい、三好。鳴瀬さんって、ちょっとお前に毒されてないか？」

「何言ってるんですか、先輩。あれはどう見ても先輩ですよ」

「ええ？」

「見てくださいよ。ひとつ事を始めたら、朝も夜もないありさまですよ？　夜が遅いから、最後は朝、定時に来られなくなって、しまいにはずっと会社にいるという悪循環。ほら、先輩っぽい」

「まて、そこじゃない」

十年くらいさぼってても許されますってところなんだよ、と言おうとしたが、絶対言い負かされそうなので、おとなしく目をそらした。

いずれにしても、日々の報告は入れているようだし、いまはこちらの作業に最優先で没頭したいということだろう。実際、公開することを考えれば、これはダンジョン管理課の業務と言ってもいいくらいだ。

たった二日で、事務所の一階にある十六畳の和室は、鳴瀬作業室兼仮眠室になっていた。

仕方がないと思ったのか、三好が、少しいいソファーベッドを搬入していた。

「いくら暖房が入ってるって言っても、床にごろ寝はないですよね」

ずっと事務所にいるわけだが、三好は、「重要なものにはすべてパスが掛かってますし、そもそも貴重なものは置いてませんから、スパイが一人で事務所にいても平気ですよ」と笑っていた。

本当に重要なものは、すべて一台のノートに突っ込まれていて、資料類もまとめて〈収納庫〉の中に仕舞われているはずだ。何しろデタラメに放り込んでも、取り出すときはちゃんとリスト化されているのだ。〈収納庫〉は便利この上ないようだった。

出来上がった翻訳は、三好が用意したサイトに登録していった。

ただし、碑文に使われている文字のフォントは存在しなかったので、資料として掲載可能な碑文写真と、碑文ＩＤ、それに翻訳文を並べたものになった。

当面は日本語だけだが、公開前に英訳しようと考えているそうだ。公開予定日は、先日モニカに教えたとおり、今年のクリスマスだ。サンクスギビングには失敗したが、宗教行事にかこつけるのは、俺たちもダンジョンも同じじってことだな。

翻訳が進むにつれて、発見されている碑文は、二種類の本の断片のように思われた。

片方は、『The book of wanderers』であり。その実態は、ダンジョンの解説書だった。

ダンジョンシステムの説明を始めとして、そこには、ダンジョンの特徴や、その驚くべき性質などが、断片的に記されていた。

同じ物事の内容が、碑文によって微妙に異なったりしているものは、整合性を取らずにそのまま翻訳した。そこから先をすりあわせるのは研究者の仕事だからだ。いくら写本扱いとは言え、碑文の製作者は、ちょっと凝りすぎじゃないだろうか。

『The book of wanderers』に属しそうにないと思われた碑文には、奇妙な歴史のようなものが刻まれていた。

「これって、例のフレーバーテキストみたいなもんなんですかね？」

三好が翻訳の一覧のうち、どう見てもダンジョンの解説書では『ない』ものを取り出して、意味のある順に並べようとして、挫折していた。

「もしかしたら、ダンジョンの向こう側にある世界の自己紹介なのかもしれないぞ？」

「それを知って貰いたいなら、こんな迂遠なことをしなくても、普通に本を差し出せばいいと思うんですけど……」

「徐々に碑文が集まっていく方が、長く研究者や探索者の興味を引けるだろ」

「それはそうかもしれませんが……まあ、その辺は考えるだけ無駄でしょうから、その他分類で、発見された順に並べておくことにします」

そう言うと、三好は、思考を切り替えるように、椅子から立ち上がって伸びをした。

「休憩するか」

「ですね」

三好がダイニングで、ポットに水を入れて火にかけ、コーヒーの準備を始めた。

「そういや、先日ＴＶのニュースで、例のトレーラーの事故をやってましたよ」

あのトレーラの運転手は、救急隊員によって救助されたが、そのときはすでに、心臓麻痺《まひ》で亡くなっていたそうだ。結局あれは、運転中の突然死による事故として処理された。

「なんだか世界って、悪意と陰謀に満ちてるって感じですよね……」

「平和にのんびり生きたいよなぁ」

「ですねぇ……」

「平和にのんびり生きたい方にはお気の毒なんですが……ちょっと無理かも知れません」

後ろから、俺たちの話に割り込んできた鳴瀬さんが控えめに差し出したのは、ＲＵ22－００１２

の翻訳だった。

碑文IDは、発見した国コード＋エリアID＋発見順コードの形をしている。

つまりこれは、ロシアがエリア22（モスクワのあるエリアだ）で発見した十二番目の碑文だということだ。

そこには、全探索者が、目の色を変えるかもしれない内容が書かれていた。そして、これはおそらく、ロシアが故意に伏せたと考えられる部分だった。

なぜなら、もしもこれが公開されていたとしたら、トップエクスプローラーの全員が代々木に集まることはなかったはずだからだ。事実、世界二位のロシアの探索者は来日していない。

「ダンジョンの二十層〜七十九層には、無限の鉱物資源が配置され、それ以降には……ね」

そこには、ダンジョンから無限の鉱物資源が得られることが示唆されていたのだ。

「仮にそれが現実になったとしても、現時点では大量に持ち出すこと自体が難しいだろうから、事実上産出量は制限されるだろうな」

「だけど、産出するのが、レアメタルや貴金属なら、世界の趨勢《すうせい》にだって影響しそうですよ？」

「そりゃまあな。それに鉱物資源ってことは、もしかしたら宝石も含まれるかもな」

「八十層以降には、なにがあるんでしょうね？　なにかこういやらしい切れ方をしていて、その先はこの碑文には書かれていないんですが」

「きっとミスリルだのオリハルコンだのがあるんでしょう」

鳴瀬さんの疑問に、茶化すようにそう答えたが、可能性は高いと思っている。

ダンジョンは、より深部へと人類を誘っている。だからその先には探索するモチベーションを維持するためのご褒美が用意されているはずだ。

「どのフロアで何が産出するのかは、ダンジョンによって異なるような記述があるんですが、五十層だけは明示されていて……『金』、だそうです」

世界中のダンジョンの五十層から金が産出する？　しかも無尽蔵に？

「それが知られたら金が暴落しそうだな」

「さっき先輩が仰っていたとおり、ダンジョンから何千トンもの質量を持ち出すのは、大変どころじゃないと思いますよ？」

現在、金の年間産出量は三千トンくらいだ。ダンジョン内、しかも五十層という下層からそれを持ち出すのは確かに大変だろう。下手をすれば、産出コストの方が大きくなるかもしれない。

「しかも、そう簡単には、手に入れられなさそうなんです」

そう言って鳴瀬さんが、翻訳文書をスクロールした。碑文の後半には、その採掘方法も記されていたのだ。

「土に関わるモンスターが落とす、〈マイニング〉というスキルを取得することで、二十層以降のモンスターが鉱物資源をドロップするようになる、ねぇ……」

ドロップする鉱物資源は、原則フロアで固定され、モンスターの種類は関係がないらしい。

「〈マイニング〉は、現在のところ、未知スキルです」

「土に関わるモンスターか……〈マイニング〉の利用方法から考えて二十層までにいるのかな」

「代々木ですぐに思いつくのは、十三層のグレートデスマーナでしょうか」

「グレートデスマーナか、まあ、土には関係あるよな」

モグラだけど。

「ストレートに、ノームとか、ゲノーモスとか、グノームとか、グノーメとか、ついでにドワーフとか、そんなのがいればな……」

「あれ？　先輩。ゲノーモスは代々木にいたはずですよ」

俺の投げやりな台詞を聞いて、三好が言った。

「マジ？」

「たしか……」

「十八層です」と、鳴瀬さんが補足した。

「急峻《きゅうしゅん》な山岳層です。ゲノーモスは山岳の洞窟に住んでいるモンスターですが、十八層はほとんどが険しい山脈か、面倒な地下洞窟で、無限に広がっているように見える山裾も相まって、探索者には敬遠されています」

「そりゃ、ビンゴっぽいな」

「行きますか？」と三好が目を輝かせた。

無限の鉱物資源だもんな。夢はある。ただなぁ……

「〈マイニング〉持ちじゃなけりゃ、鉱物を取得できないんじゃ、縛りがキツすぎませんか？」

「それが……」

鳴瀬さんが、さらに文章をスクロールした。俺はその内容を見て、眉をひそめた。

「ユニークで四十九人？」

そこには、〈マイニング〉保持者が四十九人を超えたフロアは、誰でも決定されている鉱物をドロップさせることができるようになることが書かれていた。

「三好」

「ラッキー数ですね」

俺の呼びかけに、三好が間髪を入れず答えた。つまり四十九は、十三番目のラッキー数ってことだ。

「は？」

それを聞いた鳴瀬さんが不思議そうな顔をした。

「今度は幸運ね」

たしかに資源に乏しい国にとっては幸運かもしれないが……

「ラッキーじゃないところにいた人は、死んじゃう逸話から来た名前ですからねぇ」

「いったい何の話です？」

意味が分からないといった顔で鳴瀬さんが訊いた。

「四十九は、十三番目のラッキー数で、ラッキー数というのは、とある順番で並んだ人を間引いて行った結果、生き残る人がいた場所を意味する数値なんですよ」

「いくら何でも考えすぎなんじゃ」

　鳴瀬さんは、微妙な顔でそう言ったが、ダンジョンが例の如くに、地球文化へのメタファーを発揮しているとすれば、絶対に無視できないところだ。

「ともあれ、〈マイニング〉の取得には、それなりの危険がありそうですよ」

「でも、結局行ってみるんですよね」

「ま、仕方ないか」

　何が仕方ないのかは、全然分からないが、未知の何かに首を突っ込むのは確かに仕方がない。だって、そういうものなのだ。

「ちょっと待ってください、〈マイニング〉もいいんですが、実は、もうひとつあるんです」

「もうひとつ？」

　鳴瀬さんが再び気の毒そうに差し出してきた資料には、ＢＦ26－０００３と書かれていた。

「ＢＦって？」

「ブルキナファソです」

「なんだか恐竜の名前みたいですね」

　三好が笑いながらそう言った。

　ブルキナファソは、西アフリカにある国で、北部に、数年前から続く干ばつで食糧危機に陥っているサヘル地域（サハラ砂漠の南の縁にある、乾燥地域のこと）を抱えている。

　日本の援助も広がっていて、あのあたりでは比較的身近な国と言えるかもしれないそうだ。

　その碑文は、ブルキナファソ北部ウダラン県最大の街ゴロム・ゴロムの北東三十キロくらいの位置にある、ダーコアイとよばれる広大な池の南にできた、通称ダーコアイダンジョンから収集されたらしい。

「よくそんな場所のダンジョンが見つかったもんだな」

「最初は、バードライフ・インターナショナルの会員が見つけたそうです」

「なにそれ?」

早速三好が検索した情報によると、バードライフ・インターナショナルは、鳥類保護を目的とした世界最大級の国際環境ＮＧＯらしい。ダーコアイは、そのあたりの鳥類の宝庫で、様々な環境保護プログラムが二〇〇〇年以降適用されているそうだ。

そして、その資料は、ＲＵ22-００１２以上に衝撃的だった。

「食料?!」

「碑文を信じるなら、ダンジョンの浅層、二層~二十層には、先の鉱物資源と同様、食料が配置されているそうです」

もしもそれが碑文の間違いでなければ、サヘル地域の食糧危機が解決する可能性がある。それどころか、農業が難しい地域の貧困問題や、ひいては世界の人口問題すら解決する可能性があるかもしれなかった。

「人類全体にとってみれば、鉱物産出どころの騒ぎじゃないな」

「問題は、その条件なんですが……」

「どうせ、また〈ハーベスト〉とかいうオーブが必要なんじゃないですか?」

三好が冗談めかしてそう言った。しかし、翻訳の先に書いてある条件は違っていた。

「探索者の数？」

そう、食料ドロップのトリガは、探索者全体の数だったのだ。

「探索者の数が五億人を超えると、食料がドロップするようになるそうです」

ダンジョンの発生から三年経った現在、その探索者数は一億人弱だ。そこから換算すると、一見ずっと先のようにも思えるが……

「もしもこの情報が公になったら、人口爆発で将来の食糧供給に悩んでいる国が、国家の事業として探索者を登録させかねません」

中国はその筆頭だ。食料の確保は指導部の最優先課題だろう。国民に強制登録させてもおかしくなかった。

「アジア・アフリカ地域だけで、母数は五十億以上だからな、五億人くらい、一瞬で届くかもしれないぞ」

「だけど、先輩。飢餓地域はそれでいいかもしれませんが、そうでない地域は、生産者や流通の混乱を招きませんか？」

現在の地球に飢餓地域がある一因に、生産食料の偏在があることは明らかだ。もっとも、流通や価格等を考えればやむを得ないことではあるのだけれど。

「食料は売っても大した金額にならないから、ほとんどが飢餓地域の自家消費みたいなものだろう。そうでない地域は積極的にそれを狩るメリットがないんじゃないか？」

しかし三好は首を振った。

「先輩。ダンジョン産の食材で能力の向上が見られる話、しませんでしたっけ？」

……それがあったか。

つまり、ダンジョン産の食料は、スーパーマンの作成素材ってわけだ。

「ダンジョン産の作物で、もし本当に能力が向上したりしたら、飢餓地域以外の地域でも大量に狩られはじめますよ。なにしろ二層で得られるんですから」

「しかし、それならそれで、高付加価値食品として、既存の食品と棲み分けないか？」

もちろん産出量によるとは思うが、ダンジョンの数は、世界の広さに比べれば微々たるものだ。いくらなんでも、人類全体で消費されている食料の大部分を置き換えるような量の食料が産出するとは思えない。

既存の食品が売れなくなって値を下げると言うより、ダンジョン産の作物が、高付加価値食品として、現在の食品とは別の市場になりそうな気がする。

価格によっては、そのせいで、飢餓地域からダンジョン食材の輸出が行われてしまうかもしれないが、それは通常の食料とバーターされることを祈るしかないだろう。

「はー……こういうの見てると、来年から世界は大きく変わりそうな気がしますね」

「今なら先物を売りまくって大儲けできるかもしれないぞ？」

冗談めかしてそう言ったが、実態はどうあれ、この情報のインパクトは大きい。穀物系先物の価格は、一時的には安値を付けるはずだ。

冷静になれば、それに大きな影響を与えるほどの産出量をいきなり上げられるはずがない。
言ってみれば、探索者の家の庭に、家族が食べるための畑が作られた程度の意味しかないからだ。
初めのうちは。

「取引履歴を調べられたら、世界中から糾弾されそうだから、やめときます」

そりゃそうか。インサイダーとは言えない気がするが、Ｄパワーズが関与しているリークスのせいで相場が動いたとき、三好の名前でそれをやっていたら、糾弾されることは間違いない。

「これって今すぐ公開……しても信じて貰えませんよね」

鳴瀬さんの気持ちはよく分かる。けれども碑文情報の公開は、現在とてもデリケートな問題で、最初に得る信用がとても重要だ。

「残念ながら。パーティ情報をテコにして、少なくとも世界中で追試して貰える程度の信用を得てからでないと、無視されて終わりですね」

鳴瀬さんは、仕方なさそうに頷いた。

「しかしあれだな。そのうち、『スネッフェルス山(注21)の頂にある火口の中を降りていけば、地球の中心に辿り着くことができる』なんて書いてある碑文が見つかりそうな勢いだな」

あまりに様々なことが掘り起こされる碑文情報を見渡して、俺は冗談交じりにそう言った。

「エリア28のスナイフェルスヨークトルには、実際にダンジョンがありますよ。確か観光用に公開されていたはずです」

「リアル地底旅行かよ！」

俺は思わずそう言った。
きっとそこで産出する鉱物は、水晶やダイヤモンドに違いないだろう。

（注21）スネッフェルス山の頂にある……地球の中心に辿り着くことができる
ジュール・ヴェルヌ（著）『地底旅行（Voyage au centre de la terre）』より。

倉薗紀彦さんが描かれた漫画も面白いです。

終章

エピローグ

It has been three years since the dungeon had been made.
I've decided to quit job and enjoy laid-back lifestyle
since I've ranked at number one in the world all of a sudden.

EPILOGUE

SECTION：

ワシントンD.C.

「ふうっ」

一枚のアメリカ産の碑文を翻訳し終わったタイミングで、モニカは一息入れていた。

彼女がいるのは、USDAのあるNYでもなければ、DoD（ダンジョン省）のある内務省本館でもない、DAD（ダンジョン攻略局）が管理しているホワイトハウスにほど近い、ビルの一角だ。そこに生活空間と研究室が隣接して置かれていて、よく言えば研究に没頭、悪く言えばカンヅメにされていた。

ダンジョンの研究は、分野的な広がりもあって、とても面白かった。それに、ダンジョンの向こう側にいる誰かとのファーストコンタクトのために、できるだけ情報を集めておく必要もあるだろう。だから、貴重なスキルオーブを使わせてもらえる立場になったことは、正直嬉《うれ》しかった。

しかし、科学と政治の立場の違いは、今でも少しずつ齟齬《そご》を生み始めていた。あれから、まだ数日しか経《た》っていないにもかかわらず。

彼女は、日本で会った、『研究と政治の間で息苦しくなったら、やれと言われたことをやらなくても、やるなと言われていないことを勝手にやればいいんだよ』と言っていた大人の人のことを考えていた。

「不思議な人だったな」

彼は、それまでモニカの周りにいた、誰とも違っていた。

飄々《ひょうひょう》としていたのに、一番重要なのは、私の意思だという気持ちが伝わってきて、なんとなく言葉に説得力があった。

「そう、なんとなく、ストンとはまる感じ」

だから彼女は、芳村の言った、『君が大人になる頃、君は今よりもずっと自由になるよ』という言葉を、あの人が言ったんだから、きっとそうなるんだろうと、漠然と信じていた。

彼女はポケットから、小さな紙きれを取り出して、それをそっと開いた。

クリスマスがこんなに楽しみなのは、キンダーガーテンに入った年以来だろうか。

彼女は、子供らしい笑顔を浮かべながら、芳村にもらったＵＲＬが書かれた紙を、何度も開いたり閉じたりしていた。

人物紹介

It has been three years since the dungeon had been made.
I've decided to quit job and enjoy laid-back lifestyle
since I've ranked at number one in the world all of a sudden.

CHARACTERS

NAME: 斎《さい》賀《が》 穣《みのる》

DATA: man / age 32 / 168cm

がっちりとした男らしい体形に反して？

ドトールはココアで、スタバはホワイトモカキャラメルスチーマーな人。

普段は、部下の信頼も厚い優秀な組織人だが、大切なことは自分で判断して行動する力もある、上司にとっては優秀すぎて使いにくいコマ。

切れ過ぎるはナイフは、往々にして、使う人間をも傷つけてしまうことがあるのだ。

NAME: 斎藤《さいとう》 涼子《りょうこ》

DATA: woman / age 21 / 164cm

わりとずけずけとものを言っても、憎まれたりしないお得な彼女は、甘言暴言をものともせず、戦車の如《ごと》くつき進む、肉食系（役柄に）の女優の卵。

まるで猫のように、するりと相手の懐《ふところ》に滑り込む華麗なテクニックは、とうてい凡人には真似《まね》できない。

可愛《かわい》い外見を武器にして、誰にでも好意を意識させる達人は、時折、漢前《おとこまえ》で姉御肌の責任感溢《あふ》れる女性の顔ものぞかせる。

軽そうに見えるものが本当に軽いのかどうかは、持ち上げてみるまでわからないのだ。

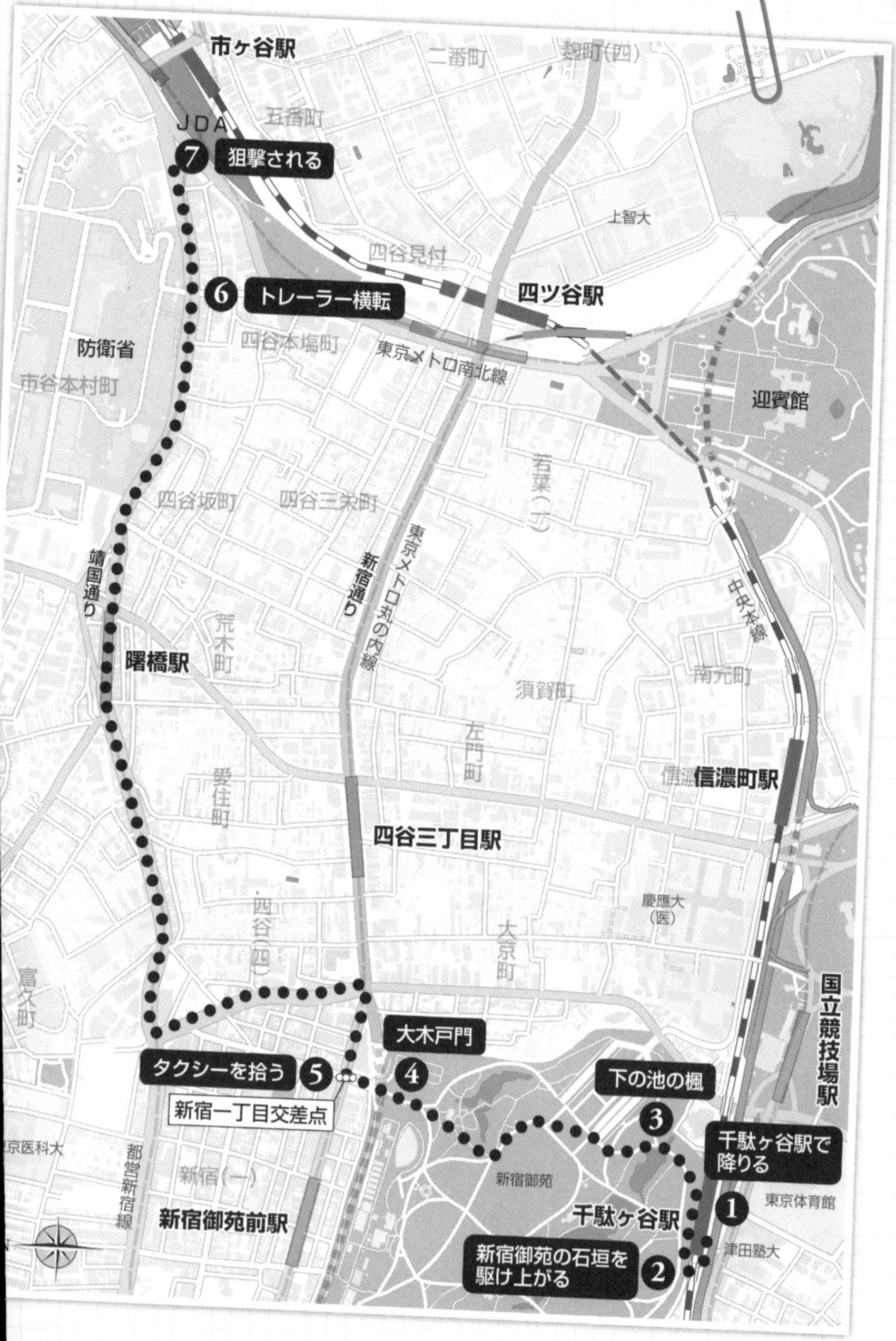

市ヶ谷駅
二番町
麹町(四)
五番町
JDA
7 狙撃される
上智大
四谷見付
6 トレーラー横転
四ツ谷駅
四谷本塩町
東京メトロ南北線
防衛省
市谷本村町
迎賓館
若葉(一)
四谷坂町
四谷三栄町
東京メトロ丸の内線
新宿通り
靖国通り
中央本線
荒木町
曙橋駅
須賀町
南元町
左門町
愛住町
信濃町駅
四谷三丁目駅
四谷(四)
慶應大(医)
大京町
富久町
国立競技場駅
大木戸門
下の池の楓
タクシーを拾う 5
4
新宿一丁目交差点
3
千駄ヶ谷駅で降りる
東京医科大
都営新宿線
新宿(一)
新宿御苑
新宿御苑前駅
千駄ヶ谷駅
1
東京体育館
津田塾大
新宿御苑の石垣を駆け上がる
2

JR千駄ヶ谷

新宿から、中央・総武線で二駅。新宿御苑の裏手にくっついている小さな駅。千駄ヶ谷といえば某漫画で有名な将棋会館で、行けばその漫画の主人公が将棋盤を挟んで迎えてくれる（2020年頭調べ）が、地図からはみ出しているので割愛。千駄ヶ谷の住所は、通常、1丁目（駅のあるところ）から5丁目（新宿駅の南口、甲州街道を渡ると、そこは渋谷区千駄ヶ谷5丁目だ。つまり高島屋は渋谷区なのだ）なのだが、実は謎の6丁目がある。この6丁目、面積は5丁目に匹敵するくらいあるのだが、令和元年7月現在、総世帯数は7！（男8人、女7人　渋谷区調べ）ななですよ、なな！種を明かせば、千駄ヶ谷6丁目は御苑の南半分なのだ。ちなみに北側は新宿区内藤町だ。カエデの名所でカメラマンがいっぱいいた下の池は渋谷区で、そこを過ぎると新宿区になるわけだ。しかもこの境界線、まるで戦国武将が池を奪い合ったかの如く細かく刻まれていて、税金どうなってんねんと余計な心配をしてしまいそうになるくらいだ。

新宿御苑

景式庭園の名作と言われる、新宿の1丁目と2丁目と3丁目と4丁目を足したのと同じくらい広い庭。木々の向こうに高層ビル群が見えるのも現代のランドスケープらしくて面白い。苑内のあちこちに四季折々の花が咲き乱れ、ついでに四季折々の実もなっていて、これを書いている頃には、サクランボにビワにフェイジョア！までがなっている。許されるなら、ひとつふたつ、もぎ取りたくなるくらいだ。芳村たちが駆け上がった場所は、遊歩道と柵までの間に結構な草木が茂っていて、遊歩道からはそれなりに死角になっている。きっとどこかに銃弾の後があるに違いない。オリンピックのせい？　で、一般の入園料（入苑料じゃないのだ）が500円になってしまってから、利用しにくくなったが、年間パスを買えば2000円。仕事に疲れた近くの人はぜひパスを買って和もう。もっとも、さすがは人気の観光地。人ごみで逆に疲れる日があったとしても、作者を恨んではいけない。

新宿1丁目交差点

新宿1丁目交差点は、新宿1丁目と四谷4丁目と内藤町の境にある。そして新宿1丁目北・西・南の三つの交差点は、実は2丁目との境目にあるのだ。境目の交差点は全部俺のものと言った体で、非常にジャイアン度が高い新宿1丁目なのである。この交差点周辺には、新宿南口から移転してきた匠達弘さんを始め、手ごろなビストロや、ポトフ専門店、老舗の上海料理など面白いお店が目白押しだ。ちょっとくらいジャイアンでも、広い心で許してあげよう。

靖国通り

ＪＲ新宿駅の北側、通称大ガードをくぐる通りの東側（ちなみにここから西側は青梅街道だ）。ここからほぼ東へまっすぐ、隅田川にかかる両国橋までの都道302号線が靖国通りと呼ばれている。関東大震災の復興事業で作られた道路で、元は大正通りと呼ばれていたらしい。二人を乗せたタクシーは、富久町西交差点から東へ進んで、防衛相前バス停を過ぎたところでトレーラーの襲撃を受ける。この場所の中央分離帯は、この当時、ただ線が引いてあるだけなので何の役にも立たなかった。

防衛省

2000年に今の市ヶ谷へ移転した。以前の場所は赤坂の東京ミッドタウンのあるところだ。東京ミッドタウンなんて言ってるけど、以前は「檜町地区」だったと思うと、ちょっとクスリと笑ってしまう。すぐ裏手にはJICAの地球広場があって、知る人ぞ知るJ's Cafeというお店がある。入館して利用を告げてからパスを貰って入るという、知らなければとても利用できない場所だが、各国の料理が食べられる変わったお店だ。そういえば防衛省内の食堂は、幹部食堂を除いて一般人も利用できる。もっとも入門するのが結構大変なのだが。

ＪＤＡ

靖国通り沿い、ホテルグランドヒル市ヶ谷の向かい側にある住友市ヶ谷ビルがモデルになっている。小説の中では、結構廊下を歩いている風の描写があるが、このビルに廊下はほとんどない。形が形だけにエレベーターホールを出ると、すぐにオフィスなのだ。オフィス間の移動は、平面と言うよりも上下に移動することになる。外から見ると、どう見ても16階建てにみえるのだが、てっぺんにちょこんとのっかっている可愛いフロアがあって17階建てだ。

あとがき

コロナ喧《かまびす》しき昨今（これを書いている時はそうだった）いかがお過ごしでしょうか。之《この》です。この本が発売される頃には、多少なりとも落ち着いていることを祈ります。

さて、本書は異界言語理解の取得を巡る物語が中心になっています。

ダンジョンからは、時折、読むことのできない文字で書かれた碑文が産出していました。もちろん内容は研究されるわけですが、何しろ地球とは全く違う文明の文字など、基本的な理解のための切っ掛けすらありませんから、解読は遅々として進まないわけです。

そんな状況下、ある時、ロシアの秘境にあるダンジョンから、この碑文を理解できるようになるスキルオーブが発見されるのです。

そうして翻訳された碑文の内容から、碑文には、意味不明な寓話のようなものと、ダンジョンシステムのルールについて書かれたものがあることが明らかになります。

それを通知された各国は大騒ぎになります。

書かれている内容はセンセーショナルなのですが、それが事実かどうかは誰にもわかりません。ルールを知っているかどうかで、ダンジョンの利用について大きな優位性が生まれることは間違いありませんが、故意に誤訳することで、世界をミスリードし、それを独占することだってできるかもしれないのです。

：

そのため他の国では、何とか同じスキルオーブを探し出して、検証できるようになろうと躍起になっています。

一方的に情報が公開されるこの状態は、言ってみれば情報による属国化であり、安全保障上きわめて重大な問題があるわけです。

世界中の指導者たちが、目の色を変えて自国の探索者にはっぱをかける中、我らがDパワーズの面々は、あっさりとそれを見つけ出してしまいます。

しかも、綿密に予測して、計画を立てて出かけたにもかかわらず、その道中で偶然に。あまっさえ一度に二つもゲットするありさまです。LUC一〇〇のせいかな。

しかし、手に入れてしまったらしまったで、JDAはそれを買い取れないわ、日本はそれがオークションに掛けられてから実情を知るわ、アメリカは力の入れ過ぎで、複数の組織がそれに入札するわ、ロシアはイリーガルを派遣して、取引を妨害しようとするわで、てんやわんやの騒動が巻き起こります。

いろんな人たちが、それぞれの意識や立場で最善を尽くそうとした結果なのですが、世界が混とんに陥るのは、大抵それが原因なのです。

ところでこの物語ではブラックな仕事を、ある意味揶揄《やゆ》しているわけですが、ブラックとそっくりに見える勤務形態でも、そうとは言えない仕事は往々にして存在します。

例えばプログラマー。特にゲームを始めとするシステム系や研究系です。

プログラマーというやつは、集中できる間は死ぬまで集中していたいと考えている生き物で、集中している間は、疲れようが腹が減ろうが、そんなことは無関係にコードのことを考えているものなのです。むしろ、集中している間は、疲れも空腹も感じません。やばい薬をやっているようなものなのです（笑）。

集中が途切れると、最初からロジックを追いかけて考え直さなければならなくなるので、とにかく切りの良い部分までは集中して考えます。時間が来たから明日に回す、なんてことをやっていたら、いつまでも同じことを繰り返す毎日になってしまうのです。

そして、完成した部分の中身のことは、大抵すぐに忘れてしまいます（見直せばすぐに思い出しますよ）。

以前、Ｇｉｔの更新時間を利用して有名なプログラマーの作業している時間をチェックした人がいましたが、規則正しい生活を送っているように見えるのは、大抵「家族がいる人」です。

目茶苦茶だった時間が、ある年を境に突然規則正しくなったりするのがその証拠でしょうか。

私自身、机の下のダンボールベッドで寝るような作業の経験者ですが、そのことをブラックだと思ったことはありませんでした。むしろ、出社を要求される作業の最大の敵は、勤務時間と無駄な会議でしたね。クライアントに向かっては言えませんが（笑）。

人と会うとか、重要な会議があるとか、そういう場合を除けば、プログラマーの仕事は勤務時間など無視して、結果で評価していただきたいものです。

もっとも、中には、出社は時間の無駄で、退社も時間の無駄と言う方がいらっしゃって、家に戻れば会社に来ないし、会社に来れば家に戻らないという……フリーダム過ぎるだろ、君。

言ってみれば小説を書く人も同じなのかもしれません。

乗っている間はいつまでも書いていたいし、邪魔されたくないというのは誰しもが感じているのではないでしょうか。ホリデイノベリストの私だってそう思うもんなぁ……。

それに、書いている時間を勤務時間だと考えるなら、こいつは超絶ブラックな仕事だと言えるのかもしれません。寝るのはベッドで寝られますけどね。

さてそろそろ文字数も尽きてきました。

今日のこの日に、無事、２巻が出版されますのは、ご尽力いただいた編集者の方と、とりわけ、１巻を購入してくださった皆様のお陰です。本当にありがとうございました。続巻もご購入いただけるよう頑張ります。

そうして、現在、本屋さんであとがきを見ているあなた。

手前みそながら、自分で確認していて、なかなか面白いなと思っちゃったくらいなので、きっと楽しんでいただけるのではないかと自負しております。そのままレジへＧＯしてください。

なお、１巻に引き続き色々な社名や商標が登場しますが、すべて完璧にフィクションです。

それでは、また次巻でお会いしましょう。

著：之 貫紀 / この つらのり

PROFILE:
局部銀河群天の川銀河オリオン渦状腕太陽系第３惑星生まれ。
東京付近在住。
椅子とベッドと台所に強いこだわりを見せる生き物。
趣味に人生をオールインした結果、いまから老後がちょっと心配な永遠の21歳。

DUNGEON POWERS 紹介サイト
https://d-powers.com

イラスト：ttl / とたる

PROFILE:
九つ目の惑星で
喉の奥のコーラを燃やして
絵を描いています。

Dジェネシス ダンジョンが出来て3年 02

2020年8月5日　初版発行
2024年4月20日　第5刷発行

著　之 貫紀
イラスト　ttl

発行者　山下直久
編　集　ホビー書籍編集部
編集長　藤田明子
担　当　野浪由美恵
装　丁　騎馬啓人（BALCOLONY.）

発　行　株式会社KADOKAWA
〒102-8177 東京都千代田区富士見2-13-3
電話 0570-002-301（ナビダイヤル）

印刷・製本　図書印刷株式会社

●お問い合わせ
https://www.kadokawa.co.jp/（「お問い合わせ」へお進みください）
※内容によっては、お答えできない場合があります。
※サポートは日本国内のみとさせていただきます。
※Japanese text only

定価はカバーに表示してあります。

ISBN:978-4-04-736175-1 C0093

元サラリーマン
VS神!?
アルスルズをお共にさらにダンジョンを下りる芳村と三好。美晴に解読された碑文の内容を検証をするためにモンスターと戦う二人が迷いこんだのは黄金の椅子に鎮座する神が待つ謎の神殿――。
2020年冬　発売予定

D GENESIS ジェネシス ダンジョンが出来て3年 03

これもオススメ!

世界に外来異種《モンスター》が発生するようになって五十年。
フリーランスの駆除業者としてほそぼそと仕事をする青年・荒野は
ある日、予知夢が見えるという女子高生・未来に出会う。
「荒野さんといれば外来異種から守ってくれる夢をみた」
そこから運命の坂道を転がり続け、
大規模な生物災害に巻き込まれることに!
ただの『人間』が空前絶後な発想力でモンスターを駆逐する
ハードサバイバルアクション!!

1巻好評発売中!!

現代でモンスター駆除業者をやってたら社長が赤字をなんとかするために無理をしたせいで社員のほとんどが死んだからずっと一人で仕事をしてたら凄いことになりました

著 **gulu**
画 **toi8**